新诗选

春卷

2023

陈 亮 ◎ 主编

《诗探索》编委会 ◎ 编

中国文史出版社

编 委 会

目 录
CONTENTS

新诗选 2023年

春

新
诗
选

2023 年

春

新诗选 2023年 春

新诗选

2023年

春

新诗选

2023年

春

新诗选 2023年

春

新诗选

2023年

春

Z

当 归

◎阿　华

承认这世上有庙堂之高，就有
江湖之远
承认光线最亮的地方，阴影也最深

承认蝴蝶是花瓣的化身
风频繁地来往，只为收集
遗落的碎片

承认自己曾像布谷一样
在山间觅食，归巢
相信所有的爱情，都是心生欢喜

夏日回来的时候，我也曾像流水
淌过青草，绿地
眉目间也曾蓄满天真和雀跃

"……当归，当归"

我承认，灰烬也有隐秘的暖意
比蝶翼更细腻

比一个人的回忆更善于低语

（原载《飞天》2023 年第 2 期）

山　雀

◎阿　华

……落叶，覆盖着小小的果实

我们辨认着，哪颗来自栎树
哪颗是橡果
还有哪些来自三角枫，或是复叶槭

苍耳的果实最好辨认，它有带钩的
细刺，也有温暖的爱意

至于紫薇，它的果实会在成熟后开裂
然后种子长出翅膀
飞过体内的群山，大海一样荡漾

魏峰山中，树冠筛洗着天空
虫鸣催眠着薰衣草

一只不知名的山雀，身着彩羽
踱着步子

像故人一样，徘徊在我们身边

（原载《飞天》2023 年第 2 期）

星空下的马匹

◎阿　信

星空俯下来行碰额礼，马的额头
发出幽微的光。

今夜的阿尼玛卿，一个不好的消息是
欧拉秀玛的图布旦老人归西了。

他的马，挣脱束缚，逃离帐圈，
在西科河畔的湿地上，
漫无目的地游荡了一夜。

好消息是：这匹马，在黎明时分
自己回来了——
浑身精湿，布满泥渍，额头发亮。

没人注意到这些变化——它已混迹于
畜圈的马群之中。

人们知道的是：欧拉秀玛的图布旦老人死了，

它成了一匹没有主人的马。

但没人知道它在星空下度过的一夜。

没人知道，在那里，曾发生过什么？

（原载《诗刊》2023 年第 1 期）

火　石

◎阿卓日古

放下长夜手柄上锋利的火镰

倒出心底的火药

点着峡谷里潮湿的烛火

那幽深中一支支行走的火把

在金沙江奔腾的两岸

命名着一座座古老的城池

而我，是江岸上父母不慎

跌落异乡的那枚火石

在自己潮湿的心眼上

拼命打着火光

（原载《草原》2023 年第 1 期）

通往火光的小径

◎阿卓务林

父亲在前，母亲在后
风雨尾随。他们晃晃悠悠走来
背影禁不住时光的诱惑

到了格萨拉，月影千里
只有四户人家的原野，空空荡荡
人们引经据典，夜色消磨夜色

到了阿卓坡，泉水叮咚
哒哒飞驰的骏马，急迫的信使
父亲高谈雄辩，心灵救赎心灵

到了温都岭，烟云如幕
雁阵犹疑，背负孤寂和谦卑
母亲彷徨四顾，走不出雾锁的门

到了大关坪，大风起兮
鸟儿放飞静默，羊群追逐云彩
人们胸无俗物，流水一再变轻

到了石丫口，松香弥漫
父亲唱了最后一支歌，云雀轻和

虚实无所谓，眼里容得下泪水

到了小镇，灯焰焕然
母亲跳了最后一曲舞，凤蝶翩跹
慢下来的日子，笨拙而美好

这条通往火光的小径，与我
相识已久。足迹留下
故人旧日隐忍的爱恨与悲喜

（原载《诗刊》2023 年第 4 期）

陌 生 人

◎安　卡

回老屋里打扫灰尘，顺便收拾旧物
是老屋，是格子楼里的一格仓库
我回得蹊跷，惊起满屋尘土。

一封十年前的信。字体不熟，未有署名
却被完好保存。没有主角的故事，仿佛虚构。

窗外河水匀速流过，以磅礴的低音吟唱
不易察觉，像没有 BUG 的程序。
我在阳台一站，十年就过去了

毫无悬念。

去楼顶。去母亲每周回来打理的园子
去拜访果蔬花草，聊聊飞鸟，和万物间的裂痕

风来了，拂过脸颊时欲言又止
我知道，我已成为陌生人。

（原载"散步的老虎"微信公众号 2023-02-09）

另外的屋顶和生活

◎安海茵

另外的屋顶在浓雾中亮着
其实离我们并不远
你看，那檐下天然就缀满了
数不清的莹光和鱼形化石

另一个春天在赶来之前
一定走过世上最长的路吧
那些泥泞的雨
把绿色的铁皮邮箱清洗得亮晶晶

一生中最想做的是挨近池塘

和如此稠密的睡莲

那是少部分人预留下的另外的生活

四瓣丁香藏好另外的牙齿

枝形吊灯绷直另外的悬垂

女孩围巾丈量出另外的山谷裂帛

蓬松皮毛的松鼠也有另外的属性

在金色落叶的大毯子里咕噜噜清谈

炉火仍旺，木柴仍多

异乡者摘下了帽子

他已倦于飞行在框定的狭窄地带

（原载《诗潮》2023 年第 1 期）

我没有说过爱你

◎白　羽

在过去的四十年里，

我们养过两条狗、一匹马、两头驴子，

还有几十只羊，一群又一群鸡雏。

我们在山上开垦农田，

截流春天的洪水。

我们在山坡上栽下桃树，

夕阳里尽是芳菲。

在过去的四十年里，
我们栽种香水梨树、李子树、苹果树，
还有枣树和杏树。
整个仲夏，窗台上都弥散杏子味。
那时候我们年轻，
孩子们也都还小，
门前的花园里种满了大丽花和天竺葵。

在过去的四十年里，
我们种下所有可能的食粮，
谷子、糜子、小麦、大麦、玉米，
一片片青色的苗儿葳蕤。
当然还有满坑满谷的土豆，
夜晚来临的时候，
灶台上弥漫着煨烤白薯的气味。

在过去的四十年里，
我们砍伐树木，备置木料，
建造房屋、蓄水池、谷仓和马厩。
我们还挖了一口井。
甚至拉来了电线，
从此屋子里有了光，
双卡录音机磁带里唱出了歌声。

在过去的四十年里，
我无数次梦见河流，
我忘记了太多的事，

也说起很多个梦。

我想到了所有的一切，

当然，你也知道一切。

但是，我没有说过爱你。

（原载《北京文学》2023 年第 2 期）

与父亲下棋

◎薄　暮

除夕下午。父亲在檐廊那头

抽烟

我在另一头

摆弄手指和哑火炮仗

因为一场变故，大门外

脚步声只路过白色春联

天井是一口井，父亲和我

两只冬眠的青蛙

他突然说：我们下棋吧

我愕然，惶然，木然

格子窗下，一张小方桌

第一次、也是唯一一次

与父亲抵首而坐

整个王埗好像只有我们两个人

那年他三十七岁，我十三岁

同一属相，楚河汉界

天色暗了，父亲起身走下石阶

两步，停住

一直望着天空

抽烟

看不见他的脸

头顶上，青白烟雾

一层层，向四周缓缓消散

至今不知道

一生务农的父亲

在逼仄的天井中看见了什么

只知道，那天

整个王埗，只有他一个人

（原载《星星》2023 年 1 月上旬刊）

欢 喜

◎薄 暮

所有痛苦都因为复杂

重复的事情不会

比如，早上我抚摸樱桃树皮

亲手所栽。在朝南的小院

拎着胶管，蹲下，叮嘱它好好喝水

由里而外，修去枯枝、密生枝、重叠枝

那些翘皮是病虫潜伏之所，必须轻轻刮去

用竹笤帚将落叶叫回根部。十二年

年年满树花朵

没有尝到一颗果实

我喜欢看着麻雀、伯劳、青鹄、灰喜鹊

从坐果开始，一颗一颗地啄食

（原载《上海文学》2023 年第 1 期）

睡在一棵树中间

◎北　野

我生活的地方，是一片荒原

燕山深处，夜幕总是闭合得太早

草木的气息没过膝盖

我的头颅醉于幻想。我的世界

依赖于坐井观天

我家的土屋子老旧得像一座古寺

亲人们犹疑，迟缓，飘来飘去

像活在灰尘中的鬼魂和神仙

老人们备下的棺材，横在堂屋里

我躲猫猫曾在那里睡过半天

梦中闻到阵阵松香

后来亲人们都陆续死了，薄皮棺材

一个个装走了他们的身体

我觉得，亲人们都是睡进了

一棵松树中间

漫山遍野黑压压的松树呵

都有一个古老的亲人站在里面

当我听见风声，听见

那从家乡的土地上旋起的风声

我知道，它已不是来自摇荡的树冠

而是来自一副身体，只是

我已无法一一认出那些身影

它们悲苦又混乱

（原载"无限事"微信公众号 2023-02-09）

梭 梭 马

◎北　野

那些马是唤不醒的，它们用骨架

证明了奔跑是一堆灰

它们用幻觉的姿势在睡觉。它们

用思想的光在飞

夜晚蒙了一层黑布，森林蒙了

一层霜雪。天狼星在草原边缘滚落

它发出的响声是深夜的闷雷

枯草已被烧焦，浮云汇集了短暂的阴影

风声穿过鞍槽，把它的四蹄

磨成了黝黑的翅膀

它想到的飞翔，是兀鹰对大地的逡巡

它发出的嘶鸣，是枯干的河流

突然站上悬崖的涛声

它在西拉沐伦河边找到的女人

是一个部落衰败的母亲

这个在星空下，扶着马鞍哭诉的老妇人

转眼就变成了一朵乌云

（原载《山东文学》2023 年第 1 期）

在江边造木舟

◎笨　水

我在江边

用一根朽木

造一条木舟

江水湍急

我不紧不慢

飞溅的木屑像落花

被江水带走

江水涨上来

我也不慌不忙

我浸在江水中

为木舟抛光

雕刻精美的花纹

我忘记了时光的流逝

也不知有多少江水

从身边奔涌而去

我没想过用它

随波逐流

或溯流而上

我一直在那用心制作

已经美轮美奂了

而等我稍加端详

又发现

全是美的缺陷

（原载《诗刊》2023 年第 2 期）

记　忆

◎曹　僧

我写下，草就疯长。

我倒立，手脚就分叉、开出鲜花。

放慢的小行星把天边烫得通红，

有一种尖叫，忍着没有喊出

就像失声的赞美。缓缓凸起的

凝净的湖，将四周的原野

和漠然的远处，尽收于眼中。

没有白鹭，或雪兔，没有闯入者。

空荡荡的风，将何时收场？

锈色的石块立在一旁，耐心地等。

二十年，我晕眩。三十年，

小行星依然，拖着尾巴在天边。

当我几乎要忘记时，它就现身——

像风滚草一样，混在其他之间，

匆匆地，近了，然后又滚远。

（原载《诗林》2023 年第 1 期）

雪夜时带我回家

◎曹麓流

雪夜时带我回你的家吧

让我一进门

胸口就碰到你爸你妈呵出的热气

你妈笑得像雪　的确　和你一样年轻

你爸是雪中的一尊雕像　妈妈的英雄

些微沧桑　少许白发

在客厅的灯下熠熠闪光

我坐下和你爸交谈

雪下得越大我们的心越温暖

你妈会为我倒茶　打量我

像打量夏夜里的星星

曼妙的瞬间我眉宇飘然

侧脸瞥见

卧室里一盏灯

恬静如他们的爱情

而在另一个房间

一定还有另一盏

（原载"诗与画"微信公众号 2023-02-12）

苍 耳 记

◎查 干

摘下跟回来的是几颗苍耳

捡起最小的一个，所有的刺都望着我

目光柔软，稍稍用力

疼痛的记忆穿过那么久，那么远

落了回来，缓缓打开

把它们排成一列，那么多的兄弟姐妹

说散就散了，淹没在

更低更小的挣扎之中，敛起身上的刺

以此对抗异乡泥土的坚硬

他们说，苍耳有双生的奇异内核

从没打开过，但我看到过它们

年轻时开出褐色的小花

一生都与故乡的事物纠缠不清

（原载《诗选刊》2023 年第 1 期）

中午偶遇

◎陈　仓

香樟树的阴影里，小鲁正在午休

夏天真热，这里稍微凉爽一些

他静静地躺在平板三轮车上

车上没有任何东西，只有他

一百多斤的身体和压缩的影子

他凌晨出门的时候车上摆着

大半条猪，血淋淋的

当时可没有这么轻松宽敞

小鲁是个卖肉的

现在就躺在平时放肉的位置

身子下边压着一把血淋淋的刀

他正在补觉，他的呼噜声很大

宛如还在吆喝着处理

一堆滞销的杂碎

或者自己

（原载《绿洲》2023 年第 1 期）

老 房 子

◎陈　乐

少小离家的老叔

想起了家乡的老房子

年轻时他想的是价值

时刻想着逢高而出

如今他只是怀念那空下来的院子

一角是猪圈，一角是狗窝

有一扇门通往后院的菜园子

农具立在墙角，木把被摸得发亮

他跨坐在锯木架上跟骑马一样威风

他怕自己的记忆有纰漏

说话前总要加上"我记得"

终于要进屋了，他让父亲领着他

回到他们儿时的家，推开门

炉灶上支着两口大锅，灶底

通向两个小屋的火炕

温暖的记忆就这么延续下去

直到屋里的陈设和往昔一样

老叔终于想起那是母亲的房子

原来忽略了那死去的人已经太久

他问起老照片呢？那里有活着的妈妈

父亲只说了应该还挂在墙上

他每年只去一次

在大门贴上新年的对联

从来不想走进去

（原载"英特迈往"微信公众号 2023-02-13）

晚 来 风

◎陈巨飞

所有的日子都用来开垦荒地

种植青苔和菠菜，也可以种炊烟、落日

渔船靠在岸边心事重重，鹭鸶

收紧了翅膀，所有的飞翔都那么孤单

一辆拖拉机突突地驶远了

一只挖沙船心怀愧疚

一个女人到河边洗拖把，她老了

不记得年轻时，我们彼此爱过

小径荒芜，所有的钟表都坏了

你穿过薄薄的暮色，返回时天还没黑下来

（原载《福建文学》2023 年第 2 期）

给你的第一百首诗

◎程小蓓

我要为你写一百首诗

可十年前你已经为我写了一本

当我再次读它们时

终于从你的话语中

明白了你曾经对我如此宽容

我后悔为何现在才明白

你在爱我时你看到了我的孤独

你忍受了我的冷漠

你忧伤我与生俱来的忧郁

你无奈地看我在憔悴中焚烧自己

春

你伸手拉住我，不让我掉进

我自己挖掘的陷阱中

如果我今天还能活着

那一定来源于你的生命之吻

如果我今天还可以爱

那一定是你的爱所唤醒

是的，我们已不再有激情

看着满院的落樱我不会落泪

看着樱桃结满树梢我不再狂喜

我们老了，守着屋子里的家具

翻看那些二十年前你偷来的旧书

早晨我为你烧开牛奶

晚上回家时你为我下面条

夕阳下我们在村子里散步

你是我的亲人，我们相依为命

（原载"诗与画"微信公众号 2023-01-13）

时光，仿佛从未流逝……

◎窗　户

还是阴天

山顶的大风车若隐若现

窗外有人在说话

声音忽近忽远

灰色的天空

一只麻雀也没有飞过

世界那么大

我一个人在一个小县城上班

像三十年前的父亲

一个人在另外一个小县城上班

我喝着茶，打开了电脑

父亲喝着茶，打开了报纸

天空，灰灰地

笼罩着我们

时光，仿佛从未流逝……

（原载"勃拉姆斯"微信公众号 2023-01-11）

你见过 1906 年的樱花吗

——李叔同纪事

◎淳　本

大雪满弓刀，唯有一行脚印去了天边

那个从船上下来的人

也当我是行人。

今年花开太迟，雪落出了金石的声音

那个方才离去的人，身上满是白色早樱

我脸上的疑惑，并不都是虚构

我和他所面对的江湖，都有相似的虚空

我试着日日浇水，施肥，

与内心执念争斗。他也在浇水，施肥

显出一种无枝可依的优越感。从一棵树，

到达另一棵树，或许会因为辽阔，而更加辽阔

每一个辽阔的人，都有深入骨髓的妄念

一个赤手空拳的女人，悲欣交集的入世者

试图从他身上获取良药和玉的人

却被他的骨骼与灵魂，

留在了 1906 年的春天里。

（原载《诗潮》2023 年第 1 期）

饮酒者。和他碗中的蓝

◎呆　呆

夜深了。坐在山坡听夜风拍打透明的身躯
萤火虫搬来的宇宙，一个接着一个消失

荷塘里的蛙鸣。鱼塘里的锦鲤
再怎么倾泻，倒出来的依旧是深蓝。深蓝的银河

村子里的房屋，安静地左右摇晃
四面八方的萱草，羞涩地趴住窗棂

我答应要给你写信，信里必须提到那个老妈妈。踩着空空响的缝纫机

构树的叶子，又纷又乱。飘向我们身后

（原载"诗生活"网站 2023-02-19）

孤独的人闻不见夜来香

◎呆　呆

远远地。湖心传来笛声

他想走到那里去。屋子一间间飘了起来

像很多年前放的孔明灯

他一定要走到那里去，沿着水势

他走到一个镇子，月亮洒落黄灿灿的花瓣

人们已经熟睡，把梦蒸得透亮。他走过镇子时没有发出一丝声响

只有夜来香。在星空驱使下，一点点浮出水面：哦，那个穿背带裙的女孩

（原载"诗生活"网站 2023-02-19）

在那些桑树的后面

◎呆　呆

那里有座小学。灰黑围墙

光秃秃的落日

学生们杳无踪迹

识字课本一页页打开散落课桌

钱山漾是一幅挂起的蓝绒毯，靠近邻村那侧

人们掀起一角，钻进淤泥里拽莲藕，"嘿咻""嘿咻""嘿咻"

麻雀们围着暮色的大氅拍动翅膀。天黑透时候

绒毯变成了蓝灰色，我和父亲扛着铁锹。沿着绒毯边缘赤足走回家。泥土又细又软，丝瓜花慢慢攀上我们的脚踝

（原载"诗生活"网站 2023-02-19）

山　前

◎灯　灯

"山不过来，我就过去"

说话的人已站在山前。

布谷的叫声悠远。在整个山谷回荡

槭树、樟树、桦树、榉树……

倾听中的虔诚，和无法自控

我知道落叶为什么纷飞，为什么

落下了，还要在风里飞奔

抱头痛哭的一瞬

我轻易就认出了，他们是我的亲人、朋友

最后才是我：山前，所有的我汇聚——

寂静是不知道怎么开口

寂静，使我想起你

……仍然，不知道怎么开口。

（原载《星星·诗歌原创》2023 年第 1 期）

驿马的马

◎第广龙

怀旧的人

能否和风中的背影重合

灯下的家信

冬夜的大雪

父母的叮嘱又一次回响

董志塬还是董志塬

驿马的马早已远去

马蹄声声

遗落成路边的花朵

走在当年的校园

房子、道路、树木

都不是当年的，对应物找不到了

年轻的面孔

曾经是我的面孔

留下来的只是一个地名，一个校址

我在四十年后

回到四十年前

昂扬的马头在沉沦

唯有心跳还能加速

此身和他身被区别开了

恍惚之间，我丢失了什么

又得到了什么

（原载《山西文学》2023 年第 1 期）

风吹春天

◎第广龙

秦岭以北，风吹来吹去

垂柳的柳梢弯成一个半圆

一会儿在东，一会儿在西

树木的树干看上去依然沉稳

支撑的木棍，却发出嘎嘎嘎的响声

刚开的花散落一地

纸片，塑料袋在电线上撕扯

在凤城三路，一栋大楼的楼顶上

一大块铁皮闹起了动静

蒙在铁皮上的一个微笑的女人

也快要挣脱掉了，似乎不愿再给化妆品代言

我的衣服里充满气体

里面像是发生了激烈争斗

我走路的样子像走在月球上

风还在吹，再吹下去

地上的公交车、小卖部、牙科诊所

都会气球那样升起来

在半空继续行驶，继续卖东西

继续给一个少年补牙

我早就习惯了这春天的大风

而且每一次都得以见证，每一次都不例外

大风过后，春天更加丰盈

（原载《延河》2023 年 1 月上半月刊）

长　河

◎杜　涯

四月，他们又开始出没在麦地间

拔草、浇灌、察看。蓝色的婆婆纳

闪烁。麦田碧绿，在大地上编排广阔

他们的身影在其中如黑点，游移犹浮动

那是多年前，我走在一些河流边
（寻找并深思：一条河流，一个地方的存在）
我走在河堤上，看见西边天空的长霞
看见罗列的树梢在云霞的天空下婆娑摇摆

然后我看到了他们，在河堤外，在执着于
广阔的田野上，走动、劳作着的他们
五月鸟鸣，六月他们收割，在晴朗或
阴云密布的天空下，他们的身影广是并遍布

后来我从河流边回来了，但我仍时常回溯
穿行、游走在他们之中，旋覆花遍地
我看见他们的劳作、生活，他们收割、婚嫁
他们创造，深坠年节，在桐树下燕燕聚会、欢宴

在城镇，人们也祭祀穆穆，祭奠祖先，向神灵
祈祷。树木开花如安慰，使他们暂时忘去愁忧
正月他们推开晦暗，欢颜走在串亲的路上
初春的柳丝，荡亮了他们的劳绩，生存的高度

而我将再次去寻找永恒之乡，将不朽的消息
将至尊的守护者，为他们带回。那时，他会深沉
察看他们的走动、自然、生死、存续
他们的长河，他们岁光中，沧海已几度变幻

俯身在大地上，空落时常攫住他们的心

春天的岁月，万古久长
时间的长河无尽，时空茫茫
孤独而寂寥的人世啊，你将去向何方

我站在时空中，看着长河如练
无边的夜晚，我看到他们迤逦走在大地上
繁星落落，孤独而忧伤的人类啊，漫漫
无尽的前路上，必然有你能到达的地方

由是我离开，去寻找永恒之乡。若我寻到
有一天若我归来，唯愿他们仍在，长河依然
旋覆花盛开在大地上，长霞在天
而我坐在河岸上，再无滔滔忧伤、暗淡

（原载《诗刊》2023 年第 1 期）

不熄的黎明之火

◎朵　渔

世界的暗夜降临，有人在点灯
有人在舔舐铁器上那冰冷的盐
所有爱的土地都变成了流放地
让我们把生的希望留给死者吧
把未来的道路留给过来人
然后转身回到心的巢穴，回到
你臀部之光所照耀的领地

在那里，一座中年的迷宫已经修好

让我们安全地迷失在其中

仿佛一艘疲惫的船沉重地靠岸

而头顶的每一颗星

都在它永恒的位置上

指示着一种内心秩序

在我们悲哀的心灵深处，仍有一支歌

在不停地唱，它唱：那不熄的黎明之火

那是我们不曾到过的黎明：当我们

从漫长的睡梦中归来，一些灯火

已经熄灭了，一些则不。

（原载"一见之地"微信公众号 2023-02-23）

天堂来信

◎朵　渔

有时静下心来，想听听自己内心的

声音，听到的却都是哭泣

依靠什么，才能将一种枝繁叶茂的风格

带回自己的人生，而不仅仅是一种哀悼

依靠什么，才能从一种被质押的人生中

逃脱出来，不再恐惧，也不再欠人间的债

长夜都是沉寂的时刻，只有罪人们在交欢
我也一直想得过且过，但就是过不去

试试只为一句想象中的祈祷词而写作
让诸多词语聚合为一个简单的发光体

试试吧，试试用笔去轻叩星空的大门
为你开门的，必为你带来一封天堂来信

幸亏有星空的教诲，让我不必去读人间
这部书，也能将人的形象写下来

（原载"地球旅馆"微信公众号 2023-01-08）

在 墓 园

◎二　缘

在墓园，兄弟几个
商量祖宗的事情

墓碑就用青石的
碑文，按照石头的厚度
越深刻，越坚硬

园子里，栽几棵桂花树

到了清明，就能长成

兄弟们作揖磕头的样子

我们还商量了一些事情

他们什么也不问

就像一群听话的孩子

（原载"十八哥诗刊"微信公众号 2023-02-06）

辛卯年正月初五与辛酉对饮

◎方石英

太阳落山，你出现在十字路口

辛卯年正月初五，暮色中我们再一次握手

很多年，你和我在各自的他乡

倔强地漂着，像野草、像石头、像离群的鸟

在路上，密集的面具让明天成为虚构

我们没有麦田，也成不了守望者

那就干杯吧，即使有一肚子的苦水

也要装作若无其事

"见一面，少一面。"

让我们好好喝酒吧，把绝望消灭在醉意里

做梦都没有想到，这是我们最后一次对饮

你把救命稻草高举过头顶，像孩子一样无辜

（原载"诗与画"微信公众号 2023-02-03）

向但丁致敬

◎飞　廉

在你写《地狱》的年龄，

在这消磨人的江南新城，

在一个九点后的夜晚，

我关灯，离开这所带蝴蝶园的学校，

我似乎听见了远处的江水声。

沿着大地被撕开的一个裂口，

我走到幽深、不见星光的地下。

疯狂赶路的地铁，

坐满了疲倦的年轻人，

他们在微信里追逐浮云。

我的身边坐着一个女孩，

头发浓密，就像罗赛蒂笔下的贝雅特丽齐，

有一刻我们谈起了永生，

在这露水的浮世。

（原载《星星·诗歌原创》2023 年第 2 期）

大 黄 鱼

◎非 亚

那个年轻人给我抓了一条大黄鱼

把它塞到一个塑料袋里。我拎着这条冻鱼

离开，想象它在海里

被拖网捞起，连同它的族群

在拉上渔船

之后，被丢进冰柜里

它后来昏迷，然后在寒冷里

渐渐死去，蓝色的星光在海面上它再也

看不见，也无法再去追逐

洋流。那条鱼

在船靠岸的码头，被分拣到一个

装满碎冰块的箱子

每一条鱼，都保持了它最后的姿势

连同死亡一起

被搬运到了各个街区的菜场

我拎着这条鱼

走过红绿灯，上楼

返回家中，在不锈钢的洗菜池

用刀给它去鳞

剥掉它头部暗红色的鱼鳃，扯掉肮脏的内脏

再把它一分为三

哦，完整的大黄鱼，就这样被我

再次装入保鲜袋

存储到冰柜，等待火、盐

调味料，与晚餐时分

钢琴、吉他，与大提琴的

煎煮

（原载《扬子江诗刊》2023 年第 1 期）

尖 叫

◎冯　娜

这个夏天，我又认识了一些植物

有些名字清凉胜雪

有些揉在手指上，血一样腥

需要费力砸开果壳的

其实心比我还软

植物在雨中也是安静的

我们，早已经失去了无言的自信

而这世卜，几乎所有叶子都含着苦味

我又如何分辨哪一种更轻微

在路上，我又遇到了更多的植物

烈日下开花

这使我犹豫着

要不要替它们尖叫

（原载《扬子江诗刊》2023 年第 1 期）

杏 树

◎冯焱鑫

如今，几棵高大的杏树像

一个个坟头上的墓碑

屹立在四南岔的一道梁上。

每到春天，代替逝去的亲人

重新活过来一次。

多少年了，杏花就这样

开了又落，落了又开。

就像祖母，从梁顶走向沟底

又从沟底，爬上梁顶。

祖祖辈辈厮守的四南岔呀

最后也只有杏树才能找寻到

一个个没有墓碑的坟阙。

（原载《牡丹》2022 年 12 月上半月刊）

大雪日遂想起

◎刚杰·索木东

漫天的大雪落下来的时候
群山是静止的，大地是静止的
冰缝里挤来挤去的流水是静止的
几根电线上蹲踞的鸦雀是静止的
冒出屋顶的那缕青烟是静止的
你拨拉出一小块烧得通透的火炭
点燃的那支烟卷是静止的

多年以后，我能想起来的
都是静止的——
天空宛若一口喑哑的大钟
丝毫听不到，令人担忧的声音

（原载《诗刊》2023 年第 4 期）

第一次我看见火

◎高短短

人的生命是从捕捉火开始的

当我第一次看到火时

我在火中看到了颤抖

它迷人得毫无悬念

我几乎可以道出它的命运

按照理想设定的赞美，抚摸

以及类似黄金或者铁的

代表坚硬、永恒的实物强行加入

她将拥有绚丽的，跳动的痛楚

在燃烧中不停地熄灭

并被告知，熄灭是她的命运

而燃烧不是

（原载《飞天》2023 年第 1 期）

求婚的巴特尔

◎戈三同

羊群出栏后，草场空下来

一个人的时光，他喜欢

在经常摊开羊群的地方出现

有时，他像草地上

一块静默的石头

风掀不动

有时，他像一脉横卧的罕乌拉山

突然躺下来

替八百亩辽阔，长舒一口气

有时，他赶着羊群
去见琪琪格。隔着一条河
姑娘一眼就了见——

一群羊，缓缓地
以一片硕大的，云涛
朝她翻滚而来

（原载《草原》2023 年第 2 期）

敦煌的三原色

◎耿　翔

敦煌的三原色，是用沙粒
泥土和盐碱，在众佛
沉重，且沉静的
身上
调和而出

在敦煌，只有沙粒
只有泥土，也只有大地结痂而出的盐碱
可以任由大风，在时间里挥霍
那些困在，沙漠的人
伸出手指，像在绝地抓住
生命之中，剩余下的原色

在他们手上，一块石头

也是一个，活过的

生灵

在他们手上

大地，从来也不是

一贫如洗，这些被大风漫卷在时间深处

又被过度挥霍过，这些组成

原始地貌之物，每一种都是还原

一道佛光

于一块石头上，从而普照

这个世界的

原色

大雪落下，我也想从沙粒

泥土和盐碱中，调和出敦煌的三原色

绘画这些年，一直

供奉在

心上的母亲

（原载《延河》2023 年 2 月上半月刊）

小 孤 峰

黄姚的山，不算高耸，却玩得峭拔，小而有姿态。

◎孤　城

都是被旋转押送

却多出一份，拔地孤守的傲气

北方草木卸甲。重彩油漆
哗哗剥落
——那么多碎金，已被寒风
败光

小孤峰稳坐潇贺古道
葭月绒衣，披九成新的狠绿

好像黄姚宽宥
好像季候放任——
一个不易被人世说服的野小子

（原载《红豆》2023 年第 1 期）

大　雨

◎管清志

青蛙镇上空的云，都是不肯消散的往事

造物者企图借一场大雨，敲打红尘
重新摆布凌乱不堪的人间

风雨并作。在无限延展的江山之上
可塑造美人，亦可刻画英雄

一场雨，把世界藏了起来。一个少年躲在树下
在树洞中，他藏起了一个关于雨的秘密

"他的伤口里，有泛滥的雨水和成群的蚂蚁"
几朵花在雨中敞开心扉，那是木槿

一些人最终会消失于一场大雨里
包括，那个徘徊在雨中号啕的父亲

（原载《延河》2023 年 1 月下半月刊）

归去来辞

◎管清志

我误以为村子里的鸡鸣狗跳
都是在欢迎我的到来

我误以为只需伸手一推
便会在轻轻打开的庭院之内
有渴望看到的一幕

我熟稔的——那些似曾相识的炊烟

瓦片的缝隙里塞满的风雨

这一切，都是它应该有的样子

直到我从那些擦肩而过的眼神中

读到了"陌生"两个字

直到有一天，在南山下的田野里

我迷失了方向

转来转去，找不到出路

——多年前，一场大雨引发的山洪

冲毁了故乡所有我熟悉的道路

（原载《延河》2023 年 1 月下半月刊）

独　坐

◎郭　静

有那么一刻，时间仿佛静止

记忆像一幅亦真亦幻的画

洇染出烟火的底色

谁将触动时间的支点

我勒住恍惚的缰绳

与你分享黄昏的秘密——

光从鸟翅上滑过

吹过万物的风吹着我

青草遍野，光影迷离

胸中丘壑，被一个吹箫的人

置于云端。侧身而过的流水

正把人间暗疾

一丝一缕地带走

我分身无术

看落日陷入洪荒，鸟鸣

搬走一座孤寂的庭院

（原载《飞天》2023 年第 2 期）

一个月的最后一天

◎海饼干

八点，我和司机

去贵池接客人，商务车

驶在陌生的乡村公路上

像一条蛇在盲道上爬行

殷汇路口的山

光秃秃地裸露在平原上

汇丰村荒凉得

像大地上的一颗雀斑

有两人站在地里

一个人挖坑，一个人埋

仿佛在恪守一种古老的仪式

她们旧毛巾下的脸像

两块煳掉的土豆，返回的路上

客人和我谈到文学

谈到人的处境时我再次想起了

那两块煳土豆一样的

面孔。

（原载《安徽文学》2023 年第 3 期）

那成群结队的黑色翅膀啊

◎海　男

移动的诗句像一座古老领地，炊烟引来

饥饿的兀鹫，那成群结队的黑色翅膀啊

饥饿游戏从古洞穴中开始向外迁移出去

一个神话故事的开始像翅膀替代了时间

创世纪前到处是沼泽恐龙们巨大的躯体

化成了火。燃烧结束，地球慢慢地变安静

有了昆虫植物大战，诞生了细胞的循环

造山运动将屏障升高几厘米再变成高峰

仿佛又回到了一座领地看见了佩戴钻石的
领主。她带领一群人正在战役中避开弓箭

营地上升起了篝火，石头垒起了城堡
我们的故事就像围棋布局了生死界限

活下来吧，我额眉鼻翼都在寻一本羊皮卷
源头。兀鹫飞走了，白鹭引领我泊于湖畔

黑与白，像千古愁从棋牌游戏中找到了母语
说吧：点一盏煤油灯将暗夜度过的人是谁

那一群黑色的翅膀下，我站在崖画前：
古老的时代啊，我曾在此织布捕鱼做女人

（原载《安徽文学》2023 年第 1 期）

登千佛山

◎贺予飞

从干燥的世界径直而上，最先映入眼帘的
是初雪覆盖的屋檐

太阳隐没群山之下，烛台闪烁

寺院微微染上金色的轮廓

在紧闭的佛堂外，一个女人

保持跪拜的姿势，纹丝不动

整个天地都不忍心惊扰她，只能听到

雪，一滴一滴融化的声音

山脊孤亭，古寺残雪

退出门的霎那才发现

一千个佛陀

背后湿漉漉的心肠

（原载《延河》2023 年 1 月下半月刊）

倒回去的路

◎ 胡　澄

在人世走过的路，留下苦难的标记

是为了倒回去

攀岩者学习要领，踩着一个一个钉子

是为了重回平地

你经历的人世

唏嘘不已

天哪！这薄冰架设的桥梁

这深渊

这喜马拉雅山的山脊

——踩着这些路标

你重回婴儿，带着对尘世的深刻悲悯

（原载《草堂》2023 年第 1 期）

积 雨 云

◎胡权权

女人用一根绳子把两棵树连起来

绳子上晾晒刚洗过的毛衣、外套、长裤

还有各种样式的内衣内裤

毛衣、外套是直接趴在上面的

裤子像骑马一样骑在绳子上，风一吹

它们都玩起了荡秋千，一根绳子让它们

开心得稀里哗啦

女人低着头还在洗，她安放在小板凳上的屁股

蓬松得又圆又大，阳光照着袒露的部分很白

像一朵积雨云悬在半空

（原载《星星·诗歌原创》2023 年第 2 期）

种　子

◎胡正勇

年少时父母会带着我

在运河边的田野

种下青菜红薯白萝卜

和许多我不认识的种子

这么多年来

父母亲一天天老去

他们种下蔬菜瓜果的同时

也在运河边种下

我的祖父祖母外祖父外祖母

运河两岸的人

都会在清晨种下

他们逝去的亲人

一盒又一盒的骨灰

像一粒粒种子被种进泥土

若干年后

我们也会把父母亲

像种一颗土豆一粒南瓜子一样

种进辽阔的大地

（原载《长江文艺》2023 年第 1 期）

挖土豆的人

◎胡文彬

父亲，在屋后的空闲地里

种下一片土豆

土豆成熟后

父亲就把那些土豆

从土里挖出来，养家糊口

我穿着开裆裤

在土豆堆里摔倒了

等我爬起来的时候，已是中年

那个挖土豆的人

在他侍弄了一辈子的土豆地里

却再也爬不起来了

他成了这块地里

埋得最深的一枚土豆

我挖啊，挖啊，一直挖到今天

可是无论我怎么挖

也没有把他挖出来——

（原载《中国校园文学·青年号》2023 年第 3 期）

新诗选

2023 年

春

小满，想想我的一生

◎花　语

太阳抵达黄经 60°，该下雨了
小江小满，大江大满

麦子抽穗拔节
该灌浆了，谊品生鲜超市门前
一个昂首挺胸的女孩
高昂着她的骄傲，志得意满
我和她走在命运的两个极端
焦虑，疼痛，惶惶不安

在这样一个节气
想想我卑微的一生
从未停止挣扎的一生
曾被人称作飞机场的一生
缺少浇筑，忽略装饰的一生
低如尘埃，渺如草芥的一生
忍不住，掉下泪来

（原载《文学港》2023 年第 1 期）

针 线 包

◎华秀明

勤俭持家的家训在左，平淡日子里的
浆洗缝补在右。

就像秉承古老的血脉与姓氏，那些坐在灯光下
一代代传承一个针线包的人
叫曾祖母、叫祖母、叫母亲

每一次传承都没有庄重的仪式
也没有特别的嘱托
仿佛这一切都是顺理成章，水到渠成

她们在灯光下飞针走线，
手底是密密的针脚

把一块布片缝制到另一块布片，叫衣服
把一块布片缝补到一个破洞上，叫补丁
把一个日子连缀到另一个日子，叫生活

小小针线包进入尘封的记忆是上世纪八十年代
记得那一夜，月光真好
院子里的石榴花也开了

春

母亲把一块天青色的布片缝补到父亲的肩膀上

（原载《星星·诗歌原创》2023 年第 2 期）

缺

◎黄明山

不圆满的时候生出完美
或许，完美是将至未至的一个局
相信吧
这人间还有中规中矩的偏激

时间的枝丫
救赎于没有穷尽的风月无边
谁说时间不能倒叙
从 917 到 817，错乱的时序
成全了敏感的判断力和理解力

说到缺月的美
不单单是月亮本身的际遇
缺月包含了残缺，和尤
请相信吧，一切都会简单下去
存在的东西
不妨用不存在让它存在

（原载《安徽文学》2023 年第 3 期）

思念像她写的正楷

◎黄启明

当我翻收纳箱看到塞弗的平板电脑时
保护套上的几个字让我出神，最后让我哭
"想外婆"，稚嫩的笔触像是多年前的字迹
太工整了，写的时候肯定一笔一画
因为思念的方式是慢的

我在想，人类想念至亲之人的心情是不是完全一样？
在医院我听到姨娘因为外公摔倒而哭泣
这声音以后每次听到，都是有人在痛哭
同样痛哭的声音，每次都让我误以为是姨娘在哭
人真的哭泣时，声音是不是都来自同一个嗓子？

（原载《星星·诗歌原创》2023年第1期）

白 桦 林

◎吉 尔

我闻到桦木的味道，仿佛多年前
深秋的浆果落在潮湿的草地上

还有马粪的味道

那时，遇到一只奇异的鸟
或者一只花斑鹿，我们一点也不意外
我们听着树叶的声音
斑鸠飞过……尽管放慢了脚步
还是惊动了十七匹马的睡眠

我反复数着，那是十五匹大马
两匹幼马，我被这清一色的红棕色而感动
没有一匹马是其他颜色
十七匹马光亮的皮毛在闪闪发光

那时，世界没有一丝灰暗
我们的心情里从未想过邻国的战斗和难民
还没有为任何事产生分歧
我们走出白桦林
身上还带着桦树的味道

（原载"早上好读首诗"微信公众号 2023-02-08）

深秋的河流

◎纪开芹

最后一支雁队向南飞行，冬天就到了
你想着它们离开这一片水域

是不是你眼中的诗与远方

为了生活。迁徙是每年必做的事儿

你是否想成为大雁

用翅膀丈量一条河的长度

很多事物都值得羡慕

在一个黑水塘，玛丽·奥利弗笔下的黑水塘

你羡慕一滴雨。它惊醒一个诗人的感官

你又在羡慕一条盛满水的大河

清凉，平静

而你，一直以来都在淤泥上翻卷

你让自己浑浊

你向往的是什么

也许希望江枫渔火里，有对饮的朋友

你们坐在船头，看星星落在肩膀

一些树木、青草、村庄模糊的影子

被月光煨热的话题……

都如简陋的船只，流浪在深秋的河面上

许多年前，你还没有脱离泥土的胚胎

就在追求一种

和泥土有着亲密联系，又超脱泥土的事物

现在，你的舟楫横在那里——

野渡无人

一群大雁从头顶飞过

洒下的歌，充实了你的河流

（原载《星火》2023 年第 1 期）

村医家的分工

◎简

他负责给病人把脉

看舌苔

听胸腔的啰音

处理感染的伤口

宽慰整个村子的不安

她负责

栽土豆，插秧苗，锄闲草

修葺猪圈的木栏

缝补围鸡的网

替蜂桶扫除小绵虫

大半生了

他不杀牛，她替他杀

他不爱说话，她替他说

他不愿咳出声的

她替他忍回去

（原载《星星·诗歌原创》2023 年第 1 期）

坐在父亲的庭院

◎剑　男

我有一个漫长的中年，从二十岁开始

那是父亲离世那年农历十月

秋风不再有确切去处，父亲在庭院中

说自己的肝正在一点点烂去

要我在他走后照顾好两个苦命的姐姐

和年幼的弟弟，那时候我没有工作

也没有爱情，只有贫穷让我

一下子步入人生的中年，父亲辞世后

我落叶一样不知疲倦在人世

辗转漂泊，没想转眼间已过天命之年

人生过半，如今我再次坐在

父亲曾经的庭院，白云如世事在天空

悠然飘过，那么多的白云啊，就像积雪一样

一下子覆盖在我灰白的头顶

（原载《长江文艺》2023 年第 1 期）

水　库

◎剑　男

这座水库坐落在群山之中

有无数条溪流向它汇入

但只有一个出口

它兼容并蓄

也缓慢地释放着

内心积压的苦水

那个春天过后再也活不下去的

投向它的年轻寡妇

那三个在它怀中嬉戏后

再也没有回来的少年

那艘深夜沉没的运粮的木船

那个急匆匆赶路失足的中年人

那些被山洪冲下的幼獐

他们在水下是否继续着各自的生活

漆黑的、孤独的

但仍需要憋气的生活

（原载《扬子江诗刊》2023 年第 1 期）

柴　薪

◎剑　男

有一个时刻，每年都会在秋天来临前
被忆起：你在灶台上忙碌
我在灶台下面生火，隔着锅中的水汽
你搅动苕羹，又往里倒进

一小篮野菜，清汤寡水的生活

硬是被你调出浓稠的汁液

这些年，在酒店里我偶尔也会点菜糊

但再也没有那样的味道在舌尖上回荡

一夜秋风后枯枝落叶满地

我偶尔也会想到它们可烧多少顿饭菜

但我知道离开乡村的柴火

再也不能叫柴薪，就像我有着不菲的薪金

但不再与乡村的柴火有关

就像那年你来到我所在的城市

一个人絮叨着城里没有的事物，只有我知道

孤寂中你和什么在亲切地交谈

（原载《诗选刊》2023 年第 1 期）

我的栗色马和狮子

◎江　非

人们都曾问过我

我为什么来到这里

我给他们讲述的答案都是

我想到更远的地方看看生活

从西太平洋到南太平洋

看看那里的人和日子

我从没有提过我是失望于友谊

我是实在不想再在原来的那个地方

心疼地看着人不能回到自己

犹如溜冰场上穿上冰鞋的孩子

每当回乡下老家时，我也不想

再走过村前果园里那片密密麻麻的坟地

人在哪里不能生活

但我来到这里

我还想到更远的地方，中亚

或是荒凉的北非高地

但正当我想起身离开时

一个女人来了

然后，她又走了

把我最后的心也绞碎带走了，我的那颗心

曾是我的栗色马和狮子，充满了真爱

曾是我的全部

（原载《朔方》2023 年第 2 期）

绿皮火车把我送到这里

◎江 非

绿皮火车把我送到这里

我到的地方是一个热烫的海岛

大海整日抱着

像好心的妈妈

抱着一个他人家的孤儿

太阳把田地和雨林分开

光线把日子分成白日

和黑夜

我把自己终日

藏在房屋的一角

以免被热浪过早蒸发而去

每夜每夜我让房子里的灯亮着

以使有人知道

我活在这里

每夜每夜我在灯下坐着

仿佛这就是我出生的房子

我用书籍垒起的墙越来越高

仿佛我住在另一个世纪

很久以前我就离家在大地上漫游

但每晚都有一只篮子提着

把我送到母亲的手里

家门和天国的门一样

都是那么地狭窄

每一个儿子起身出门

都会被牢牢卡在那里

岁月将它车轮的轰鸣继续

扑在我热热的耳朵上，每晚

我都在灯下坐着，面对着一张空荡的白纸

（原载《朔方》2023 年第 2 期）

我想得到你的夏天

◎江　汀

我想得到你的夏天。

在远离你的地方，

我偷偷地拆去时间的包装纸，

一边发抖，一边咽下回忆。

在小镇的某一个院子外面，

我开始捡拾樟树的果子，

仿佛捡拾我一年内散落的痛苦。

它们堆积在我的头上，

漫过了我的发际线……

我希望用它们换取一只布谷鸟，

再用它的声音换取一个早晨。

……就这样，你降临了！

你眯着眼睛，看到了那个

出现在眼前的我。

合上书本，踩上桌子，
打碎你的窗玻璃，
离开你的灵魂——听我说——如果夏天到来。

（原载《中国作家》2023 年第 2 期）

我所设想的最后时刻

◎姜念光

最后的时刻，黑夜结束了。
我也平静下来，在血液里收起鞭子，
用清水换掉烈酒。

我已经衰老，双手平放膝上，
孤寂地坐在晨光中。
因我说过太多的诅咒，可能是个罪人。
这最后的时刻
是在等着，那即将到来的惩罚。

我曾经写过的事物
土地、石头、花朵，还有雪，
都扬起发红的脸，
一齐轻轻地围拢过来。
但它们，什么也不说。

是的，这些沉默的注目充满谢意。

是的，它们已经原谅了我所有的过错。

我多想抱住它们大哭，

我从来没有这样充分地活过。

在明亮的泪光里，赎回了一生。

（原载"地球旅馆"微信公众号 2023-01-15）

绶带鸟与麻雀

◎蒋立波

友人在朋友圈里晒出两张图，确切地说

是两种鸟：漂亮的白色绶带鸟和灰头土脸的麻雀

绶带鸟在湖面上飞，拖着长长的尾羽

那丝质的绶带，和看不见的勋章

以及听不见的军乐，赞美的雪，授奖词

麻雀用短小的双脚，顶着肥硕的身躯

在墙头踱步，笨拙，讷言，即便偶尔几声啼鸣

也只是暴露小地方的口音，那天生的羞怯

它们有各自的领地，各自的飞行术和换气法

它们不会在同一根枝条上激烈地辩论

也不屑于彼此作出申辩或批判

但我认得它们，就像认出完全陌生的两个我

如同那些如此熟悉的虚妄，炫技的冲动

那些长久的悲伤，喙尖的沉默

深埋的淤泥，鸟骨，闪电，曾被我逐一认领

（原载《诗林》2023 年第 1 期）

乌兰毛都

◎景绍德

有时是一片晨光，浩浩荡荡地洒下来

有时是一大朵乌云，在风的皮鞭下

把自己分解成头顶的蓝，人间的晶莹

有时是一群羊，风吹起，若隐若现。

风不吹，也白得独一无二

有时是一个人，深陷在时光中

握紧没边没沿的孤独

有时是一匹老马，慢悠悠地啃光一枚落日

霞光美到令人动了恻隐

夜晚说来就来

有时是几声虫鸣，鸟叫，星辰铺满夜空

马头琴响起，你听到什么，什么就往心里钻

更多时候，乌兰毛都青着、绿着、黄着、白着

只有牛羊啃食着虚无和光阴

一茬接着一茬

（原载《草原》2023 年第 1 期）

善　意

◎康承佳

她可以忍住，等哥哥星期五回来
才一起拆周二买的饼干

每周五她都会给奶奶带回幼儿园中午
给小朋友发的蛋糕，那在夏天
被捂得都已经变形的蛋糕

她会用心地记得出门多带点零食
喂一下小区的流浪猫，等到冬天了
她还会送去她过往的小棉袄

听到童话故事里饿死了懒惰的小猪
她也会哭，她一直信任那些小花小草说话的故事里
必然存在和她一样干净弱小的生命

理解世界，她怀着小小年纪才有的小小慈悲
多希望，多年以后
世界也能够对她，饱含相同的善意

（原载《诗刊》2023 年第 2 期）

老 房 子

◎老 四

无非变旧了，天花板上长了几个洞

无非多了尘土，多了蜘蛛，多了蚂蚁

无非青草钻出地砖，山楂树亭亭如盖

无非我不在的时候，更多蜻蜓睡了我的床

看到了过去的少年，他的母亲、父亲、弟弟

他们从一个门出来，走进时间的窄门

还有一只小狗，黑白花纹，摇尾乞求

我抱它打滚。它死于一包老鼠药

无非偶尔进来，和旧时光聊会儿

青苔上长满青苔，花狗上长满花狗

无非人到中年，我身上长满了父亲

老房子上长满了老房子，天涯长满天涯

（原载《星星·诗歌原创》2023年第1期）

明月的下落

◎雷平阳

在蒙化府，我被两个人迷住

一个是遁迹于庙墟的晚明皇帝

另一个是云游乱世间的和尚

有可能从属于同一躯壳的

这两个人，互为傀儡和假象

在别人的幻觉中找到了真实的道场

或鸽子笼。除了他们

我还对第三个人倍感兴趣

他是一个诗人，名叫陈冀叔

身患洁癖和孤独症，一生骑在驴背上

头戴斗笠，只饮用雨水，自绝于土地和天空

死神降临前，他在怒江边的石壁上

凿了个大窟窿，把自己封存在里面

之前，他一直打听明月的下落

后来，明月照着蒙化府

每天都在寻找他的下落

（原载《大家》2023 年第 1 期）

清 明

◎离 若

当我想起你时

死亡也变得温柔。没有了刀削般的疼痛

仿佛一匹温柔的马驹，把我带离

尘世，带向你的荒野。

你在地底下已深睡两年多

而我依然为生活忙碌着

你有时是一只蝴蝶，悄悄来过我梦里

有时是一阵风，歇在我途经的路旁

有时是我梦醒之后的疼痛，疼痛之后的痉挛

在忽晴忽雨的日子，构成我记忆的碎片。

当我站在你的墓碑前，放下一切俗念

朴素得如同雨中杏花

只把怀念的触须伸向你——

所有温柔的往昔一一回来。

天地明净，泥土隔开着我们

寂静如同草木疯长。你化身四月的青鸟

从两棵树之间飞离而去。徒留虚无

在碑石上投下巨大的阴影。

（原载《诗潮》2023 年第 2 期）

清晨，在鬼城丰都江边打太极

◎李　斌

风声只止于脚步，我在江边停下来

昨夜的雪已化为水顺江流

江水清，深而不透

如果见底，看到的只能是泥或沙

真正的清澈，厚如镜

看到的是自己

我是尘世中随波的一粒尘

一直在逐流，这江水一涤荡

我想成为这江中一滴水了

尽管也随波，也逐流

但再高的浪，都是干净的

连鬼城判官手中的笔，每勾画一次

都要在这江水里清洗一次

否则就有冤情

我打的太极进入收势

头顶的气沉入脚底，立地

打开的双手抱起一江胸怀

顶天的宽阔如此

那东地狱西地狱所有的刑罚

都不如这一江清水的洗涤

（原载《红豆》2023 年第 2 期）

叶落林深

◎李　敢

银杏树已经落光叶子，谁来给我安慰？

日子阴暗昏沉，叶落在林中

路上堆积。一只公鸡在午后打鸣，急吼吼的是犬吠

我又听到了一只灰麻雀

在银杏树枝上细碎低吟

昨天，我开着车去了异地，在西江河边

望着落日，见到了友人

兄弟，仍旧是兄弟，陌生的人继续陌生

我在手里握住一根枯枝

我的脚践踏着林中叶落

（原载《草堂》2023年第1期）

诗歌和我

◎李　南

从陡峭的斜坡向我迎面走来

你和我，相遇在一个尴尬的年代

我们拘泥又凄凉

像秋风和落叶拥抱在一起。

不要给我戴上桂冠，只有荆棘

才配得上我的歌声。

我对你，充满影子对光的敬意

又好比工匠对手艺的珍爱⋯⋯

我试图说出更多

人心的距离和哀伤如何在体内滋生。

你撒种——我就长出稻子和稗子

我们不穿一个胞衣，但我们命中相连。

(原载李南诗集《那么好》花山文艺出版社 2023 年版)

一个人在镜中

◎李　南

一个人在镜中，无法看到罪行

只能看到日渐衰败的脸。

一群麻雀并不因为田中的稻草人

而收敛起自己的坏脾气。

不要以为识字就有文化

不要小瞧灰烬携带的使命。

走进绵绵山脉，穿越茫茫沙漠

你会渐渐放下复仇的刀斧。

乡道上高过人头的蜀葵落满灰尘
仍能开出红花和粉花。

非法的爱，得不到祝福
野草有时却可以成为珍稀药材。

死亡里都有一种恐怖的味道
没有谁会长久地迷恋。

（原载李南诗集《那么好》，花山文艺出版社 2023 年版）

我说汉语，我写汉字

◎李　南

我说汉语，我写汉字
除了汉语，任何语言我都不会。

汉语，我宣誓过忠实于你
并且大半辈子都在为你效力。

即使我走到了异国他乡
你也是唯一喂养我的口粮，唯一的。

汉语里有我熟悉的声律

汉字中的阡陌纵横，把我带入另一重境地。

活在你的福荫下

我为美工作，不计报酬。

你是我苦痛生活中柔软的绳索

是我欢乐泪水中的粗盐。

我用键盘捶砸你，用钢笔刻画你

用我咳出的血块塑造你。

（原载李南诗集《那么好》花山文艺出版社 2023 年版）

雨 中 帖

◎李　鑫

细雨将苍生一网打尽，每种声音都逃不出审判，

每座山每条河每片原野都递呈着清白的陈词。

火车往黑夜的心脏里递过去灯盏，

芭蕉的手掌一次次托举又放下，再次复举，

夜里的灯火绵延到视线的边界，

与记忆里的山水相逢，照亮了祖母的坟茔。

这是夏初，有些花已凋落，

有些正在怒放，有些果实正在欲望的怀里，

而山水淳朴得清清白白。

"时光快得吓人，有时候又慢得要死"

祖母曾经这样说，但她已死去多年。

雨水摇晃着它的巨网，

现实的灯火探照着记忆里故乡的田野，

只有几株鸢尾花在坟头眨着紫色的大眼睛，

像是祖母留给世间的，简洁有力的陈词。

（原载《花城》2023 年第 1 期）

今　夜

◎李　庄

今夜，不仰望星空

今夜，不俯瞰万家灯火

今夜，不读李白，也不读陶潜，更不思念谁

今夜，内心的烈焰终于燃尽

今夜，独坐

如一粒千年之前或万年之后的砂

今夜，一个银河边的哑巴

用一根灵魂的筷子

细数

死灰中

一生犯下的罪

（原载《诗麦芒》微信公众号 2023-02-08）

为什么要看月亮

◎李鲁燕

高兴的时候，喜欢看月亮

不那么高兴的时候，更喜欢看月亮

人世那么拥挤，每个人却仍然有不同的孤独

每个人的孤独放在一起

像斑斓的洪流

但月亮对我多么好啊

它将我的孤独单独挑拣出来

清洗干净

高高地挂在月钩上

我抬头就能清楚地看到

属于自己的那一种

（原载《山东文学》2023 年第 1 期）

带母亲走

◎李麦花

房子里已经没有什么
粮食已经被我们吃完
衣物已经送给了邻居
让灶台空着
床、衣柜、桌子、椅子，空着
后院菜地空着
锄头停在屋角，扫把挂在墙上
雨靴、皮手套，成为静物
那些柴火自己腐烂
屋檐的鸟都飞走
带母亲离开，她空了
是什么把她掏空了
带母亲走
她的身体很轻了
棉花一样
再回来时，白云一样

（原载《诗潮》2023 年第 2 期）

下雨的感觉

◎李商雨

雨下大了，我从学校出来

打着伞走在回家的路上
就在前一刻我们还在教室里
这会儿就我一个人

我想与你分享
雨里你看不到的空旷：
许多事物消失了，身边
只剩下雨，二十米远处

一栋砖瓦民房
以及冬天里孤零零的杨树林
但那民房并不像有人住的
而是远古时代剩下来的

如果你还活着，我想你也许
可以感觉到我的感觉

（原载《山花》2023 年第 1 期）

晚年生活

◎李商雨

楼下的架空层，墙壁、玻璃重重
我站在其间抽烟

听见一声低沉的咳嗽

离我十米远的一堵墙后

一个黑影正弯腰整理一捆硬纸板

那个老太太

七十多岁的光景

隔壁单元一位化学教授的遗孀

自从老伴三年前去世

她每天在小区里翻垃圾桶

东翻翻、西翻翻

将一堆堆矿泉水瓶，一捆捆硬纸板

储存在单元楼的架空层

就像有很大的空虚

她要用这些东西把它填满

（原载《山花》2023 年第 1 期）

这个冬天不太冷

◎李小洛

这个冬天不太冷

广场上的雕塑还没有竣工

我从一扇关闭已久的门里走出来

穿过了这个热火朝天劳动的场景

这个冬天不太冷，箱子里的啤酒

还剩下了最后两瓶，我靠在刚刚燃起的

炉火边，慢慢地喝着它们

我像担心着一场早已开始的宴席

担心一些人会提前走掉

而不忍，把杯子里的酒，一饮而尽

这个冬天，风经过琴键时

发出了呜呜的声音。补丁在天空上

像一片飘浮的云。我站在夜晚的中央

像一只被人类领养的小苍蝇

像孤独的药棉住在人民的伤口里

每天晚上，我是那么晚地睡下

我是那么早地醒来

我是那么地思念着，一个

躲起来，让人找不到的人

啊，那个荒凉、遥远、面孔模糊

迟早要来敲门的人

（原载"诗与画"微信公众号 2023-01-31）

夜

◎李以亮

总是这样

平静的日子

无风也无浪

总是这样

练习着忧伤

却也保持着

与忧伤足够的距离

你已经习惯

这一切

习惯等待

习惯了

于重复的岁月

磨砺心力

习惯了出神

你还似乎拥有

足够的时间

你还可以继续

在高楼大厦的

铜墙铁壁之间

继续敲你的石头

没有回声

（原载"诗生活"网站 2023-02-19）

拾光之年

◎李元胜

未经审视的生活是不值得的

旧年将尽，而朝阳仍旧如同初生
像炉口，它滚烫的液体
在大地上寻找完美的容器

松树、向日葵、红景天
窗前默默伫立的我们
在经历惊涛骇浪之后，各自用自己的方式
收集着微弱的火苗

向上的生命，都有两片对称的叶子
一片是爱，一片是批判
它们以共同的守护，在所有果实中
恢复宇宙的秩序

我们的母亲，在花园里散步归来
风雨不惊，安详如初
晨光照着她花白的鬓发
像照着一座庙宇的屋顶

（原载《草堂》2023年第2期）

喜　丧

◎里　所

小区一栋楼前
临时搭建了灵堂

早晨

摆满花圈

一伙人表情肃穆地坐着

抽烟

晚上

花圈已不在了

还是那伙人

热热闹闹地聚着

桌上有啤酒瓶

花生米

扑克牌

零食

地上铺着一层

瓜子皮

两个男人

已经支起了

烧烤架

（原载"地球旅馆"微信公众号 2023-01-08）

曼德拉岩画

◎梁积林

一只鹰在啄着什么

那一定是神派来接生的巫婆

每一块岩石都是一个黑夜之门

都是，一个睡久了的部落

每一个早晨
都是一个映满血红的降生啊
放出那只盘羊吧
放出那匹双峰骆驼
两个私奔的人，与一群狩猎者
结成了同盟

鹰啊，鹰在敲门
打开佛门的
是一声禅坐万年的
鹿鸣

一千七百米的高山上有雪
是雪
以它们的白
滋养着这些黑岩画

蒙古高原，阿拉善的风
吹着一群人类
穿行在曼德拉峡谷之中
寻找着另一群人类的美和
伤痕

（原载《当代人》2023 年第 1 期）

父亲和我

◎梁久明

放弃午睡，父亲叫上我
匆匆走出村子，去十里之外的江湾
把生病的小牛弄回家
杨树林稀疏的枝叶遮不住烈日
干旱让草叶发蔫

父亲如此高大，我只能
看着他的后背走，越来越拖后
他回头看我的目光那么凌厉
让我不得不小跑几步
脚下的蚂蚱在我们经过时
纷纷跳跃飞起
有一只落到父亲背上
享受我六岁以前的待遇
我已经十二岁了，不受保护地
接受太阳的考验

一路上我没起到什么作用
父亲带着我干了一件
我可以不参与的事

绷紧的缰绳一直攥在他手上

湿透的衬衫紧贴他的脊背

我是可以搭把手的，却像

陪绑一样跟在后面

（原载"陈斋新韵诗"微信公众号 2023-01-31）

离开马镇

◎梁文昆

离开了马镇，离开了

那个眼神

像马一样的女人。

还有

那个碰过马鼻的人，那个

抱过马颈的人，那个一抚摸马头

就发抖的人

他们

都是我的朋友。要离开了

所谓离开

就是人要从人群中消失

不会再从陌生的地方醒来

马儿嘶鸣，清风摇晃

皆不能

挽留。

汽车，一路向南

车窗外，卧伏消失的怀柔群山

深幽而模糊

还有五个小时

我，和你

也要沉入这片古老的黑暗。

（原载《诗潮》2023 年第 1 期）

虫 鸣

◎林 莉

在山谷走着

群山的轮廓变得柔软

风中有桂花的香气隐隐飘来

虫鸣声，忽远忽近

我们静静聆听了很久

猜想那些唧唧声，应该来自

丹桂树下，或是小溪边

夜色越深，虫鸣声越浓烈、清晰

我们都被这潮湿又略陌生的声线

击中了

虫鸣不断，如同一个怀旧的人

始终跟随着我们从一条荒芜的山径

走向另一条

置身其境，我们的确感知到

夜晚中的虫鸣有一种隐秘的力量

以至于我们沉寂多年的心

也在应和

发出了好听的扑通扑通声

（原载《广州文艺》2023 年第 2 期）

奇妙的春天

◎林　莉

从小河边走过

雨刚停，田野葱茏，我是那样欢喜

蒲公英、婆婆纳、红花草鲜嫩的样子

吸引着我

那些新长出的花蕾、叶片闪亮，甜美

不知道为何，就在那一刻我记起了

我的老邻居

某次深夜的啜泣、暴怒和诅咒

酒杯摔到地上的碎裂声

我的呼吸变得困难

我从一条田埂走到另一条，怅然、迟缓

时间，终会一遍遍涂改、修复着破碎的世界

春天又如期而至

暴雨后的小河浑浊，漂浮着杂物

用电瓶打鱼的人继续蹚着河水

我的眼前

一边是清新的欢愉，一边是泥沙俱下的生活

（原载《广州文艺》2023 年第 2 期）

春 夜

◎林　莉

水草间淤泥的气味

荒草茎秆沙沙的耳鬓厮磨声

远处，土丘上坟墓如一枚被时间

用旧掉的金戒指

在黑暗中闪着弧光

幸福，属于这些在尘世无牵无挂的人

我默默地盯着它们

不为所动，不求安慰

在这广阔的人世间

我们有类似的沉默以及阴影

唯有内心的悲欣交集各不相同

（原载《扬子江诗刊》2023 年第 1 期）

家　书

◎林　莽

苇丛里钻出的是一只运苲草的船

一老一少两个人

在波光中像是一幅剪影画

午后的阳光下　他们这是第几趟了

我在临窗写一封报平安的家信

偶尔抬头就能看见他们

波光粼粼的大淀　一只船

几大片错落的逆着光的芦苇丛

一帧暖色的无声的风光片

信中我写了乡亲　村落　平安和思念

掩去了青春的无望　孤单与苦闷

他们卸了船又驶进了芦苇丛

在那个小小的水乡的村落

在那个动荡的年份　我感知了

朴素的乡情　本真的善意与爱心

站在小学校的西窗前　我封上家书

看初秋的大淀一片苍茫

心中忽然响起了少年时母亲在灯下的哼唱

那曲调苍郁　温婉而忧伤

（原载《江南诗》2023 年第 1 期）

诗歌就是生活

◎林　莽

沃伦说：“诗歌就是生活”

读这篇文章的时候

我正在副食品商店排队买肉

那时我三十几岁　心无旁骛

追寻着文学、艺术与内心的所求

是刚刚收到的一本《世界文学》

一篇译文一下子抓住了我

那是正午　我排在二十几个人的队列里

前进的速度赶不上我的阅读

我记下了沃伦几段与诗相关的往事

母亲和陌生人的葬礼

飞向落日的野雉　小女儿

地中海边的古堡和几块长满陈年苔藓的

犹如浸了血的阳光下的巨石

一位桂冠诗人的叙述与诗的构思

在我掏出两毛钱递给售货员时

同一片又窄又薄的肉一同印在了我的心里

那是我婚后最初几年的日子

筒子楼　几家人共用的简易厨房

中午饭两毛钱的肉炒青菜　它们

和一个诗人的文章紧紧地联结在一起

多年以后　我才深切体会到了

"诗歌就是生活"的真谛

我一直在用诗　这点点闪光的坐标

描绘着生命的历程与情感的星空

（原载《江南诗》2023 年第 1 期）

畲 田 谣

◎林　雪

"东去的唱着西边的歌

南方的路走着北人的腿"

在他没开口唱歌之前

一切都是伏笔

竹枝词里的天空出乌云而不染

而在畲田之地，雨必将落下

玉米和歌手被采摘下来

身体被连枷拍打

灵魂被碌碡碾压

古老的脱粒方式

如同挑拣世仇的受害者

只为优选出饱满闪光的那一个

川江号子的高音能长成草原

低音则开出溶洞

秘密的时间不只为大地赋形

也矿化着人类和我

那开口之后呢——我将被世界

一分为二：刚与那昔日之物确认过眼神

一个我以八百公里时速

归去。另一个我要向禹锡先生自首

我就是那个怀着乡愁、心怀大恸

在陌上痛哭的北人

（原载《上海诗人》2023 年第 1 期）

船　地

◎林　雪

白露吃石榴，岁留人也留

——豫南民谣

从你见到第一棵冬小麦起
那就是豫南了，麦地由此开始
清晨联合收割机在收割麦田
红色的、橘色的、绿色的
光线沸腾。而我读到的一个民谣
或一个故事
也是一束光线

水路运往南方
马帮通向西北
历史和传说也远
但人从前好像是一个箭矢
现在仍然好像是一个箭矢

大块头的机械麦客如同滚动的
九十九个太阳
而源潭镇的河流交叉出两轮明月
水系像一只巨手上的地图

有个夜晚跑步的男人

清癯、严肃，如安居时的杜甫

我也怯于坦白我曾邀请

友兰先生入梦

他那美髯须眉间悸动着哲学之涛

而去祁仪镇大声朗读李季

才是正确打开奇异的方式

我在桃园和老白果树上都看见了他

如夜色里的花冠

用多少明信片才能把中洲寄回故乡？

面对这个问题

我不比麦苗更有天分

我只看见机械麦客的钢铁犁具收割时

麦粒犹如尘土和原词

撞进挡风玻璃

如同还乡

用尽了如飞蛾扑火的全部力量

（原载《上海诗人》2023 年第 1 期）

在栖云咖啡馆的一个下午

◎林长芯

低头看楼群，抬头看云

都不是第一次

公车在拐弯。河流静止

日常的河边，动作变得微不可见

也不是第一次，记忆像白云

悄悄从身边移过。群山起伏

我怎能记清，我们经历了什么

我在哪个山头吻过你，哭你

而此刻一窗晴日，像失而复得

（原载《草堂》2023 年第 1 期）

大地之歌

◎林长芯

破出嫩芽的枝条

是一根好弦。无心听取的

还有那只忙于

筑巢的春燕

干枯的树洞是神赐的笛孔

无人可吹

玉门关外事

冰河之下水

世界宽大如是

就是说：推石上山，穷途之哭，车辙遍布

都是好曲

当风吹灭灯芯

月亮落入盛满水的陶瓷中

有人请出祷词

我拿出竹制的尺八

和你的音

（原载《草堂》2023 年第 1 期）

丢失的纸

◎林宗龙

回到家中，我把黄色的渔夫帽

扣在一堆图书上，圆弧形的帽檐

压着卡佛的小说集封面。

打印机停止了工作，它曾把我写出的

秘密，显露在一张白纸上。

但我找不到那纸了，事实上，

我已经找过好多回，在无数回徒劳中

找到过一张发皱的购物清单。

那生活的纸，罗列着一些我陌生的物件：

内衣 3 套、内裤 3 条、黑包 1 个

洗发水 2 瓶、洗面奶 4 瓶、牙刷头 3 个

眼影盘 2 个、咖啡 3 袋、牛奶 8 包……

它们像是被折叠好的夜晚和清晨，

在指示那张丢失的纸又回到抽屉里。

我看着拥有过这些物件的女人，

我的妻子，她开着房间的小灯

在给儿子，讲一只松鼠回到森林的故事，

窗户外静悄悄的，

仿佛黑暗从来没有降临过。

（原载《诗歌月刊》2023 年第 1 期）

聋　子

◎刘　川

人间到底有

多少聋子

天上打雷

他们听不见

人间爆炸

他们

听不见

对面楼房轰然倒塌

他们听不见

只有当

他们自己手中小小的饭碗

掉在地上

啪的一声

摔碎了

他们才被震得

猛然跳起来

（原载《北京文学》2023 年第 1 期）

瓷 歌

◎刘 年

擦灰尘的时候，不小心

把神龛上的观音打碎了

没想到沉默多年的观音

竟然暗藏着这么多的利刃

（原载"无限事"微信公众号 2023-02-12）

野 花 辞

◎刘 年

每年，那么多人死去，死了那么多年

大地早已变成了坟场

我们在坟场里
又说又笑，又跳又唱

大地上，那些用来祭奠的花
被我们摘下来，作为礼物，送给心爱的姑娘

（原载"无限事"微信公众号 2023-02-12）

卢森岩画

◎刘大伟

除了采集、御敌，沉重的刀斧
还可以作画
——具象的家畜，写意的猛兽
都健壮，都灵巧，动感十足
更有浩瀚星空，用一条拐弯的大河
不断倾吐万年时光

以花岗岩为纸，足见那时生活
该有多粗糙
能在死亡的刀刃上搁置新生
——那时候的人，骨头有多硬

（原载《诗刊》2023 年第 4 期）

在遗忘的陷阱里

◎刘立云

书架睁开眼睛在默默地注视我们
这个秘密我是在许多年后
发现的。但许多年后当我发现这个秘密
它已被另一个秘密掩盖
如同此时此刻，我正被自己遗忘

书架上群贤毕至，这是有目共睹的事
他们正襟危坐，努力保持着
大师的威严和矜持
等待着某一天走下来，与我们的灵魂交谈
而大师毕竟是大师，谁敢轻视他们
即使把他们遗忘在书架上
即使尘土满面，也享受着人类的敬仰

也有与大师们比肩的事物被忽视
它们荣登书架，却只为装点我们的履历
之后比书架上拥挤的大师
被遗忘得更彻底，仿佛远去的一个梦
比如陈放在我书架上的一块陶片
它来自遥远的楼兰；一尊黑黢黢
一眼就能看出是仿造的武士俑

那是我从临潼秦皇陵廉价淘回来的

一颗晶莹剔透的鹅卵石

诗意的说法是帕米尔的一颗乳牙

几万年后，我与它在叶尔羌河滩相逢……

我是个经常往外跑的人，每次外出

都会以过客的心理带回

外面的物件。有一天，我在书架上突然发现

这些物件摆上去之后，我再也没有

动过它们，再没有回想过它们的

前世今生；它们被摆在那里

默默地，有的过了十几年

有的过了二十几年，有的三十年前随我

从逼仄的平房，搬进这座高层的三楼

当我们在某一天发现遗忘某件事物

其实已经在遗忘的陷阱里越陷越深

（原载《福建文学》2023 年第 2 期）

流水之上

◎龙　少

当天鹅绒般的星辰在初夏夜空里

拨弄手指时

我的父亲正从工地回来

坐在门口的石墩上拍鞋上的土

母亲做好晚餐后，在微黄的灯光下

做衣服

行至中年，我依旧记得那盏灯火

和院门外的星光

我不止一次描绘过它们

后来，我努力接近它

接近麦穗、茶水

和一只带着裂纹的杯子

直到它们成为我生活的一部分时

我在灯下看书，孩子在身旁

弹奏钢琴。这是我想要的夜晚

我的星辰落在它的流水之上

（原载"诗刊社"微信公众号 2023-01-10）

那些白色

◎龙　少

这是夏初，云朵在山坡上竖立成风的羽翼

麦苗在不远处排成海的模样

我们周围，槐树正在开花

细长的枝条不时变换着鸟鸣

这一次，我没有细看那些开花的树

尽管浓郁的气息一次次扑面而来

在之前，很多个春天里

姑姑总会按时给我备好槐花麦饭

槐花饺子和花蜜

我知道之后的日子，再也不能无条件地

拥有它们了。突然想离一棵树远远的

离那些白色远远的

可它们那么近，几乎刺疼了我的双眼

当我从山坡下来，那么多槐树正在开花

姑姑去世后，我再也没有写过它们

（原载"诗刊社"微信公众号 2023-01-10）

麦苗田里的朝阳

◎路　也

一轮太阳把东边那片麦苗田

当成了跑道

茫茫的绿映衬着寥寥的红

无垠平面托着呆呆圆形

一条小路通向麦苗田

一条小路通向朝阳

黑暗使出最后一点儿的气力
让风犁过原野

向着麦苗田和朝阳走去的人
悲伤压在肩上

日出被固定在云彩和麦苗之间
那人夹进了悲伤的层岩

太阳有巨大力气上升
那人正从悲伤里抬起头来

（原载"早上好读首诗"微信公众号 2023-01-28）

春 夜

◎罗兴坤

夜晚，流浪猫求偶的声音
拉长了时光的幽怨
彼此的呼应，听起来让人伤感

月光里，隐秘的忧伤在涨潮
仿佛有无数的漏洞和缺失

等待被什么慢慢填充

丁香花、紫玉兰，在淡黄的灯光里闭合
生命的热烈和繁华，平息下来
而一些看不见的事物
在星光下醒着，闪耀着诱人的光辉

谁在梦的尽头张望，穿过这个春夜
穿过内心的幽暗，蓝宝石的眼
暗自燃烧的，幽蓝的火焰

夜色里我藏起深深的伤口
旧爱被梦境延续
而我的翅膀还没来得及收拢
又在疼痛里展开

我感到夜色里伸出数不尽的手
万物，在找着爱的源头

（原载《山东文学》2023 年第 1 期）

在因特拉肯放出心中的鹤

◎俣　俣

如果注定有一天
要客死他乡

就选一个因特拉肯这样的小镇

每天，推开窗户

看见白雪皑皑的阿尔卑斯山脉

宁静、肃穆

此时，该后悔就后悔吧

半生羁旅：该掏出匕首时

没有掏出匕首

该提起笔时，却举起了酒杯

在生活的重轭下

智慧和勇气皆严重磨损

——每一种苟且都有一万种理由

不如放出心中的鹤，看它

飞过湖泊、山脉、厌倦和眷恋……

飞进痛苦的内部，飞进

雪的苍茫和哀伤，树的愤慨与无奈

——没人知道一场雪就是一首虚构的诗

我捡起一只

不知从何处飞来的纸鹤

笨拙地跑起来

使劲把它掷出去——

原谅我，我知道我的动作蹩脚极了

我已竭力忍住内心的悲伤

（原载"英特迈往"微信公众号 2023-01-29）

鹿 鸣 湖

◎倮 倮

春天的早晨，我们驱车来到鹿鸣湖

道路两旁的花与树面容怠倦

露水沉重。挖开的公路上灰尘打着呵欠

从数字的包围中逃出来，我猜想

我会兴高采烈地写首诗，沿着

杂草丛生的湖边走了两圈，没有找到

梭罗在瓦尔登湖边漫步的感觉，也没有

真理在心里涌现。一笔过期没收回的货款

以及本月没有完成的销售任务

让风吹过树梢的沙沙声

像春天这台绿色发动机的噪声

无论春风多么慈悲，多么法力无边

它唤不醒沉睡的石头，也不能给我

捎来远方还未生成的好消息

去婺源拍油菜花的计划一拖再拖

一首计划写给春天的诗

还在忙碌的泥泞里跋涉

想起昨夜梦中在考试中手忙脚乱的自己

满脸羞赧。沿着湖堤走进一条无人的小径

和某某一起走过的小径抖了抖身上的尘土

111

浓密的树荫盖住了我心里的嘈杂

——春风从来不问：什么才是意义

（原载"英特迈往"微信公众号 2023-01-29）

读乡下母亲的来信

◎倮　倮

母亲的信

是一双布鞋

一针一线

母亲在红辣椒和高粱秸的屋檐下

在拥挤着破棉鞋和萝卜干的火炉旁

在蝙蝠穿梭群鸡归笼的夕光中

用浸过血和泪的麻线把暮色和烛光

密密麻麻纳入鞋底

连同故乡低低的鹧鸪天

细雨洗亮的鸟声

一并寄来

在这出门开车进屋开空调的城市

在这打着饱嗝伸着懒腰喊累的城市

在这亚麻色头发和鳄鱼皮鞋狞笑的城市

我读这封无字的信

感觉到一千座村庄呼啸而来

一千朵火焰在我心里燃烧

我脱下皮鞋穿上布鞋

躁动的城市顿时安静下来

我在一双布鞋里找到了自己

（原载《星星·诗歌原创》2023 年第 2 期）

换 灯

◎马 嘶

韩国导演金基德因新冠肺炎去世

昨夜重温他的《漂流欲室》

和《圣殇》至凌晨。后失眠

下午，送孩子学画，今日画鹦鹉和小丑

去百安居换灯

被告知十年前的型号早已停产

气温骤降到零下。想起这漫长的

一年，秋冬垄断的一年

人形如遍地落叶在风中悻悻旋转

穿过稀疏街头，我夹着的

哑默灯管，突然发出了清脆的炸裂声

（原载《扬子江诗刊》2023 年第 1 期）

草 间 辞

◎马泽平

我的心头藏有一颗巨石

它源自时间，和那些

沉默瞬间的堆积

它深藏心底，偶尔会在荒草间复活

我喜欢荒草、谷莠、藜、生满刺的荆棘

在夜雨中微微倾斜

时间在这里显得多余

我把它命名为墓地，并等待，荒草在夜雨中

缓慢地死。有意思的人和事物

已经没有多少了，我愿意整夜听雨，滴穿心头的巨石

（原载《诗刊》2023 年第 4 期）

良 夜

◎马占祥

灯火阑珊处，

龙爪槐把影子轻放在地上，

地面上的石径压住的黄土。

我在花园里能闻到土的气息——

多年未曾忘却的味道，依旧卡在喉咙里。

刺玫隐藏了好看的花朵：大隐隐于市。

一缕月光不请自来。在过去的傍晚，

它会照耀路人、农夫和失眠症患者。

它是清晰的，也是公平的，

分别在他们的眼中放下一点光芒。

如今，它只是爬到西山顶上，

一动不动地，打量人间。

（原载《民族文学》2023 年第 2 期）

挽　歌

◎芒　原

好多次，在夜里跑过

那片梅花林，总被花香一袭

由此而无端地一阵空白

稍纵即逝，重回现实：继续跑

自己和自己较劲，自己扛着自己的

身体奔跑，自己在自己灵魂中来回摆渡

仿佛乌蒙山是个天然的火山口

而那些被风吹落的花瓣，正咬破嘴唇赶路

火焰的速度，与我形成快与慢的犄角

像那一年，在江底检查站，一个藏毒的少女

克制的冷静，暴露了心虚——

她心中的火山还未喷发，最终

撒落一地的，仍旧是凝固的岩浆和飘散的

火山灰。但她还是请求：

逮捕通知书，不要寄回老家

一个病危的父亲，等着

她的稻草……

（原载《滇池》2023 年第 2 期）

活　字

◎孟醒石

月光下，大地铺了一层白纸

失眠的人在白纸上艰难前行

唯有他，没有把冬夜的寒冷，归咎于月亮

唯有他，没有把史书的遗忘，归咎于汉字

唯有他，没有把切齿的恨，归咎于爱

而月亮咬紧牙关跟着他

从他打开第一页，到放下书走出门

不敢有丝毫懈怠

生怕一眨眼，雕版印刷术中

故意遗漏的几个字

变成活字

跟他跑出去，并肩站在旷野中

（原载《星星·诗歌原创》2023 年第 1 期）

我耳鸣已有些时间了

◎ 那　勺

像是虫子，住进了黄桃，

细微而神秘。

我从没有见过它，清晨

它开着一列小火车

像是去远方探访朋友，

又像拉回了一个幼稚园。

在黄昏，

在雨夜，它欢唱，

那么多鼓声，那么多手风琴。

有时它睡得很沉，

在巷子深深的老房子，仿佛昏死了过去。

我不清楚它会待多久，

或许会像钟声悬于寺院，

流水置身嶙石。也可能

它在锁着的门后，长久凝视，

等我虚心接纳，然后成为我的一部分。

（选自"天天诗历"微信公众号 2023-01-12）

桃 花 源

◎娜　夜

没有人会遇见陶渊明

我遇见了另一个自己

爱布衣　敬草木　抱孤念　不同流俗

——一会儿　也好

观花即问神

云朵也是花

流水远去

它们不去

在喊水泉

我喊：五柳先生

果然有一股清泉自巨石裂缝涌出

三维空间多么有限

我喊一声

就有枷锁从身体剥落一次

脱去枷锁的身体——就是我的桃花源

（原载《草堂》2023 年第 1 期）

今日一别

◎娜　夜

回忆：

哪一个瞬间
预示着眼前

——今日一别　红尘内外

什么是圆满 你的寺院　禅房　素食
我选择的词语：一首诗的意义而非正确

江雾茫茫

靠翅膀起飞的
正在用脚站稳 地球是圆的

没有真相
只有诠释

……仍是两个软弱之人

肉身携带渴望和恐惧　数十年

乃至一生：

凡我们指认的　为之欢欣的　看着看着就散开了

去了哪里

人间也不知道

（原载"早上好读首诗"微信公众号 2023-01-03）

布卡多山羊

◎南　音

没有什么比它更像一个舞者了

瞧，在爱尔兰的长笛里

它迈着轻快而野性的步子

就要跳出草地的边界

它柔软的耳朵极富节奏地摆动

那昂然的犄角，永远都像绅士般炫耀

但显然，这个下午

它找到了更为舒服的方式——

马缨丹和耀花豆，在镜头里

无限地绵延

它侧躺着，摊开了身上的棕色大氅

多么漫长的进食过程啊

像从不厌倦的仪式

像可以反复回味的游戏

上下牙床的摩擦声，被不断反刍的香草，

它懒洋洋的臀部和优美的小腿

这无所事事的流逝本身

故事，进入尾声：

地表上最后一只布卡多山羊

作为最灵巧的逃遁者它，将死于一场山崩……

而虚构的雪峰，在远处的寂静中闪耀

（原载《十月》2023 年第 1 期）

冷　杉

◎南　音

请相信，这绿色的梯子可以攀登，

可以带你抵达林梢的顶部。

并为你呈现另一个视角：

鸟儿在金色的枝丫间弹跳，野花与行人

携有各自的火焰，安静地燃烧。

从黄昏的野径归来，我们又一次停驻。

为这造物者的神奇而惊叹：

它是如此笔直，高大。

它直入云霄的一生，怎样完成了自我教育？

在冰冷的冬日，顶着积雪，

又是怎样幻化成了一座教堂？

是的，我们无从知晓。

只在路过时，伸直了弯曲的脊梁。

并在梦中看到那些桅杆，在蓝色天幕下

撑起一艘隐性的、透明的航船

（原载《十月》2023 年第 1 期）

听 雨

◎牛庆国

好久都没有完整地听过一场雨了

真的　好久

自从离开乡下

我对好多事都失去了耐心

任何一种植物

我都自愧弗如

今天听见雨打着铁皮屋顶

居然一直听了下去

还听见一辆老旧的卡车

是的　就是一辆老旧的卡车

颠簸在过去的山路上

满载着雨水

和云朵

就像载着一条河

多好啊　草木繁茂

庄稼长势正好

沿途的亲人们

用雨水洗尽了脸上的灰土

露出健康的表情

感谢这间铁皮屋

让我没有白白浪费夏日的一场好雨

（原载《人民文学》2023 年 1 期）

我诗慈悲

◎诺布朗杰

那空空荡荡的身体

那词语的废墟里，结痂的时间

那全部的呻吟与锤炼

都在这里

还有我十万吨的沉默

也在这里

都将汇成一首诗，小小的元素

我要说：诗里放下的

或许就是你诗外拿起的

这令我羞愧难当

我诗慈悲

诗是诗人们咳出的血

诗是体检表、听诊器、化验单

诗是一次又一次的献血

从哭声出发

在眼泪处落脚

（原载《大河》2023 年第 1 期）

退休以后

◎帕瓦龙

终于像一杯泡好的茶

可以耐心隔着透明的玻璃，看一片片

茶叶沉入杯底

往事氤氲在屋内四散飘荡

再也不用赶着钟点去上班

也不用写材料、总结，交流和讲话了

可以肆无忌惮地睡到自然醒

也可以动不动像只猫去街头乱窜乱拍了

不再正襟假意向宏大和空泛的主义者

陈述我的忠诚

一叶障目太久，灵魂需要洗涤和打磨

可以做一个返乡人，或者读一本

一直没读完的书

像曾经惶然过的佩索阿

用一支随性灵动的笔写自己也写别人

去郊外观鸟，也去千里之外拍鸟

看丹顶鹤、天鹅、虎头海雕、金雕和雪鸮

大雪世界里诗意的生活

偶尔和老友聚一下，这些走进生命中的人

值得用心中的悲喜去呵护和珍惜

更多的时候，依然在喧嚣的尘世间

守一盏灯，打发漫漫长夜

（原载"当代先锋诗人北回归线"微信公众号 2023-02-21）

活着与失重

◎庞　洁

看到现实的人就看到了所有的事情。

——马可·奥勒留（罗马）

研讨会上雀斑女孩的反驳

125

令哲学家感到些许不快

但他很快原谅了年轻人的傲慢

"才华只能让他们更愤怒，

而不是宅心仁厚。"

再一次谈起"有生之年"

仿佛在与世界告别

想想每一天的三餐

都是在给亲人交代

他突然释怀

亲人间的罅隙突然不再令他苦恼

古典与后现代握手言和

"一棵大白菜能吃几天"

与思考"人类的命运"

同等重要

这个年纪，与时间冰释有无必要？

他把内心不愿和解的那部分称作：

树干上的疤

生活并不到此为止

生活

到愿意重新生活为止

（原载《诗选刊》2023 年第 2 期）

无 痕 迹

◎庞　洁

我一直钟爱大自然腐朽的部分

如深爱过的静水深流

即便已消逝

在我幽暗的体内也种下了慈悲

一个人在河岸散步时

我总会捡些枯枝叶

经年累月地修缮内心的茅草屋

这是我乐此不疲一生的事业

稻秆或芦苇粘上泥土后

变得坚实

那些凋零的草木可敬之处在于

绝不美化自己的苦难

严霜或者暴雨

如鹰隼始击

人类的苦和自己身上的疼哪个更要紧？

有时懊丧到羞愧

无用的悲悯比尘土更低

泥沙俱下的日子里

诗歌在扮演着什么

偶尔梦境中被一阵噪声惊醒
灵魂被针刺
身体枯朽如按键失灵的遥控器
有时需要服用一些药丸
我在理性地、按需所取地病着

坐在人群中
我经常分神
观摩橱窗内的生活
城市文明谈笑风生
咖啡的奶泡迅速消失
如陨石坑一般带来新的塌陷

（原载《青年文学》2023 年第 1 期）

儿时的冬天

◎庞　培

有时候轮船在江面上的时候
寒冷从围墙转角，从书架
背后渗出
寂静中似乎开始落雪
整个天空都是轮船声音
在靠近飓风的夜晚

难以想象船身周围的惊涛骇浪

即使用灯塔巨大的光源照耀

也看不见

风和浪沫会把光亮吞噬

那拉长的汽笛声

似乎逼迫县城的居民承认

他们每个人都曾做过它的船员

无论老幼

锚链厂。铁合金厂。冷冻厂……

这些厂名大抵能镇得住

整条北门街上的惊恐

老浮桥像水里一只晃动的铁桶

我试着读一本读不大懂的俄国小说

（那时不叫"俄国"，叫"苏联"）

一会儿，汽笛声音又响了

城区东南角

风吹进来时，一家四口

都盯着地上的风看……

（原载《扬子江诗刊》2023 年第 1 期）

避 雨 记

◎裴福刚

某个下午迷失在北中国的辽阔中

一间咖啡馆里，穿灰色长裙的女子坐在其中

她低头读马尔克斯的惶恐

表情严肃，完全不顾冷暖风交会的街头

那些湿漉漉的排比句

直到其中一页折有旧痕，倒立起闪电和熙攘的人群

她忽然喃喃自语，并抬头望向窗外

"马孔多小镇的雨水正从书页间溢出来"

落日时分的咖啡馆是安静的

看不出谁曾在此掩面痛哭

（原载"中国诗歌学会"微信公众号 2023-02-11）

重阳节登高

◎青小衣

随便找座山吧，林密些

人少些。站在高处

听风声穿林，河川从古代流过来

汤汤去向来世。来世不提方长

从红颜到苍苍，亦不提

祭古。辟邪。求高寿

不忍心再谈高升。火神隐退

天地苍凉，最后看一眼秋天

顺便道个别

月也九，日也九

尘世里众声杂沓，高过古人

和神

可又有几个敢贪九

秋风劲吹，不知不觉

自己也是个老人

在陕西西乡县，据说

女子此日以口采茱萸，可以治心疼

想必此地女子都一一试过了

（原载《延河》2023 年 1 月下半月刊）

在蓝色啼鸟的眼中……
——题罗·吉乌斯蒂同名画

◎晴朗李寒

天是蔚蓝色的，云气升腾自

酱褐色群山之后。

那时，一只蓝色的啼鸟

在云层中显现，它啼叫

回声在林间荡漾，

那时，黝黑的姆妈

洗净所有的衣衫

搭上木屋前的绳子

当她来到路边高大的橡树下

等候远行的人

她的身影

长长地投向身后的栅栏

那时，我就站在离你更近的地方

或者离你最远的地方

以上说到的一切

都成为我记忆的背景

（原载《诗潮》2023 年第 1 期）

柿子红了

◎倩儿宝贝

哥哥，我又梦见你的无眠

你窗外的那棵大树

一夜之间，全白了头

哥哥，你独自一个人

在城市打拼生活

好几年都不回家了

仿佛整座村庄都空了

哥哥，老屋门前树上的柿子又红了

明晃晃地照着那条

荒芜的通往村外的小路

哥哥，前几天我看见妈妈

又悄悄摘下几个

个大皮红的柿子

放在你少年时的睡房里

那个印着小蓝花的枕边

（原载《白银》诗刊 2023 年创刊号）

评　估

◎冉　冉

在醉人眼里，这一带旧楼

值全部江山。走出小巷的少年

值所有的春天和夏天。

通向码头的石梯

值整个大海。

静默的街坊，值云遮雾绕的

山城。只要呼喊，

索道和桥梁就会发出回声。

暗者攀援在岩壁间的黄葛树，

酣睡的叶片值满江游艇。

低头缝补的人忘记了伤痛，

临窗老妪将一脸涟漪

赠给了凝定不动的江水。

隐匿的诗人，值终于露面的

催眠师。魔术师也登场了，

一副面具值诡谲多变的命运。

那数不尽的街灯呀，值璀璨的

酒曲，因果的酒曲。

（原载《江南诗》2023 年第 1 期）

老 者

◎荣　斌

他们把往事，打浆、暴晒

变成一张张纸

他们把纸折成

飞机的形状，蝴蝶的形状

梦想的形状，爱情的形状

折成年轻时，自己的形状

他们站在命运的入海口

回望平静或动荡的一生

合十的双手

对石头和泥土表达敬意

他们枯萎的掌间有万千纹路

广阔得像一片土地

而这一生，存活在锋刃之间

他们的内心，却并没有荒芜

（原载《红豆》2023 年第 1 期）

豌 豆 辞

◎单永帅

谷雨前后，迷人的

青绿色，不用细说

豌豆自带修辞

紫白小花，竭尽心力结出好豆

不分昼夜

麻雀爱食青豆。傍晚

作为报答，鸣叫声温暖地抚慰着

晚归的农人

村庄自然不会为难这些会飞的土孩子

每一次，我慢嚼豌豆

味苦，但有袅袅余香——

无须自责，豌豆会原谅
一个想要了解它一生的人

（原载《红豆》2023 年第 1 期）

糖　摊

◎商　略

走过无尘石棉厂

有一座桥

河水向西

流过粮站高墙

拐向船闸

桥畔的晨风

轻吹衣领

经过高高的刺桐树

和火焰般燃烧的落花

树下的糖摊

摆着黑或白的芝麻糖

一分钱一片

轻薄如纸

因甜蜜而弯曲

有钱的孩子

停下买一块糖

没钱的孩子，看着他们

那时除了饥饿

我很少有其他忧愁

（原载《诗歌月刊》2023 年第 2 期）

我很抱歉

◎商　略

三个小孩江边玩耍

对着铁路桥喊

"火车——火车——"

我也做过这样的事

但不惭愧

没有火车的铁路桥

依然是县城最好的铁路桥

也是我最喜欢的

它的迷人来自寂寞

看着它，直到天黑下来

看不清了

它曾经带我去远方

现在不能了

因为它老了

我很抱歉。我不能

开一列火车过来

让你不寂寞

（原载《扬子江诗刊》2023 年第 1 期）

羊 皮 鼓

◎霜　白

它们在击打中发出沉实、铿锵的音乐。

我也一度以为羊的生命在鼓中延续，

并比在山坡吃草时更有力量。

但这声音不是羊皮的，

也不是鼓桶的，

不，也不是那双手的。

一种精心的制造，让死去的还活着。

一切多么美啊——

把羊蒙在鼓里。

（原载"地球旅馆"微信公众号 2023-01-08）

我们如此亲密又陌生

◎ 四　四

悲哀和不幸、绝望和危险，

以及那些隐秘的幻灭感，以及那些悲观的预言。

在春分前三日把我们湮灭——挣扎和抵抗无济于事——

玉兰花开得自在又轻狂，河水自西向东静默流淌。

然而，西郊的山峦，长着老松树的院子，瘸腿的小笨猫……

它们见证，也遗忘；它们宽恕，也悲伤——

不存在一个记录本，就像不存在真相和记忆，

攻陷和占有具有短暂且怯懦的本质——万物诡谲！

通往心灵的小径长满荆棘，我们在深夜哭泣！

本能飓风般疯狂讪笑，没有荒谬，没有残忍，也没有背叛。

我们还需要一次畅饮；或者，像石子一样滚落山涧，

失联，流离失所——崭新的自由唆使人无所顾忌。

我迷恋的圈套勒住了我的手脚——

一去不复返的时刻于未来降临，而我们如此亲密又陌生。

（原载"早上好读首诗"微信公众号 2023-01-13）

失踪的人

◎宋　尾

一对情人去首饰店挑选婚戒
男方接了个电话
匆匆离去，她没等到他回来
我是说，一直没有

两个朋友在餐厅吃饭
其中一位去了卫生间
那是一个黑洞
因为他再没见过这个朋友

清晨，一个幼童在门口
轻吻父亲的面颊，每天如此
但这天之后，他再没机会
与父亲告别

我想失踪者一直活在
某种深刻的回忆里
事实上，每个人都是这样
从别人那里消失
或者离开自己

（原载"诗与画"微信公众号 2023-01-06）

我要去的地方

◎孙大顺

我走得很慢，要把二十年的时光
均分在路上。时间像
石缝间的小草，在记忆里寻找出口
像多年前一样，我很快成为
这条支路的一部分

一切都变了样，又似曾相识
一座拆了一半的老房子
还在苦苦寻找自己另一半
一定有隐秘的花草
还认得我，隔着零乱的记忆
我还能找到它们存活的乐园

行人、车辆，借枝条摇动的风
都是虚幻的背景
人间增加了崭新的磨损
我和一块熟悉的水塘
都在努力，适应新的空缺
突然有些迟疑，我怕在要去的地方
会遇到一个不一样的我

（原载《安徽文学》2023 年第 3 期）

做 梦

◎孙苜蓿

年少时做梦，在大片的
向日葵地里醒来
跟前就是青山，蜻蜓扇动翅膀
天色是深蓝，周遭的一切
皆为巨物，山向自身走来
中年做梦，仲夏的雨从天边滚来

没有一叶轻舟等在对岸
也没有一座花园等在异乡
一切事物在自身的梦境中站立
当明白周遭皆为巨物，是因为
自身只如沙粒

傍晚读书，恰巧读到
"卡夫卡也在籍籍无名中
过完了一生"
——真好

（原载《扬子江诗刊》2023 年第 1 期）

再致彭先生

◎孙苜蓿

在一场致幻的酒后，你常常
会跟我说
关于我们两个人的
前世。你咳嗽，咳出无数旧事

在一张漂浮的餐桌前
我们重复争吵
夏日发苦，蜀山的风从阳台吹来
带来一片新的燥热
我们的争吵，寂静
无声，没有内容

新的巴别塔已然建成，在
我们的房子中间
我眼中的落日，是否
和你眼中的是同一个？
我眼中的针刺
是否是你眼中的梁木？

二十年了，此生只有回忆

我只想到塔尖上的泡影

我们习惯背对背——你有你

不肯和一切和解的决心

（原载《扬子江诗刊》2023 年第 1 期）

即逝之时

◎孙苜蓿

我将吞没这吞没我的即逝之时。

一个是握着灯盏，口中

呢喃的巡夜人。一个是在黑白片中

反复走钢丝的杂耍者。

一个是在海边一边放羊、

一边寻欢的牧女。一个，

是深陷于困顿之中、精力涣散的

钟表匠。

——全是我。

一个是在公园摆弄地摊、清洗心肺，

疲惫之时就在长椅上

卸下四肢的商人。一个，

是对着漓江滔滔江水沉默，一心

想要去得乐园的书生。

一个是一生都在小船上，

练习空想、试图摆脱重力的小丑。

都是我。你们全是我。

是不死鸟；是落地

又弹起的风筝；

是潮湿雨季里南方来信中的修辞；

是被分割者，

是不存在的碎片。

尘世之外，我是被吹散的逝去者。

像一把碎纸屑，被崖边的风带走。

（原载"广西文学"微信公众号 2023-01-13）

记忆里的冬天

◎谭智文

那些年，雪能够一口气下很多天

可以把所有来路与去路

全部覆盖

母亲在秋天囤好粮食与过冬的蔬菜

记忆里，父亲总是很遥远

一些雪落在阳台上，像时间一样

很快就消失了

落在柴堆上的雪

往往保留得更久一些

母亲扯下一截枯枝，教我在雪上写字

那时，我还不明白很多事

不会想到多年后的自己会爱上写诗

在白茫茫的雪地上踩出脆薄的声响

方圆几十里静悄悄的

那时候，我摔在雪里就会哭

也容易满足，雪花纷飞里

一眼就能认出的小屋

燃烧着温暖的柴火

多好啊，那时夜晚母亲的歌声轻柔

我还没有经历过

最小的离别与奔波

（原载《飞天》2023 年第 2 期）

鲸 落

◎汤养宗

终于，一片大云落下，同时

也是一座孤岛下沉

海水腾出了一块地盘，水温更凉。

终于，我把自己拿给你，把路

让出来，海空了，请赶紧用餐。

我开始腐烂，可死去

在关上一扇门中又打开了一扇门

生与灭真是为难的逻辑

少掉的海又要多起来

海底又出现了一座村庄

又有多出来的迷幻，请你赶紧

来吃我，请你用餐。

相对于你说的石沉大海

我成了你的粮食

一鲸落，万物生。一块铁石，最深情

（原载《诗刊》2023 年第 1 期）

树枝摇晃

◎唐　果

树枝摇晃得厉害

假如我一直盯着它看

不能保证自己

不像某片叶子一样晕倒在地

谁能与狂风抗衡

树叶纷纷坠地

为了炫耀成果

风将树叶送到门口

我每天清扫树叶

有时用脚踢

我每天清理门口的树叶

门口每天都堆满树叶

（原载《朔方》2023 年第 1 期）

伤 春

◎唐　果

春来，顶着雪来，披着雪来，踩着雪来

累得上气不接下气。倚着门框，敲门

一扇又一扇紧闭的朱漆大门，"咿呀"而开

进人间走一遭，过河，河涨；过山，山青

随随便便扫一眼杏花、桃花、李花

这些轻薄的花儿，便纷纷褪尽衣衫

总有被忽略的，总有些视而不见

英俊的儿郎越来越瘦，不宜久留

春去无伞，水顺着眉峰淌下，衣衫尽湿

（原载"诗与画"微信公众号 2023-02-10）

回望桑干

◎天　岚

晨光缕缕，如竖琴唤醒大地
风正在把岚烟推往山顶
一条古河送走了长夜
又低吼着哀歌为自己送行

当晨光抚过潺湲的河面
我已是万千合唱者之一
这六百里的荡气回肠
囚不住一个波光粼粼的浪子

被水召唤，却不能顺流而下
你怀揣巨大的岩群，走过窄桥
一次次逆流出山
四处打探泥河湾古人的下落

在河心洗濯的妇人
说着笑着，突然就哭出了声
岸上撒欢的牲畜
跑着跑着，突然顶头相撞

哦，偌大的流域我都去过

我熟悉它隐秘的源头

壁立千仞的陡峭

也熟悉它越来越长的枯水期

（原载《诗刊》2023 年第 2 期）

参观朋友画室

◎天　乐

看见你在画板上

画下远方

又怕我没留意到

指给我看

这里，这……

海边有白色的屋顶

门口停着白色的船

一条老黄狗打瞌睡

窗户下有一只铁桶，锈迹斑斑

还有一把生锈的铁钉，很倔强

海风吹窗帘和绿植，带动胡须

这里，这……

没有反派，界限消失

坏掉的乐器演奏起来依然动听

就像仰泳时不小心击打到里尔克

他无辜的眼神

忧郁地看着你

这里，这……

我准备涂上猩红

去掉铁桶和铁钉的锈

（原载"散步的老虎"微信公众号 2023-01-31）

楚　剧

◎田　禾

戏在一阵急促的锣鼓中启幕

县太爷习惯敲着惊堂木

书生总是在潦倒失意时，遇上

员外的女儿，青衣挥舞长袖

对有情郎一见倾心，一旦海誓山盟

就要海枯石烂。赵琼瑶四下河南

是被逼的，陈世美不认前妻

遭人唾弃。甩袖，念白，跪唱

楚剧里的悲迓腔（一句长腔

或拖腔），计台下多少人哭

摆一张桌子就是江山

英雄总是在民不聊生时出场

挥动马鞭就是骑上了快马

穿云彩，驾长风，怀剑气

一剑能挡百万兵。千军万马杀来

城内杀成一片血海

后面喊一声：看剑！看戏的人

眼睛一眨，不觉，换了朝代

生旦净末丑轮番登台

只要穿上戏服，立即进入了角色

演员一亮相，死人就活了，关公提

着青龙偃月刀，曹操败走华容道

少年登上舞台，挂上白胡子

就自称老朽了。主角和配角

都是戏中人生，所有唱戏的人

只不过是把昨天重复了一遍

戏里的过错不要算在他们的头上

（原载《长江文艺》2023 年第 2 期）

生活无法交换

◎王　寅

生活无法交换，你羡慕

我们清贫的生活

白桌布上，清水满瓶

这多么像哀愁，天然铸就

我们蹲在角落里，你站在房间中央
我的四壁出色地映出我们的背影
如同一张未来的合影
例行的苦难就这样毁了我们
你心满意足时，会像
挑剔的警察那样皱起鼻子
你的赞美，你的微笑
残留在这乌托邦的下午

我每天的号码
每天的面包，每天的羹汤
每天都有伤心的勇气，
所以我已拱手交出陌生的近作
把鲜血留给清晨
把风暴交给平生

（原载"诗歌岛 PoetryIsland"微信公众号 2023-02-22）

雨后，致黔中诸友

◎王辰龙

又一次驶出隧道的幽暗，重云下

去观山湖的长路上，沿途变幻
水泥厂正废弃，一片小区正烂尾，
老城的楼群正被我们的时代拆散

无人的厂房与瓦砾间，雨声喑哑
仿佛留声机回响着《花样的年华》。
再拐过三岔口，便是弄潮儿的新区：
雨中的广厦像幸存者擦拭着水寒。

终于，我们隐入某个暂时的房间
"祭川者先河后海"，多饮下盏新酒
内心的河就成了潮汐，掩过新雨喧哗

掩不过的是肉体的必败，但，莫怕
残山剩水，还有那些爱与悔，终归
会于我们肌理的深处一次次地醒来。

（原载《江南诗》2023 年第 1 期）

梦游的树

◎王可田

冬夜太寂寥
星星都开始嘀咕

一棵感到窒息的树

铁青着脸

拔腿走出冷漠的树林子

一处开阔地就是舞台

它的技艺不为人知：

跳跃、旋转、倒立，空中飘浮

最后，稀疏的枝条

奋力拍打空气

一截木头垂挂根须和冻土

向着月亮驶去……

一棵梦游的树

是木讷的，因木讷而狂野

从不表露心迹

却在身上挂满灯火

（原载《钟山》2023 年第 1 期）

外馆斜街

◎王少勇

我住在峡谷中

两岸山崖，因一层层生活的堆积

而陡峭，车流不息

像游荡的鱼

天空时常有更大的鱼游过
但很少被留意
树忙着开花，草忙着抽芽
蚂蚁忙着搬运
这里有家银行
利率偶尔浮动但大体稳定

比如我，十几年光阴存进去
每年春天，酒酣归来
都能支取几缕
吹鼓豪情
或吹干眼泪的风

（原载《延河》2023 年 2 月下半月刊）

白雪覆盖的原野

◎吴玉垒

三十年前花香弥漫的草坡
至今散发着我童年的野性
孤零零的小柏树下
那个曾经长满蒿草的土堆

三年前，成了母亲永远的居所

这白雪覆盖的原野

除了一片白，我什么都看不到了

那些排着队等候镰刀的

青青麦苗，一对小恋人

激情追逐过的红色蜥蜴

昨天，朋友们

还在取暖的那堆灰烬

轮胎过后，重新长出的小小蚁穴

呵，那些被我无情捣毁的鸟窝

想复原它们，也已不可能

在这直叫人流泪的白雪覆盖之下

是我曾肆意践踏的原野

现在，我想亲近它

却隔着一层雪……

（原载《北京文学》2023 年第 2 期）

天　空

◎伍晓芳

母亲的心，像天空

天空又像透明的玻璃瓶

开心时，母亲心里装白云、晚霞和星星
把人间最美好的颜色给我们看

不开心时，就装乌云、闪电和雷声
用严厉的表情吓唬我们

太阳和月亮是两个发光的瓶口
她把热辣或温柔毫无保留地倾倒下来

不到万不得已，母亲
不会从里面倒出雨水和大雪

（原载《飞天》2023 年第 1 期）

致一只衰老的雨燕

◎武兆强

我还认得你
但你已不再是原先的那一只
羽毛不再幽蓝，嗓音不再清新
时间一点点把你偷换。秋
让位给春，泥巢中混有的唾液，风

无情风干；米糠和小虫

经常溜过微薄的视线，翅膀上的霜雪

一次次化为细密的雨并昭示春天

但，只是一次再平常不过的飞掠

翅膀的残破已赫然毕现

仿佛是在穿越时空的深谷

不幸被一片落叶划伤，又像被岁月拼接的闪电

击中，绽开一朵粘连骨架的灰痕

亲爱的天外来客——

我愿见证你的存在而拒绝见证你的衰老

见证你来自另一片天空

但无法见证那就是最初的你

（原载《山东文学》2023 年第 2 期）

石　牌

◎肖　水

那时在广东打工遇到她，不漂亮。每次接她下夜班，都从身后
抱紧我，一起笨笨地，往出租屋走。后来，她怀孕，遇母亲病重，
我返乡又遭雪灾断电、手机被扒。年后再去找她，已辞职，杳无音讯。
我去新野，一个乡一个乡地找。婚前十年，我从未换过电话号码。

（原载"诗生活"网站 2023-02-13）

有 人 游

◎肖　水

回到抚州，家人给他安排了相亲。

他喝了不少酒，倒在屋顶露台的谷堆里，睡着了。

腊月难得的艳阳天下，停了很多返乡的汽车。

蹒跚学步的侄子，拿树枝，去戳他虎口上的彩色蝎子。

（原载《绿洲》2023 年第 1 期）

一本旧小说

◎小　透

从一个好久不用的小包，取出 1994 年买的

《贵族之家》，泛黄纸页的小说。

呵，读它的时候，还在 2020 年冬天，

临近春节，寒冷的北京，屋里暖气燥热。

八十七岁的老父亲，在青岛，躺在床上。

电话里他僵僵的声音，似乎冲破

空气的寒冷，"玲玲，你在哪儿？"

我压低嗓音，简单回答。

觉得有点疼。觉得

有点失重。

似乎一个发条弹了一下，落回去了。电话里说他很好。

我吃了一块战栗得噎人的糕点。

回来后，茫然不知所措，

父亲指给我他枕边的报纸，上面有悬人心的矿工故事。

他还期待春天能站起来。

在插上呼吸机管子的一刻，我俯身说：

"爸爸，爸爸，爸爸，你别害怕。"

他温柔地说："不害怕。我认得你，你是玲玲。"

从此他没再醒过来。好像在沉睡，好像

在微弱地回忆，或者思想，或者像是回到儿时的襁褓。

（三天后我失去了父亲。）

我进入一个黑暗隧道，看不到一切；喊我"玲玲"的父亲，那个
均匀的呼吸声，仿佛来自黄旧色的电影里。比真实虚幻，比虚幻真实。

那本《贵族之家》一直在那个小包里。

如今打开包包，一年半前的痛苦似乎成为

一件冰冰的琥珀。我摸着这本旧旧的书说：

"你好。"

（原载《诗潮》2023 年第 2 期）

斫木声发自一个男人的胸腔

◎小　野

斫木声从棺材铺里传出
飘向田野，庄稼

咯在禾苗的关节上
正在转青拔节的禾苗
一颤再颤

一副棺材的成形
与禾苗的长势有某种程度的契合

但是，更多的禾苗
认为这声响发自一个男人的胸腔内
有男低音的质地

偶尔的叮叮当当
更像是即兴的伴奏

尽管如此
当听到来自尘世的哭声
它们还是内心戚戚

举止失度

庄稼汉爱庄稼

庄稼也爱着庄稼汉

（原载《劳动时报》2023 年 1 月 13 日）

问候生活

◎小城雪儿

当黑暗尚未撤离

当寂静笼罩着大地

当夏的脚步慢得令人屏住了呼吸

当每一天的每一刻都需要用心去经营

望着此时有些混沌的却已清晰的世界

我大声地说：你好啊，生活

是的，久违了，这些美好的感觉

像一只欢快的小兔子般

扑面而来

这些单纯的，简洁的，不必用心机去算计的日子啊

多么令人迷恋

即便连日的狂风骤雨又如何？

因为，唯有这些不必刻意去粉饰的

才值得用一生去珍惜

（原载《绿风》2023 年第 1 期）

地平线是你

◎谢　君

雨无法记住下雨的一天。

雨下在秋天也不意味着它有

自己的幻想需要在秋天等待。

如果说上帝造雨的原因

是没有原因那么永远是

没有原因。雨中坐大巴的人

是大巴车无法记住的。

车上下来了一对男女

走得很近在湿漉漉的小镇上

不止一次两把雨伞碰在一起。

就像我们有过的一天。

为了证实这一点，

只需要有下雨的一天就可以了

——雨中的地平线永远是你。

（原载《江南诗》2023 年第 1 期）

枯　花

◎谢恩传

小区门口的老妇，嘱我把不用的东西给她，

搜遍全身，只在背包里找到一朵枯萎的玉兰花。

原本想要用作装饰，在它的清香中梦见年轻时候

入窗而来的旷野和微凉的月光，此刻，

我就要否定它了，被消磨的花瓣皱缩在我的手中，

像一只信鸽，在雨水中健忘而不可玩味，

笨拙地覆在时间的深褐里，

孤独，无助，有自己的美感。

（原载《星星·诗歌原创》2023 年第 1 期）

半把剪刀

◎谢新政

失去了另一半

你就不叫剪刀了

我的父亲离开尘世后

母亲孤独地生活了多年

如果能回到一把剪刀多好

像春天的燕子翅膀张开

从田野飞过，有蜂鸟鸣唱

喜鹊登科，五线谱上蝌蚪游弋

一把剪刀，剪去夏天的愁绪

剪去袖口上多余的线头

剪去生活中那些永远

解不开的结。一块剩下的布

做成婴儿的襁褓

秋天来临，孩子们的笑

天空一样清澈

我看着这半把剪刀

沉默良久。一只受伤的鸟

在微光中抬起头来

（原载《散文诗世界》2023 年第 1 期）

花 事 了

◎熊　曼

梅花开了，摘一把

插进瓶里

桃花开了，摘一把

插进瓶里。接下来

还有月季、栀子、桂花……

只要她愿意

春天就在这方寸之间

陪着她永不结束

直到某天

她看到两朵隐隐约约的小花

开在眼角，不再凋谢

心不由得一沉

明白某种不可抗拒的力

正在把什么推开

（原载《山西文学》2023 年第 1 期）

我竭力空旷

◎薛　菲

乌孙山就在面前

九月星辰浩大，繁霜密布

消失的古乌孙人

是又一年枝头的野果

无名无姓，没日没夜

悬在时间的悬崖

进或者退，醒或睡

丰收的露水，沉默的土壤

牧群庞大如洪流

经过我手中的　碗茶水

经过我心里的一滴眼泪

它们停伫在九月的时候

我竭力空旷，割草，捆草

在天空的一望无际里

蹄声过来，尘埃过去

一年年"我依然两手空空"

然而充满乌孙山的美和险峻

应该也一样勾勒着我

（原载《诗潮》2023 年第 1 期）

在词语中永生

——想起尼采

◎亚　楠

在吕肯小镇，或者萨勒河畔的瑙姆堡，

剧烈的光更像一把曼陀铃

所发出的声音。

可是作为一个独特的人，

你在大地上漫游，在冥想中把自己推向了

危崖。也从黑暗中提取光亮，

从人性的原点看见了悲剧的奥义。

这都根本无法抗拒。

在低处，你大声喊出"上帝死了！"

——这振聋发聩的声音

颠覆了世界。

可我却看见疼痛、孤独
和无助所带给你的阴影。即便那
无私的爱也无法让你安静。

火焰般的幽灵啊！
当你四处游荡，形单影只，实际上
你就已经在你亲自锻造的
词语中永生。

（原载《绿风》2023 年第 2 期）

起 风 了

◎燕　七

起风了
还有人
躺在屋顶上喝酒
杏花从溪畔飘过来
月光下
杏花在溪畔安静开着
只有杏树得到了月光的偏爱

（原载《青年文学》2023 年第 2 期）

夜 晚

◎燕 七

月亮没有出来的夜晚

我们坐在阳台上

植物的气息围裹着我们

如此令人心安

你一定不知道

这是我幻想过的

无数次渴望的画面

像昙花在月光下张开花瓣

如果周围一直漆黑着

我们就把彼此点燃

（原载《青年文学》2023 年第 2 期）

少 年 忆

◎阳 飏

这个年纪

喜欢颜色

绿发卡、红头绳

黑黑的火车头喷着白蒸汽

一鱼缸斑斓的热带鱼

扰乱了花猫的午睡

马路上新铺了沥青

踩上去一步一个脚印

喇叭花开，脚趾头顶破了

母亲做的粗布鞋

糖纸上的米老鼠替我品尝着甜

烟盒上的哈德门是什么门

成群的鸽哨，天空自言自语

玩玻璃弹球的少年一个人孤零零

（原载《诗刊》2023 年第 3 期）

另一个故乡

◎杨　方

这个下午，我跑向山顶

看见高大的栗树被风吹得哗哗响

树丫上的鸟巢海盗船一样动荡起伏

洋槐、木槿，珍珠梅落了一地

接着，草地上的蒲公英被风吹散

它们像暗夜里闪闪的孔明灯，一盏接一盏飘远

最后落在不为人知的地方

仿佛那里是前世的故乡，灵魂的所在

它们在雾灵山生长，开花，顺着风势飞翔

都是为了回去

就像我，生活在一个叫永康的地方

每天吹着那里的风，被阳光明晃晃地照着

但一切仿佛梦境，我从不属于那里，

我只是路过

行云、流水、高山、倾斜的北斗

我一生追着跑的光亮，多少个春秋似曾相识

一些花谢了，一些树老了

让我看见了生命的凉意和命运的本相

一些人死了，

他们是离开还是回到了什么地方？

物换和星移，盛世衰败，繁花凋零

但没有什么能改变地上的流水

流速有多快时光就有多匆匆

当风停下，整个世界寂静下来

一只蝶飞过，在事物的表面浮光掠影

它是隐喻，是幻想，翅膀，爱情的悲剧

和我一样痴迷人间

而我是延伸的黑暗，飘浮的灰尘

来自另一个地方，还未曾找到回去的路

（原载"早上好读首诗"微信公众号 2023-02-07）

一 只 羊

◎杨　键

我绕着圈子，

我绕了许多圈，

想要解开自己。

绳子越来越短了，

我无法跑开，

竭尽我的力气，

去撞拴住我的旧马达。

我用脚拼命撞，

也无济于事。

那就用舌头舔吧，

舔它浑身的锈，

舔它角落里的脏，

也无济于事。

这时，

绳子已经全都缠在我身上，

我无法再解开自己，

只好跪下来，

望着这条清水河，

风从南方吹来，

清水河就向北方波动，

风从北方吹来，

清水河就向南方波动，

我也不知道这是为什么。

天完全黑了，

烧荒的火，

渐渐冷了。

没有救我的人，

我也无法救自己。

（原载"遇见好诗歌"2022-12-19）

立 春

◎杨碧薇

我的词去了哪儿？在

——漫长的庚子年；在庚子年，无边的冬天。

它们离开我，像伞离开蒲公英。

每一秒，我等待着，我未完成，想用空拳握紧

固执的金属手柄。

壮丽的词典啊，请给我一个声母吧！即便只是

无病呻吟，或恼人的雨雪。

可什么都没有，未冲印的胶卷已褪了色，

指尖的万古愁悄然罩上隐身衣。

万物静默，裹紧羊毛立领。

噢，这二十一世纪大都市将黑不黑的暮晚……

直到你从地铁那头出现，

吞吐寒潮也吞吐暖气，

穿过时光也穿过玻璃。

还是那熟悉的，青木瓜的晕轮；

纠缠的丝线再次，将林中湖染得深蓝。

你走来，交出你身上与我相同的部分，

擦去悲哀的灰尘，我看见

一枚琥珀在我们的行李箱里闪亮，宛若初生。

（原载"杨碧薇 Brier"微信公众号 2023-02-04）

贺兰山手印岩画

◎杨森君

岩石上的手印

轮廓还在

我把自己的双手按了上去

刚好与我的手形对称

似乎这幅岩画
是以我的双手为原型
雕刻在岩石上的

可是这幅岩画太久远了
石头上的包浆也变成了石头

莫非前世
我生活在贺兰山上
假设事实如此，假设
我是一个转世的人

这双手印
就是上一世的我留下的
那时，是否占山为王
不确定
养鹰、放牧
应该是职责所在

那是一个自然主义时代
杀自己的羊炖肉
骑自己的马兜风
不用微信，不看快手，不刷抖音
没有房贷更不知德尔塔病毒为何物

同行的人

都看见我看着岩画发呆

却不知道

我在想什么

在我离开岩画前

我又一次把双手

按在岩画的手印上

我突然感

到那双手

在用力推开我

（原载《飞天》2023 年第 1 期）

烟　花

◎杨晓芸

初春蓓蕾嘣的弹开。这之前

焰火沉凝在爆竹筒

两个人，投向对方的眼神何等沉静

此刻，窗外烟花倏然上升，旋转

灿烂绽放又转瞬即逝

就像这日子，前仆后继

这日子，这必然的
死灰的结局

但是，"亲爱的，"
且看空中幻灭的胜景
是情感，将这死灰
编排出生动的花絮

（原载《四川文学》2023 年第 1 期）

诗歌一样大的故乡

◎杨玉林

我想把故乡再写小一点
房屋那么小
烟柱那么小
院子那么小
门前的小树那么小
一条路那么小
路边晒太阳的七叔那么小
教室里坐着的几个孩子那么小
夜空中的月亮那么小
母亲等候的身影那么小

泪珠那么小

我只能把故乡往小里写

小到像一首诗一般大

这样就可以装进去

牛羊、耕地、庄稼、炊烟

热炕、山歌、社火、土庙

儿时的伙伴娟娟、芳芳、小军——

他们被一辆火车带到了更遥远的地方

不能再把故乡写得更小了

再小就像一颗心一般大了

小小的故乡呵

有时候，让我在深夜

孤独、无助

伴随针尖一样大的阵阵隐痛

（原载《飞天》2023 年第 2 期）

翻 花 绳

◎叶燕兰

后来，和我一起玩翻绳游戏的小伙伴

在单色毛线从一个

传到另一个手上的过程中，不见了

后来我手指一翻，生活的图案

就彻底地改变了

许多次在梦里，我想替哭泣的妈妈重新捡起

散落一地的，各种颜色缠绕的毛线球

我想剪下其中一个色彩的随便一截

取出她青春岁月里无怨无悔的一小段

打个死结。套上十根天真经验的指头

一个人翻仿佛永远不会结束的花绳

我想给她翻个降落伞

我想象那是一柄，真正的降落伞

当心中静默的风吹动，右手的大拇指和食指伸直

贴近、轻轻往下一勾

就能带我们一起真实降落。回到一种沉闷

而规则简单易懂的生活

（原载《福建文学》2023 年第 1 期）

秋天留下性命
——纪念贞志

◎殷龙龙

你不在

万物各成其美

日落前，你要顺应天意
带给儿子一个父亲

为什么那么素——似曾相识
巴雷特、外套、短袖
日落是一回事，旷野是另一回

屋檐下一新一旧两个燕窝
它的主人姓于
其实姓什么不打紧

你要背转身，由远及近
瞥一眼
慢条斯理的孤独

你不在
自有蓬勃之晨
喂诗、收拾句子，饱览人情世故

桃花系，心木系，迎上来的果篮
抵住九月，喝清酒祭青春

你要像那个"2"模样的武者
在左边喊"1"
在右边，也喊"1"

安排好月光

你让少男少女藏身宝盒，狙击黑暗

其中真伪五十年后立判

（原载《草堂》2023 年第 1 期）

陶 器

◎尤克利

用不着阐释

我们都是普通的泥土

做成的人形

经历过一次大火的锻造

以为修成正果

其实更加易碎

好大的胃口，吞吐水

吞吐谷物，把旧时光

逐日翻新

人烟里，常常一面被盛满水

一面接受慢火的炙烤

我不知道这是煎熬

还是委以重任，只是

越是繁劳的时候

才不去想那些，破碎的事情

（原载《安徽文学》2023 年第 3 期）

仓颉造字

◎游若昕

在整理奶奶遗物时

电视机旁

有一个遥控器

遥控器上面

贴着一张纸

还画了

许多图案

电灯

表示开关

耳朵

表示音量

眼睛

表示频道

古人仓颉

创造出的文字

在奶奶身上

似乎

一点用

也没有

（原载《江南诗》2023 年第 1 期）

这一个傍晚

◎余秀华

这一个傍晚，从冰天雪地里跑出来

它虎口逃生

大雪依旧饱含在天空里，过去的爱

冰山一样倒入雪地

陌生人，我们交谈得多了，有酒

顺着牙缝滚进胃里

如果你再一次从雪地上扶起我

我还是以跌倒回报你

这一个傍晚，我的诗歌起死回生

这无望还是要继续下去

像北京、深圳、广州、成都、横店

要继续下去

我们交谈得多了，像两个幸存者

你一声叹息就吹旺了那火焰

于是你赐下的死亡

已在路上

（原载"余秀华"微信公众号 2023-01-06）

蓝色的木星

◎余秀华

你冷静，像蓝色的木星。我炽热，是等待毁灭的火星

宇宙里还有多少无法企及的秘密

它们有时候是飞转的漩涡，有时候是深沉的海洋

更多的时候就是我自己

我的欲望是火，绝望也是。我的爱情是火，孤独也是

如今我们的相遇注定了头破血流

注定把这坍塌的后半生武装起来

再到你面前一败涂地

也注定了血肉模糊的分离。这孤独的火，白发苍苍的火

这无处落脚的星球

而你，在和我遇见又分离后需要更大的力气

遮蔽你自己

遮蔽你自己再去爱，去信，去塑造一个俗世的自己
想到此，我就熄灭我自己
像斧头砍下山脊
陡峭。没有回还的余地

而落实到此刻：你在人潮涌动的城市，我在荒芜的村庄
我一片一片摘下挂满墙壁的祈祷词：
神啊，赐我年轻的爱人
赐他丰满，无限的生命

（原载"余秀华"微信公众号 2023-02-14）

香 椿 寺

◎鱼小玄

香椿有了最浅的香气，还没到
最深的春天。守庙的老和尚
忘记木鱼放在了哪里

他问我，怎么又来烧香。
我没说话，我在佛前摇起了签子
"噼啪……噼噼啪………"

春色忽然全部坍下来。

寺钟被所积的春色推动，发出低沉的

钝缓的鸣响。我步入浓翠之香里

那年小镇，我买过一面花肚兜

辫子不齐腰。一边想他一边折椿芽

香椿树下，是香味四溢的小饭馆

他那时，是个吃素的出家人

既怕春色再深，还怕少女再吻

（原载《四川文学》2023 年第 1 期）

山坳人家的橘酒

◎鱼小玄

他说，我笑起来像蜜橘

秋天多么好，山下盆地稻谷黄熟

寒雨带来烟云，时间如瓦盆淘滤稻米

山路迢迢走八里十里

橘叶柑叶柚叶常绿，蜜橘熟得早

两三处小村子深藏坳中

我坐在他的背篓中

像一枝刚折树的蜜橘，浓浓橘绯色

枝叶挠他，揽住他，挨倚他

山民采薹子、烘瓜晒豆

收了棉花缝袄子，酿几坛橘酒

等霜等雪落下来……

"冬天要来了吗？"

"听说山坳人家酿了橘酒？"

那年秋深时，双手呵气成冰

深山橘园寒霜雾霭，他摇晃着我

摇晃那坛橘酒，酒香清甜，瓦屋落下粒粒雪子

（原载《四川文学》2023年第1期）

白河来信

◎育　邦

独山馈赠于我

一块黑色的石头

白水馈赠于我

薄暮的眼睑

从你的星辰小站下车

我们来到寂静白夜

你依然是那朵欢快的浪花

在我的窗前歌唱

我拿什么馈赠给你

我的蔷薇女郎

我带上青蛙的鸣叫

手持一朵燃烧的云朵

把泪水和鲜血凝结成的珍珠

献给你，我的哑巴新娘

我们带上烧酒与杯盏

骑骡子，上山冈

我们躺在山冈上，喝下

一天又一天的苦涩时光

（原载《诗刊》2023年第1期）

苦恶鸟

◎袁 磊

梁湖北咀村芦苇荡，牛背雨

从水杉林飘过来，又拐入小湖汊

风浪一浪高过一浪，拍打礁石、浅滩

和雨雾。我缩在芦苇荡边瑟瑟发抖

一只苦恶鸟趴在蔷薇丛，捂实那一窝

鸟蛋，盯着我，抖了抖脖颈

我摘下口罩，与苦恶鸟待在一起

雨越下越大，浪越拍越急

苦恶鸟一动不动，我也蹲在那里

直到雨滴挂上芦秆、蔷薇与发丝

雨帘升起后，苦恶鸟似乎从这个世界

消失了，我也快要忘了自己

直到一道惊雷在北咀村上空炸起

我似乎也长出了羽翼和喙

在这雨中的世界，守护着什么

（原载《人民文学》2023 年第 2 期）

两个住在 1993 年巷子里的老人

◎袁 刘

西一巷的门牌号模糊不清了

一棵老树悠闲地看着进出巷口的人

那辆开往贵阳的火车丢下白色塑料袋

只是想告诉，1993 年的剃须刀生了孩子

而那根上海产的小镊子刚刚嫁人

我在这样一个清晨进来，找一束定居巷子的阳光

就像那天在文惠路东门下遇到的那个女孩

总觉得有话应该要说出来

站在一家粉店和杂货店的中间

突然有油菜花的味道，还有甘蔗地的草香

两个老人认真地对面而坐

一个负责剪头发，一个负责修钟表

至于那只在电线上站岗的麻雀

就是 1993 年冬天我放走的那一只

我想了好久，想上前问两位老人家

是否看见我从西正街跑出来的小黑狗

是否在某一天晌午

看见我未来的妻子恰好路过这里

如果他们都说没有看见的话，我是不是应该这样说

对不起打扰了，我只是一个负责写诗的年轻人

（原载"诗探索"微信公众号 2023-02-22）

盛装舞步

◎袁 伟

燕尾剪去礼服上

多余的装饰。在表演前

马匹也曾被主人

用双胯剪掉不合时宜的野性

音符从蹄印中溅起

窜入人们的耳蜗

掌声，是一种视觉与听觉

交互而成的审美概念

盛装与马力，在

一场运动中成就彼此

现代、复古、马术，以及艺术

合力诠释节奏的含义

舞步多姿，曾被命名为

马背上的芭蕾。赛场

与战场不能轻易画上等号——

绅士的皮鞭不允许嘶鸣

（原载《山西文学》2023 年第 1 期）

母亲在梦中一直爱我

◎臧海英

母亲在梦中一直爱我。

梦中我始终是孩子

她也永远年轻。

生活在梦中得以继续。

母亲依然劳作

我们（现实中离散的一家人）

依旧围坐在一起吃饭

在幼年时的家里。

死亡没有造访这里

时间也拿它没办法。

母亲在梦中抚摸我额头

以确定我安好。

光照在身上

温暖让我确定是真的。

（原载《诗刊》2023 年第 3 期）

回忆，室内的雨

◎臧海英

旧时代的雨水，下在室外

也下在室内。我看见父亲背着我

从西屋挪到了东屋，又从床上

挪到柜子里。柜子之外都是雨声

和雨水。我看见我，躲在里面

想着父亲裸露的背，异样的感觉。

父亲没有察觉我隐秘的成长

整晚在摆弄盆盆罐罐

雨水接满了倒掉，接满再倒掉……

外面的雨停了，室内的雨还在下

滴滴答答，从多年前来到今晚。

年轻的父亲，少女的我

留在时间深处漏雨的房间。

（原载《诗刊》2023 年第 3 期）

光 亮

◎张 侗

母亲以手护着马灯

深夜到村口接卖粉条

还没回来的父亲

那儿站着一个黑影

"谁？"

"我，邓大花。"

她以手护灯

也在等卖粉条

还没回来的丈夫

两个一年多不说话的女人

又开始有了说不完的话

她们把手拿开

两个人都站在光亮中

（原载《中国校园文学》2023 年 1 月上旬刊）

黄昏的山谷

◎张　毅

黄昏临近，夕阳在岩石上闪光。

飞鸟驮来晚霞，镶嵌在树与树之间。

万物寂静，圆月是挂在夜空的浆果。

斑鸠逆风飞行，几片羽毛从空中落下。

房子是石头垒的，褐色或暗灰色的墙。

有人在屋前点燃树枝，炊烟缓缓上升。

狗与狗互相追逐。有个男孩背着柴草

从山坡走来，他的脸仿佛是一块石头。

那个褐衣女子，发辫插满路边的野草。

她下山的样子，让我想起多年以前的景象。

那也是个深秋，在相似的时间和地点，

一个女子从山谷走来，我突然闻到
一股香气在空中弥漫。她们的影像
在时光中重叠，但却不是同一个人。

山路上，那个被我长久凝望的鸟巢，
已被夏天的风暴摧毁。
从看见开始，它多次出现在我梦中。
寂静的山谷有风吹过，水中的月光
在升腾，岩石的暗影凝固在暮色里。

（原载《扬子江诗刊》2023 年第 1 期）

水　井

◎张　喆

外出的人，一个个都回来了
逝者暂时躺在人世

他养的狼狗，在老屋里呜呜哭
鸡在笼子里乱扑腾

檐下劈刀还在。旧的，新的木柴
我们用在流水席上

他挖的水井，青苔包浆

时光缠绕住压水泵，厚重，斑驳

帮工煮饭的大厨，依然喜欢这个老物件

他按下压杆

许多往事哗哗地涌现眼前

（原载《诗选刊》2023 年第 1 期）

春天的旁观者

◎张常美

频频点头的野花、野草中间

意识到自己不过是未受邀请

就擅自闯入春天的人

反而变得不再拘谨

不再怕弄坏了主人的心爱之物

而患得患失。再也

无须顾忌自己的穷酸之相

肆无忌惮看着、听着、嗅着、吞咽着……

这么多年，我得多么侥幸

遭逢过这么多绝不雷同的春天

从未因丝毫劣迹被认出

同时，因春天的无视又感到

快乐不能分享的悲伤

一个终于可以动用情感说话的人

却尴尬得像盛宴上的旁观者

（原载《长江文艺》2023 年第 1 期）

独 坐 书

◎张二棍

明月高悬，一副举目无亲的样子

我把每一颗星星比喻成

缀在黑袍子上的补丁的时候，山下

村庄里的灯火越来越暗。他们劳作了

一整天，是该休息了。

我背后的松林里

传出不知名的鸟叫。它们飞了一天

是该唱几句了。如果我继续

在山头上坐下去，养在山腰

帐篷里的狗，就该摸黑找上来了

想想，是该回去看看它了。它那么小

总是在黑暗中，冲着一切风吹草动

悲壮地，汪汪大叫。它还没有学会

平静。还没有学会，像我这样

看着，脚下的村庄慢慢变黑

心头，却有灯火渐暖

（原载《绿风》2023 年第 1 期）

秋日登两髻山

◎张进步

人一旦与山相遇

人就想比山更高：

至少要高出一个人的高度。

好在我还没养成这样的臭毛病

我怕累：我慵懒、多汗，爱坐在树荫下发呆。

在两髻山，我边走边歇

路过山泉，摘了山枣，在腐草上

还遇到过两只用口水写作的

粉红色蛞蝓。

它们先后向我传递过如下消息：

"此山野性、神秘。"

字迹未消，一只青虫

就从我手中的山枣里爬了出来：

冲出了果壳，但没能冲出宇宙

能冲出宇宙的，或许只有山顶发电的风车

一轮一轮地，在虚空中画着光圈

众山众树众鸟众虫

都匍匐着

压低了声音

（原载《扬子江诗刊》2023 年第 1 期）

风 在 吹

◎张新泉

许多朝代都趴下了

尘世太脏，还得使劲吹

把众多纸做的泥做的冠冕吹破

送鳏夫寡妇入洞房

让不朽与永恒统统作废……

我含着的这缕风

是专门给箫和埙的

天低云暗时，替一些人和事

唏嘘，流泪

（原载"白夜录"微信公众号 2023-02-12）

撕

◎张新泉

撕是一种暴力

对于纸，即使再温柔
也是

一生中，我们总要
毁掉一些纸
总会与一些纸张
势不两立
在碎纸机莅临之前
我们体面优雅的手
总在乐善好施
温情脉脉的背后
清醒地干掉
一些类似纸的东西

笔使纸张获罪
纸在无法解释的绝境
被撕得叫出声来
文字的五脏六腑
散落一地……
人对纸张行刑时
是一种比纸更脆弱的物体

纸屑会再度变成纸
再度与你相逢时
一些化不掉的字
保不准会活过来

新诗选 2023年

春

咬你

（原载"白夜录"微信公众号 2023-02-12）

手机里的菩萨

◎张执浩

从云冈石窟出来

手机里多出了很多尊菩萨

在去往雁门关的路上

我一路翻看着他们的情貌

痛苦被放大了

欢乐被缩小

菩萨啊，这么多的砂岩之躯

任由岁月涂抹

这么多的残肢

依然在行走、抚摸和讲述

而我独爱最小的那一窟

他像我小时候

不谙世事

以为哭泣就能得到所求

以为欢笑就能满足所有

（原载"无限事"微信公众号 2023-01-20）

今日所见

◎张执浩

我信任那些有牛群出没的土地

那也是我曾经极力挣脱的土地

我信任我现在的眼光

在同一片土地上，今日所见

比往日所见更加细致，和缠绵

今日所见是人烟稀少的故乡

从一再变矮的仙女山顶望下去

再也见不到那样的清晨与黄昏——

牛群披着炊烟从四面八方漫上来

牛群在炊烟的召唤中翻过山坳

消失在了一团团暮色中——

今日所见是几台蹲伏在田园深处的

红色的旋耕机，或微耕机

我的老哥哥放下手中永远干不完的活计

陪我在这片土地上四处转悠

暮色降临了，我们的眼光里

含着对过去生活的信任，以及

对未来生活的模棱两可

（原载《诗刊》2023 年第 3 期）

眷 爱

◎张作梗

我爱世上所有的词

小时候爱，现在依然爱如呼吸

我爱那些消失的、灭绝的词

——以怀念和悼念的方式

更爱那些新生的词——它们像刚做的

叶笛，擦亮了我的嘴唇

啊词的颜色，词的气味和口感

我爱鸣叫的词，也爱缄默之词、呜咽之词

对应于心的琴键

它们弹出了我

不同时刻的心境——

大如宇宙之词，小若尘埃之词

战争的词，和平的词

绚烂若夏花的词，静美如秋叶的词

劳作之词、漂流之词、火焰之词、爱之词

冰冷的词、流泪的词、耳鬓厮磨的词

三叶草的词、五更天的词、八角梅的词

飞翔如鹰隼的词

正是它们，构成了外物和我对

这世界的认知，我才不致目盲若

瞽人，耳聋如聩者

我攫住词像攫住呼吸

我留置词像留置生存的凭证

我举一生之力爱着这些飞舞在旷野上的

词，它们像萤火虫

激活了低垂在我生命

之上的黑夜。

（原载《星星·诗歌原创》2023 年第 1 期）

夜空的伤疤

◎赵家鹏

要是小伙伴再用力一些

我可能就被推入

那年深冬的冰窟窿了。我原谅他

不是因为我还活着，而是在一场玩闹中

他让我提前预演了

提心吊胆的戏码。没人知道，如今正是我

一次次将自己推入寒冰，又一次次拽着自己的头发

将自己拎出水面

没人看出，我浑身滴水

走在地上。至于我拥抱过的月亮

从来是夜空的伤疤。但这么多年，它温柔地

照着，一个失魂落魄的人

（原载《中国校园文学》2023 年 1 月上旬刊）

梦中的马

◎赵亚东

总是梦见一匹在沙漠里奔跑的马

轰的一声倒在水井的近旁

有时它也出现在长满荒草的废墟里

四蹄无声地穿过坚硬的蒺藜

低下头把泥坑里积存的雨水喝干

我没有为它找到落脚的去处

无论是沙漠还是荒原。它只能不停地走

这让我无比羞愧。昨晚我又梦见它

驮着一袋霉烂的稻谷，缓缓走过

一片阴暗的树林的边缘

而此时的月光刚好照到它垂下的鬃毛

（原载《诗选刊》2023年第2期）

羊的死亡

◎震　杳

晨霭中我走出屋，看见男主人坐在圈旁

磨刀。将有一只羊

在这个清晨死去，旭日般释放出鲜红

只为迎接远方来的客人

无穷多客人

从远方来到，为此羊群变得更加壮大

湿冷草香中，牧人黝黑的脸孔一闪

起身拉开栅门走进羊群

于轻微的骚动中

一只羊被捉住拎了出来，嘴里还含有草料

死亡是什么时候选中它的

刚刚，还是在磨刀时，或者远在那之前

（原载《飞天》2023 年第 1 期）

云的瓷器

◎震　杏

母亲的智慧远胜于我

烹饪的智慧、缝补的智慧、零钱的智慧

洗去衣物上各种污渍的智慧

而我只有写诗的智慧

少得可怜的智慧仅遗传了她的数分之一

母亲爱过，将我带到世间作证

恨过，用一面破碎的镜子

她已抵达皱纹与白发，站在窗子边

眺望，我正走在一排枫树下

她爱看云，说那是洁白的瓷器

她可能比我更像诗人

在夜里长久醒着，睡不着，也不说话

（原载《飞天》2023 年第 1 期）

你没有看见过一颗野樱桃的悲伤

◎周小霞

在大青沟，没有比野樱桃结得更早的果子

那么细小的青，系住人间四月

那么细小的身骨，承受荒山野岭的风雨

樱桃树下，十一二岁的女孩目光怯怯。望向树枝

她的衣衫那么破旧

沉重的背篓已让腰板无法挺直

几步之外，旧藩篱围起的矮房屋等待修葺

孩童发出哇哇的呼唤。哭声

惊扰了枝叶间斑驳的秩序

在大青沟，没有比野樱桃熟得更早的果子了

不到五月，树上已结满那么多羞涩的少女

（原载《诗歌月刊》2023 年第 2 期）

新诗选 2023 年

春

在梵净山

◎周小霞

雨说来就来了。谁亲吻过的地方
我们驻足、观山、听雨……

雨大雨小都没关系，我的矮小
如同一块石头。这万籁俱寂的深山

我们谈起落叶，谈起松果
山中的植物缀满谜语

唯有一点不合时宜。那便是
刚刚心底生长出一句：我爱你

（原载《诗歌月刊》2023 年第 2 期）

晚　景

◎朱永富

想过爱情，但我们都无法模拟出它

老去的样子。当我们都老了，

甚至仓促到没有足够的时间准备白发和佝偻。

用一节竹子的韧劲，小扣庭院和门扉。

太阳还照着门楣吧，这混球一样的光，

总是没心没肺活着，

而我们，会孤苦伶仃，成了无父无母的孩子。

风雨还是从前的力道，云朵照常

绕着村庄。每一条土灰色的公路上，都有

我们远行的儿孙……这一切都是假设啊

问题是当我们都步入晚景，每天面对

老月亮和老太阳，老胳膊老腿，问题是……

如果我在你不在呢？或者你在我不在呢？

时间一定过得很慢吧，那就有足够的时间，

用来悲伤。

（原载《星星·诗歌原创》2023 年第 2 期）

宽 阔

◎祝立根

跟随亲人们登山的日子

群山向我敞开过最初的秘密

潭边的母亲，指过给我

山葡萄和野杨梅，她少女时的

精灵，依然在那儿闪烁

山坡上的父亲，也曾指给我

乌云军团的去向，躲避雨丝的追击

他的经验，一直有效

直到遥远的未来，祖父说出的

野草的毒性和疗效……我遗忘了很多

也记住了很多，后来我一个人登山

误入过荆棘丛生的疆域，也窥见了

悬崖之巅报春花的圣地……

这是属于我的小小的路线图

有一些与亲人们重合

一些又独自走向了云影幻变的岔路

我也会指给我身后的孩子看

希望他能记住，以备他去忘记

（原载《诗刊》2023 年第 1 期）

只要我们还有母亲

◎邹黎明

洁白的碗，让我们爱护

那样小心地把它捧在手里

里面是热腾腾的饭菜

有时是一碗清粥，我们对着它吹气

即使什么也不装，也是珍贵的
是母亲
从遥远的集市，将它们买来

一路上丁零当啷
仿佛顽皮的孩子
仿佛母亲，是它们的母亲

我愿意一直捧着，这样一只碗
装满了洁白
只要我们还有母亲
我们的碗，就不会空着

（原载《诗歌月刊》2023 年第 2 期）

图书在版编目（CIP）数据

新诗选. 2023. 春卷 / 《诗探索》编委会编；陈亮
主编. -- 北京：中国文史出版社，2023.12
　　ISBN 978-7-5205-4486-3

　　Ⅰ．①新… Ⅱ．①诗… ②陈… Ⅲ．①诗集－中国－
当代 Ⅳ．① I227

中国国家版本馆 CIP 数据核字（2023）第 227690 号

责任编辑：全秋生

出版发行：中国文史出版社
地　　址：北京市海淀区西八里庄路 69 号　　邮编：100142
电　　话：010 － 81136602　81136603　81136606 （发行部）
传　　真：010 － 81136655
印　　装：廊坊市海涛印刷有限公司
经　　销：全国新华书店
开　　本：787 毫米 ×1092 毫米　　1/16
印　　张：56.25
字　　数：880 千字
版　　次：2024 年 1 月北京第 1 版
印　　次：2024 年 1 月第 1 次印刷
定　　价：240.00 元（全 4 册）

新诗选

夏卷

2023

陈 亮◎主编

《诗探索》编委会◎编

中国文史出版社

编 委 会

目录
CONTENTS

新诗选 2023年

夏

新诗选

2023年

夏

新诗选 2023年

新诗选

2023年

夏

新诗选

2023年

夏

新诗选 2023年

夏

新诗选 2023年 夏

新诗选

2023年

夏

斑鸠咕咕

◎阿　董

"咕咕——咕，咕咕——咕"
是斑鸠，在五线谱上独奏

像一个人，设法按住内心那根颤动的弦
声音来自线体，而出场顺序是多么重要啊
巨大的空旷，被穿针引线般找出来

"单声叫雨，双声叫晴"，错落有致的叠音里
风调正了音律，雨更稠地弹奏出来
一只斑鸠闯进来，领走先前的那一只
而我们，将什么也带不走

"咕咕——咕，咕咕——咕"
弦又绷紧一些，墓碑又矮下去一截

（原载《草堂》2023年第3期）

晨 雾

◎阿 信

天空正在形成，距离被一群灰鸽穿过
只是时间问题。地平线那里
不断有新东西被制造出来，石头在晨雾中塑形。

水确实很凉。她在溪边破冰、舀水，睫毛
带霜——我想走过去，俯身安慰她，并帮她
把满满一桶冰水提回林子边的小屋中去。

（原载"无限事"微信公众号 2023-03-23）

夏日的傍晚

◎安乔子

大风吹着路边的草
草们在飕飕的凉风中伏地
天空如同一面镜子
美好的事物都在镜中，那么深
天要下雨了，我要去找母亲

我在天空的镜子里看见了她

她正弯腰在菜地里种菜

绿油油的菜地里有她那件花衣服

像一只花蝴蝶

很轻地

泊在菜地丛中

暮色深了，几只鸟从头上飞过

几粒清凉的雨落在我头上

在我的喊声中

那只花蝴蝶在暮色中起飞了

天空有星光开始闪烁

（原载《草堂》2023 年第 5 期）

光

◎包 苞

从碧口马家山茶园下来，九岁的秦兰郁

一直操心何处能够停车。

这小小少年，为他矿泉水瓶子里的生命担起了心。

本来只想亲近一只流水中的蝌蚪，

现在他已经后悔了。

他不停提醒，找到水流，并且能够走到水边。

他要把自由还给生命，流水还给流水。

这是一个小小心愿，却是一件大事。

当他从水边返回，明亮的眼眸中散发着干净的欣喜。

一辆长途客车，迟迟不发，

还在耐心地，等那个还在路上的人。

（原载《星星》2023 年 3 月上旬刊）

马迭尔宾馆

◎薄　暮

314：美国著名记者埃德加·斯诺先生

1934 年来哈，下榻于此房间。

黄昏，我拖着行李箱，站在门口

犹豫要不要敲门

先生正在小憩，伏案写信

还是一下攥紧报纸上的消息

我都不宜打扰。除非

他刚点着一支烟，突然想起

关于昨天的话题

我告诉他，我乘高铁，下午才到

他会不会说起明天，如果会

我更加语无伦次

最初读到先生的预言

是一九七九版本，而我很久

只在凌晨打量黎明

我走进房间

先生从墙上侧过脸：哦，现在

这是你的房间

竟然如此逼仄，灯光飘忽不定

每走一步，楼板咯吱作响

仿佛身旁跟着另一个人

先生，请坐

我们今晚，只谈一谈

这座城市大风的声音

（原载《诗林》2023 年第 2 期）

一个打桂花的人

◎薄　暮

如果我是一个打桂花的人

我就会翻过篱笆

把阳光般、月色般、彩虹般的

消息

撒在你的门头

早晨出来时

你的肩膀和眼睛里都会飘着芬芳

走过小村，走过集市

走过时间

总有许多人云彩一样跟在身后

这世间唯一的馥郁

让人微醺

尽管雨会漂白

但我打下的桂花不会

它是深刻的

像字镌进石头

这气息会融化记忆

我将因此而骄傲。虽然

它不会让你屋后的山坡下雪

也不会让你门前的稻子更沉

我愿意撒在你的门头

愿意让所有人说

多年前那个打桂花的傻孩子

是我们这里的人

（原载《诗林》2023 年第 2 期）

围场草木记

◎北　野

柞木琴在牧人的口袋里

磨得光滑闪亮，它不需要知道

牛羊的名字，它喜欢沿着山路

把青苔下哗哗响的溪水吹成月色

松鼠把橡木果和毛榛带入地下的时候

白娘子正在溪水中把一袭白衣

换成黑色，它们互相为冬天做好准备

松脂包住的泪水，一定要为它们心中的

春天，献出一颗颗琥珀

麻梨疙瘩是鼠李木，它喜欢在夜色里

缩入悬崖，长出坚硬的肺部

鹰雀在浮云中飞过，轻易就捉到了

它叶片上滑落的露珠

白桦、山杨、杜松、核桃楸

蒙古栎、大果榆、黄堇、瓦松、卷柏

五味子……它们拥挤的阴影

是大山的波涛在它的腹部翻滚

暴风雨就要来了！深暗的

夜幕，也无法锁住它喷涌的绿色！

我一个人在崖顶独坐

红嘴鸦接走的落日在大地上飞行

而我的脚下，山荆和草荆

在暗中结出了繁星一样的浆果，它们

像木贼一样在草莽中闪烁

（原载《莽原》2023 年第 3 期）

剃 头 匠

◎草　树

一个背有些驼的剃头匠

提着一只小木箱

总是适时出现在院坝上

从青年到老年，他管理着我们

祖孙三代的头发

一块白围布一甩，舒展开来

慢慢落在爹爹膝头

他们的交谈伴随着推剪的嘘嘘

剪刀的咔嚓和梁上燕子一声声的咿呀

剃刀掠过眉头，我看见爷爷眼皮微微战栗

不是恐惧，而像一缕阳光照临

一箱子锋利的家伙统治着半个时辰

一次又一次头发革命带来面貌的清新

我坐在美发中心的皮椅上为什么头脑昏沉

再没有剃刀带来的敏锐和屋檐下燕叫的清新

此刻我站在台阶上认出他

木樨树下，他的背更驼了，小木箱

像一个古董。一粒白色鸟屎落入头发的灰白中

（原载《星星》2023 年 4 月上旬刊）

野　望

◎草　树

坡顶上，荒草淹没道路

四下里一片野茫茫

一根赤裸的荆棘缠住你

我走在前面四处张望

你看见一片枯。我看见翠绿的麦地

有一块在晃动，一块石头

高高画一个弧，准确落进一个方坑

随即欢声涌出来

你看见荒凉。我看见

一个女孩扑在田埂上从下面

摘一枝野蔷薇的嫩茎

递给一个蹲在上面的男孩

你看见一片空无。我看见

草叶上露水描出亡魂的脚印

他们成群结队，赶赴一个传统节日

远处院落轻烟浮动、火光闪烁

（原载《诗潮》2023 年第 3 期）

旧　物

◎朝　颜

哭声渐渐暗了下来

他试图搬动的旧物里，似乎

还含着母亲最后一口呼吸

她曾经坐在棕红的旧沙发上

为他织一件浅色的毛衣

一台老笨的旧电视

在她寡居多年的岁月里

留下低音部的交响

他的手卡在一只旧药瓶里

这褐色的容器，曾经包裹了

一个关于止痛的谎言

他赶不走她的疼

只能看着她一日日变薄

一天天变旧

他挥了挥手

让一个收废品的人失望离去

现在，他陷在一堆旧物中

像陷入怎么也吐不掉的旧时光

夜色来得太快

空下来的屋子轻易就被凉风灌满

他只有裹紧母亲留下的旧毛衣

只有这样，才能再一次

被母亲的双臂环绕

（原载《诗词报》2023 年第 4 期）

辨　认

◎陈　墨

你意外辨认出我——

在千万张消逝的面影中。

一次偶遇，你我完全

陌生。却百分之一百

确认我和你是

同一个人。

这多像置身于原始丛林——

要指认出千万分之一的树种。

你一口，说出了姓与名，

我惊讶。却从不后悔

我就是你。

你离开，你将在

我身上完成自己。

（原载"小镇的诗"微信公众号 2023-05-31）

散　步

◎陈德根

在细雨中散步，仿佛

我们都还年轻，时代

也还是我们喜欢的样子

慢腾腾地，清晰地呈现给我们看

雨落满了街头

一些车溅起

泥泞，你不禁又向我靠了靠

有一种声音，也向我靠了靠

听不见，它们柔滑，像

一身坚韧的皮毛

从锣鼓上，重新穿回

一头猛兽的身躯

就在那一瞬间，我们

紧扣着的手，握得更紧密

我彻底原谅，我走的时候

你没有哭，病重时

你没有来看望我

（原载"早上好读首诗"微信公众号 2023-05-25）

路 灯

◎陈素凡

等了好久

落日才把天空还给星星

而今天

路灯又先了一步

路灯也好看

不过，我偶尔希望城市停电

让星星亮一晚上

（原载《中国校园文学》2023 年 4 月上旬刊）

鸟 巢

◎纯 子

曾经，我们遥望它宛如遥望蓝天

因为它高悬枝头

在枝丫若隐若现的存在。而树叶的遮蔽

像天然的屏障

使它比风，比空气

甚至比某段往事

更隐秘且巧妙地存在，在陡峭中安身

在夹缝中立足，

也让返回的鸟雀，很多次成为岁月里

最隐秘的居住者：弹弓打不着

竹竿也捅不着，就连夏天的狂风

都绕开它。

而现在到了冬天，时间让树叶落尽

让它渐渐呈现一座老宅的

命运，

曾经的飞鸟筑起了它，让自己栖息

如今又像人群远离它

——在那个孤寂、空旷的世界，它弱小

无所依，却像一个谜团

在高处孤悬，又像一篇小说

丢失了它的主角

但它必须像接纳鸟雀一样迎接未知的

生活，包括寒风、霜冻

然后看着白雪

先降落在它身上，然后再降落在

高低不平的人间

（原载《星星》2023 年 3 月上旬刊）

桑之落矣

◎川　美

看她从桑树下走过，身材矮小，腰背挺拔

乌黑的头发，高高绾起，仿佛——

仿佛是一朵鸡髻花

看她低头系紧鞋带，又抬头看看天空

并不回头地，从门前的小巷，拐上了大路

看她的背影渐行渐远，不知要去到哪里

"只要离开伤心之地，离开伤心之地"

三千多年了，实在不敢相信

那个卫国的女人做了我对门的邻居

她丈夫不再抱布贸丝，他是一个卡车司机

（原载《草堂》2023 年第 4 期）

雪　人

◎代红杰

下雪以后

公园里走动的人少了

多了三个立正的雪人

我认识多年前的她们

心中深深地爱着她们

像转佛塔一样

我绕着她们转了三圈

停在她们的背后

悄悄搓暖手

迅速捂住其中一个的眼睛

三分钟过去了

她没有叫出我的名字

但我感觉到手指间的湿润

她好像偷偷哭了

（原载《诗潮》2023 年第 3 期）

蝉

◎杜思高

童年一定藏在透明的蝉翼下，不然

为何蝉鸣声起，就让人想起儿时

想起乡下老家豫西南后杜岗

竹竿捅开盛夏的酷热，牛尾鬃拴住吱吱歌唱

高粱莛编织的笼子盛满欢乐

大杨树下溅出阵阵激越浪花

那时候读《水浒》，总对号入座

一笼知了都有名字，不停胡乱飞的是孙二娘

刚褪壳的是玉麒麟，掐翅膀的

是喝了哑药的黑李逵，空舞断斧

乌云压来，每只蝉都抖动翅膀

仿佛要抖落即将降下的风雨

大风吹走童年

小路迤逦的长亭依旧芳草碧连天

似乎忽然之间才发现

身边的那么多人像蝉一样

不知什么时候停止了歌唱，隐去了身影

(原载"南阳市图书馆"微信公众号2023-03-24)

永　路

◎杜　涯

在对我闪烁。那条笔直宽广的路途
景象浓郁，在远方的极目处连接向云涛
常年里，只要我望去，它始终在那里
它等待我，犹如我等待某个约定的时刻

人世上，风雨交替，山水程程
谁人追寻，用尽了毕生光芒？
而今，桑田东流，时间已晚
人世和时光，已是如此之深，已如云

时常，我在世上逡巡，徘徊，钟情于忧伤
流年在我身边学光年飞逝，令我忧郁
而在不远处，一些不可见的事物隐隐闪现
那未知的、隐匿的世界，在对我闪光

多少次，我看到：远方沉默辽阔
落日在下午徐缓宏大地沉降
西边极目处，天空轻岚地倾向深邃，我都在想：
孤独而寂静的心儿啊，何时回到永恒之乡？

徘徊在流转季的地面，冥想也如捕风

而云霞年年在天穹排布出辽阔阵势
繁星在顶：你的提醒如常。于是我知道：
浪迹一生的游子啊，必将回到永恒和无穷

我知道在天穹的深处，星系浩瀚、连绵
在星海迤逦间，我必须要走的路将如时显现
明明灭灭，漫漫接续绵绵，总不离宏阔
行行重行行，我将用尽余生

而今，人世已深，时光已深如云春
我在地面徘徊，渐渐忧悒，生长出迟重
万物万事中曾有一个我，有我精神如风
山水万重，万里江山，一朝别去后忍住转身

而，我犹在热爱中走去苍远的云海
一程山水一程疼痛的行行
一程风雨赋向万里的未知
心儿万般向无际，总不饶过坚持和忧伤

（原载"诗生活"网 2023-04-30）

雨 中

◎杜　涯

安抚了众物之心，这六月的一场

连日烟雨，推开了无形的向外之门

水杉和千千踏草，相携去往远路

树丛在远处错列，预示着目极处的发生

细雨纷落时，轻愁普遍地升起

鸟禽带巢，畜类凭栏，都是远望

它们心中升起一个声音：啊，远方

细雨中涌动：万物胸中的惆怅、叹息、轻伤

河流，在雨中生出忧感色，波及

两岸堤树的浓绿沉郁，若有人

在细雨中经过河流，他会听到

河流的忧伤低语：请把我带走

给人稳固感的是大地，即使一场雨

落下，即使万树在雨中兀自轻荡复低垂

也不能改变它沉稳心志，它犹在

深沉、和润中承载了烟雨数千万里

无声的雨，落在没有边界的世界上

在细雨中，在微光清闪的世界上

哪里有我们想要的山河、烟火？

哪里有我们想要去到的地方？

而仍然有那杳远可信的天际

在雨歇时的浓荫里向我们解释永恒

此间有谁深信：雨中没有少年万里愁

只有远方如深途，接向无穷和无际

（原载"诗生活"网 2023-04-30）

寂　静

◎二　缘

入冬这天，气温下降了很多

有一朵三角梅落在了地上

这样的情景，让我想到了有些生命

把自己埋在很深的土下面越冬

冬天是一段很漫长的日子

在惊蛰没有到来之前，地底下是寂静的

我曾经见到过这样一个场景

翻耕的土下面，有一只不出声的青蛙

我还认识一名听障女孩

很多年，都没见她笑过一次

（原载《诗刊》2023 年第 6 期）

最旧的音质，要慢慢地喊出来

◎二　缘

一把祖传的铜茶匙

上面，有浅浅的包浆

有很旧的音质

有很旧的光泽

你听，我的乳名

带有母亲的音质

我做了一把桃木梳

送给妻子，也送给女儿

柄上那最旧的音质

要慢慢地喊出来

（原载《诗刊》2023 年第 6 期）

我 发 誓

◎方闲海

酷暑里的一个中午我闻声跑去

踉踉跄跄的童年步伐

带我来到熟悉的小河塘

站在河塘边我才发现

那里没有一个我游泳的小伙伴

而渔村里几乎所有的小女孩们

正在集体裸泳

一个异性出现

让无数沸腾的水花顿时寂灭了

这时

一个大姐大从水波里钻了出来

光着身子径直走到我面前

她警告我

今天你看到了我们什么都没穿

不允许你告诉任何一个男孩子

并让我发誓

这时我身边

已迅速地围上了一群光溜溜的女孩

她们的皮肤流淌着水滴

在骄阳下

她们气势汹汹地盯住我

夏

而如今

我早已忘了当时我如何发誓的

只记得

我沿着河塘左边的小路跑来

然后沿着河塘右边的小路返回了村子

一路上大汗淋漓

小心脏怦怦跳跳

但我发誓

我从未跟任何一个男孩提起过我当时看见了女孩们在裸泳

那些沸腾的水花

（原载"英特迈往"微信公众号 2023-06-04）

三个以后的我

◎非　亚

一个我退休后居住到了小镇

过简朴的生活

早晚出门散步，去菜市场买新鲜的肉和蔬菜

白天大部分时间

喝茶，看书

整理以前的文字

在院子和露台种花，浇水

把阳光请进房间，偶尔给朋友打电话

夜晚朝灯光飞进房间的虫子

好奇这个老家伙

另一个我，在工作室做着设计

和助手一起

做一个旅馆，住宅

或民宿

奇妙的空间，花园，引入时间的路径

经常出现在工地，戴一顶安全帽

和绑扎钢筋的民工打招呼，对糟糕的施工细节

大发脾气

还有一个我，四处旅行

到一个海边的城市，或者山区

在街头咖啡馆

要一杯咖啡或啤酒

看随身带去的书，偶尔抬头

观察街上走过的女人

以及跳落墙头的一只鸟

太阳像一位老友，出现在大街

晚餐之后的一阵风，又把月亮，星光

送进窗口，一个人

在午夜的房间

想起从前

想起消失在门把手上的日子，被浪费的生命

沉默如同一只盛满

茶水的杯子

在大喝一口之后，又放回桌子

（原载"英特迈往"微信公众号 2023-04-02）

栅　栏

◎风　荷

坐在窗前

你一再在诗里读到栅栏

栅栏上的影子

栅栏被漆成黑色

栅栏的尖锐

栅栏那边跑来一条黄色的狗

无处不在的栅栏

让一条路没有了去向，月光落下来

被分为两半

你起身，身体里的栅栏跟着

晃动。那是看不见的旧爱、伤痕、陷阱、深渊……

"如何能让栅栏

变成琴弦"

你问自己

（原载《诗歌月刊》2023 年第 1 期）

松　开

◎风　荷

一条河以它的奔腾，牵动着原野和森林

西风紧拽着悲伤的外衣

芦苇被霜雪染得苍老

你已许久没有听见自己的哭声

松开的爱情，在别处

不必再踏着露水去寻找

那个白衣翩翩的女子，也许已化作了一抹白月光

过去是一朵花开的战栗

未来暂时没有答案

唯有松开，才能让自己和万物保持适当的距离

此刻，影子松开了灌木

你松开了尖锐

（原载《诗歌月刊》2023 年第 1 期）

麦迪逊县的桥

◎冯 冯

每年都要赏月，吃月饼

仪式感越来越重，口味越来越甜

好像活着是场甜蜜的旅行

我们享用着并为此赞美

从小妈妈告诫，少吃甜，吃多会长蛀牙

口中塞满各种美食，饭后还要来份甜点

说出的话语是甜的，季节是甜的，连呼吸也是甜的

货架上的牙膏琳琅满目，牙刷多么渺小

玫瑰馅的月亮总是发出清辉

安娜·卡列尼娜是甜蜜的

弗朗西斯卡是甜蜜的

一个在铁轨上

一个在麦迪逊县的桥

（原载《作家》2023 年第 2 期）

枕木边的青草

◎冯　冯

一匹栗色老马，两匹小马

吃枕木边的青草

牧马人还没回来

小马抬头看老马

老马看铁轨尽头

童年的青草坡地开满紫花地丁

口琴少年给牠吹曲

斜阳梳理牠的鬃毛

铁轨老了

枕木边长出新鲜的青草

（原载《诗歌月刊》2023 年第 1 期）

樱　桃

◎冯立民

樱桃小口

是甜的

火焰是甜的

月亮升起
谁坐在樱桃树上
咿咿呀呀地唱
把一个聋子的心
唱酸，唱碎

大雨之后
必有盲人，看见
红衣女子
跃入了水中

（原载《飞天》2023 年第 3 期）

夜 行 记

◎甫跃成

那是许多年前，我牵着父亲的手，
走在从山脚村回家的路上。
大风吹过松坡与竹林，
呜呜咽咽，在我们身后穷追不舍。
我三步并作两步，不敢落在父亲后面，
也不敢在前。月亮之上有人捣药；

月亮之下，大路切开原野，

老榕树如史前的巨神，一言不发。

那一刻，我相信山中有鬼，

背阴处蹲着妖怪。我相信崖顶的危石

会在某个暗合命理的时辰

变为老头，来邀我下棋。那是一个

万物有灵的时代。

我们孤独，又并不孤独。

儿子信赖着父亲，人类敬畏着天地。

多少年过去，那样的经历

使我对未知，始终保持着

原始的亲切，在被夜行列车、霓虹灯

以及塔吊填满的夜晚，仍然相信着

另一个世界的存在。

（原载《广西文学》2023 年第 4 期）

污　渍

◎甫跃成

你有没有见过一个女孩，那么认真，那么仔细，

拽长了袖子，擦拭棺材上的污渍？

那年她十三岁。那年她的父亲卧床两个多月，

也没跟她商量，就一头钻进了棺材之中。

人来人往，锣鼓喧天。整整一个上午，

她站在棺材旁，拽长了袖子，

擦拭上面的一小块污渍，像在打磨一只玉镯。

她居然不怕一口棺材。她居然没像我儿时那样

远远地望见巨大、漆黑、两头血红的棺材，

就想到死亡、厉鬼、噩梦，就尖叫一声落荒而逃。

她仰着头，看着我说："我爸爸的

棺材脏了。我爸爸的棺材上，有一块污渍。"

她是我的侄女。我记得说这话时，棺材

早已被擦得油光锃亮，上面映着她小小的影子。

（原载《扬子江诗刊》2023 年第 2 期）

长 城 谣

◎刚杰·索木东

夯土为墙，筑城据北

能让巨大的砖石黏合如铁的

却是养家糊口的那碗糯米

三千年来，陡峭的关隘

持械者轮番登临，王旗遍插

固若金汤的黄钟大吕里

几人得闻，离人垂泪，斑马嘶鸣

从祁连戈壁的暴风雪里出发

也曾一路追随这条蜿蜒的巨龙

跨越万里河山，一头扎入苍茫东海

更多的城池隐匿鲜为人知的时光尽头

省略、篡改、拆除、遁于无形

尘埃落定的大地，众生若蚁

低声吟唱那首无名之歌——

"厚厚的城墙，已经坍塌在草丛里了；

薄薄的人心，却很难拆去柔软的藩篱。"

（原载《民族文学》2023 年第 4 期）

往事：时间

◎高短短

早晨在窗帘上慢慢亮起

汽笛声远远传来

乘第一辆早班车返乡的

是多年前的父亲

他面色苍白，一身的舟车劳顿

我和弟弟蹲在门口

等他卸下鼓鼓的行囊

拿出给祖母的冬枣、砂糖橘

我和弟弟的棉靴，母亲在家

烧了煎蛋排骨汤、酸辣猪肚

远方如此慷慨，父亲被如期归还

那重逢的冬天，他从口袋中拿出

我人生中第一只机械手表

圆形的精确时间

环绕着钢制的金黄蝴蝶

（原载《中国校园文学》2023 年 4 月上旬刊）

鹰 架

◎高若虹

疑是风折了一根木棍拄着

在翻越巴颜喀拉山翻越玉珠峰

疑是牧人点燃的一炷藏香

香头上还立着一粒灰烬

疑是月亮削的一节夜的旧枝

钉在高原上，拴着乱窜的风

如果不是栖在架子上的一个夜的黑点翻了翻白眼

如果不是那粒黑点突然展翅飞起

两只在草地上嬉戏的旱獭

就不会吱一声关上它们的门

而不远处的草地上一头拖着怀孕身子的牦牛

摇头摆尾，为未出生的小牛犊给鹰鞠躬致敬

是啊当一株细小的青草缝补着草原的伤疤

一只苍茫的鹰就是它们拒绝苍茫的守护神

草原给鹰一个支架鹰就还给草原一个安宁

鹰以及高挑细瘦的鹰架都有辽阔的爱和悲悯

不再漂泊鹰知道它飞得再远辽阔的草原上也有家和家人在等

不会孤独每当雏鹰在鹰架上练翅鹰架就紧紧抱住自己

连影子都不让风摇动

当鹰眨了眨眼睛不分明是夕阳西下

随即，偌大的青藏高原就一点点缩小成鹰的瞳孔

（原载《民族文学》2023 年第 5 期）

小 镇

◎耿占春

一条公路穿过小镇的边缘
道路两旁的白杨树在夜风中
喧响，黑夜里偶有卡车驶过
远光灯刺穿一条光的长廊

短暂的几声鸣笛后，小镇
再次陷入封闭已久的沉寂
一辆卡车，从暗夜中来
又隐没于一阵更漆黑的夜里

他被再次抛进已逃离的乡镇
世界古老，他的心太无知
一个青年人，从黑黝黝的麦田
远望车灯瞬间照亮夜空的白杨

他每晚在读康德、维特根斯坦
或艾略特，世界古老，他的心
太年轻，哪堪比险恶的世象
哲学与诗终不能让他应对生活

每晚他都漫步于麦田，麦茬地

秋耕后的旷野，或冬日的冻土

每晚他都暂时合上书页

眺望卡车的远光灯照亮的世界

小镇很古老，他的心是个谜

看不清自己的命运，从小镇灯光

最晚熄灭的窗口，他望着

一辆卡车的远光消失在暗夜

（原载《大家》2023 年第 2 期）

村落没有在宁静中摇晃

◎古　泉

我看到村落的时间，像树叶

在天空上摇晃

这只是时间可能会摇晃的一部分

它不会影响稻谷充沛地长在田野上

它不会把捡漏的瓦匠从房顶吹下来

它不会干预一位老人在屋檐下碎片的回忆

风每一次吹拂都接近事物的高度

并把时间裹挟进去

分担歪斜和起伏

老人的纽扣，就是从歪斜和起伏中失散的

多少年了，他们没有去寻找

任由风保持在身体的高度上吹

（原载"早上好读首诗"微信公众号 2023-03-28）

新的一天

◎海饼干

梦里空荡荡的

除了虫鸣，梦外也是

秋天张开山洞似的鼻孔做鬼脸

可没有一张脸从中

笑着穿过

鸟鸣来到诗句中，就在刚才

我感觉到清晨

开始添置新物件

仿佛一户刚修好的房子

主人带着喜悦布置它

即便将来痕迹会像

小广告那样让人厌倦

朋友们已像老人松动的牙齿般

慢慢离开我

我们再没从一个电话或一壶酒里

找到新话题，哪怕争吵

现在，我要沿着印山路

走到尽头去上班

光打在前面孩子的头上

我伸出手

想摸摸这毛茸茸的

一天

（原载《诗歌月刊》2023 年第 5 期）

我又开始了燃烧

◎海 男

很多人都病了，我病过后已痊愈

树叶黄了，就落地。我每天早八点整

站在院子里，好看的树叶会带到书房

另一些枯叶，将它们埋进花台下的泥土

这一年，焦虑像火焰曾将我烧成灰

不过，我又开始燃烧了，慢慢地寻找到

一个诗人的灵感吧！旁边有烟土

妇女们又开始了松开泥土，走出郊外

空气会越来越新鲜。我扫干净了院子

几只狗狗嬉戏着，跳起来又落下地

当万物复苏后，身体上就有了阳光

银杏树下的老人在晒着太阳，狗狗们

趴在地上也在晒着太阳。书房翻开的

一本书上移动着阳光。此际，死亡

早已被风移在峡谷外，被石灰岩覆盖

（原载《四川文学》2023 年第 5 期）

河　水

◎韩　东

父亲在河里沉浮

岸边的草丛中，我负责看管他的衣服

手表和鞋。

离死亡还有七年

他只是躺在河面上休息。

那个夏日的正午

那年夏天的每一天。

路上偶尔有挑担子的农民走过

这以后就只有河水的声音。

有一阵父亲不见了，随波逐流漂远了

空旷的河面被阳光照得晃眼

我想起他说过的话

水面发烫，但水下很凉。

还有一次他一动不动

像一截剥了皮的木头

岸边放着他的衣服、手表和鞋。

没有人经过

我也不在那里。

（原载"一见之地"微信公众号 2023-04-28）

最轻的事物

◎韩文戈

告诉我，你唯一写出的那本书轻不轻

终其一生你也不过写出那点

无中生有的小意思

你说那点小意思能有多重

告诉我灵魂轻不轻，它没有羽毛重

任何一颗强大的灵魂都属于虚无

你说光线轻不轻，它催生万物

像个诺言照临万物

你说出的话浮在空气里轻不轻

它重不过空气里的一滴雨

你说一座寺庙里的寂静轻不轻

它来自与寂静一样轻的灵魂

那么剩下的就是一个人全部的回忆或记忆

你说那些回忆与记忆轻不轻

一个族群的回忆和记忆又轻不轻

你再去称一称，人世轻不轻

它仅是一出困在琥珀里的折子戏

好吧，最后告诉我星球间的引力轻不轻

它使旋转的星球彼此吸引构成宇宙

就像两个不同的人产生爱，一段音乐

你说爱轻不轻，它抗不过一阵微风

但有时它能抵挡住一场暴风

（原载《诗刊》2023 年第 7 期）

小　暖

◎韩宗宝

我一个人在异乡回过头去看时

小暖已经消失在潍河滩的夜色中

她黑亮的眼睛似乎还停留在我身上

月亮升起以前　我们站在篱笆旁

默默地看着对方　不言不语

我都能听得到自己的　心跳

她的眼睛像极了一个黑色的深渊

我知道我愿意长久地陷在里面

比她的眼睛更黑的是村庄的夜色

潍河滩的春天　是一匹最动人的布

另外的一匹布当然就是潍河

它正在不远处　无声无息地流着

月光应该照耀着它　纯棉般的月光

也像一匹布　寂静的布　覆盖着万物

我想鼓起勇气说些什么但是没有

小暖　那个夜晚我羞涩而驿动的心

时至今日仍然无法彻底安静下来

你额头的光辉和眼睛里的光辉

和那些眨着眼睛星星的光辉

是同一种光辉　它们像棉布一样温暖

我拥有那个琥珀般透明的夜晚

也拥有整整一个春天的忧伤

（原载《诗刊》2023 年第 7 期）

易 碎 物

◎何永飞

越坚硬的越易碎，比如顽石

比如陶瓷、玻璃、钢铁、骨骼、毒咒

我们可能还没发现，阳光也是易碎物

捏一下，就会有无数道裂痕

再捏一下，就会变成碎片，变成粉末

还有星辰、山河、权利、容颜、往事

这些同样是易碎物，在暗角，在身后

都有它们留下的碎片，面目全非

可悲的是罪魁祸首者，也成了碎片

多少真相葬于四面漏风的言辞

多少遗恨找不到出口和落脚点

所有的狂妄、鲁莽、蔑视、傲慢

都让生命的前景过早破碎

还有别忘了，墓碑和丰碑都是易碎物

而最易碎的应该还是真情和人心

我们不可走神，要随时记得轻拿轻放

（原载《滇池》2023 年第 5 期）

人间这么美

◎贺　兰

病友没有道晚安

而是说了一句：我要好好活着。

我听出这里面

有比晚安更让人安心的力量。

她现在已经完全变了一个人

变得爱说，变得爱笑

换了一份工作后

薪水不高，但她十分喜欢。

她很感谢那场大病

让她终于活得像一个人。

她说自己

一睁开眼睛，就能看到光

而那束光

来自她的胸口

她的腋下

来自身体上那结着刀疤的地方。

（原载《诗潮》2023 年第 4 期）

婺 源

◎黑　陶

被独特的星宿照耀

那些神秘的光

像稀疏的金色稻谷

积累、散显在漆黑微凹的砚池里

冬晨灿烂的旭日

让我，让石巷内那匹矫健静立的石狮

投出长长影子

平桥上，穿棉袄的男人

他碗中白粥的热气

在斑驳暗红旧匾的注视中

散在刚醒的

镇子蓝色溪水的上空

（原载《草堂》2023 年第 5 期）

比李子花还白的雪

◎黑小白

我们轻轻拭去地上的李子花

查看向日葵和大丽花的苗

它们在泥土里藏着的这些天

树上的花开了又谢

父母亲着急于它们的迟缓

仿佛并没有看到

那么多的花已经走完了一生

而我也来不及伤感于凋落的李子花

比它更醒目的白发

让我对每个春天充满忧伤

——有些雪

落在父母亲身上就再也没有化过

（原载《中华文学》2023 年第 1 期）

描述一种孤独

◎横行胭脂

那么多时候，月亮缺席

春天是焦虑的石头献给内心倾斜的坡度

那么多时候，大风停顿在原野

在他身边，空气里带着暮色席卷的叹息

深蓝的山谷，灰白的鹳鸟俯视着连绵的烟霭

板栗树在山上打开枝杈

构树树叶形成星光和雨水的斜面

泾河上，挖沙船带走了沙子，也带走了河流的时间

黄昏的水汽弥漫至岸边

水鸟点开翅膀，尖厉的喉咙冲破水雾

旧日子带去了对岸挥手的人

送别者亦已离开，两岸空空

淘沙的机器废弃在荒草中

和我对饮的是一只乌鸦

（原载《诗潮》2023 年第 3 期）

孤　岛

◎红　朵

一座巨大的齿轮，嘎嘎转动着

在我们的骨头里

在季节的心脏中

电池耗尽的人提前离场，留下他们模糊的背影

"一个人有三次死亡"

我这大半生都在亲近花草，在孤独中仰望星辰

不知道哪一步触动离别之键

我们隔着无数楼层、岁月，却不再愿意踏上彼此的岛屿

还活着，且发出过或强或弱的电波

这便足够

万物给我的启示源源不绝

我拿着放大镜逐一解构

我将被一次性清空，我知晓，且无憾

"每个人都是一座孤岛"，在江中满载花树

这些年你经历了什么，独自承担漫漶与干涸

（原载《星星》2023 年 5 月上旬刊）

灰 烬

◎侯存丰

一阵风来，我闻到了草木灰的薰香，
在靠近巷道的半山坡，
一堆落枝枯萎地燃烧着。
这是附近居民的旧习俗，
他们要用这些灰，去茁壮零星的菜地，
那是他们心中的田园。

搬来这里几个月，每天总能看到一些人
走上半山坡，
有时是几个老人，有时是雀跃的小孩。
远离市区的郊边，他们侍弄菜地的身影，
似乎让消逝的乡景有了片刻回溯。
这是我愿意看到的。

站在窗前，望着那已经熄灭的灰烬，
某一瞬间，我感到一种命运临近了，
那是从童年的灶下灰堆中逸出的，
一种灰中炭火渐冷的命运。
突然，我好想紧紧攥住母亲的手。

（原载《延河》2023 年 3 月下半月刊）

后 家 园

◎侯存丰

初秋，已经下过一场雨了，

我到后家园去栽红芋秧子。

在我还没出生的时候，

父亲曾蜗居在这里。

依树傍水，艰难的岁月在土坯砌成的

草屋中悄然驻留。

那翠绿的水汽，温良的泥香，

即使在父亲搬出很久以后，仍然

在倾颓的废墟上游荡。

我放下手中的铁锹，

负手徘徊于这清凉的空气之中。

脚下的红芋秧子

仿佛受了久远传统的召唤，

它们直起头颅，跟在背后。

（原载《延河》2023 年 3 月下半月刊）

夏 夜

◎胡文彬

童年，天热的时候

我总是躺在村前山坡的青石板上

枕着母亲的腿

读写满星星的天空

那时候，月亮这盏灯

一点也不刺眼

我经常读着读着，就睡着了

山风这把大蒲扇，扇着扇着

就把我扇进了梦里

很神奇，每次醒来

我都是睡在土炕的苇子席上

但这次醒来，魔法消失了

山坡不见了，母亲不见了

天空，只留下了北斗七星

这个巨大的问号

——再也没有人

把我从中年，抱回童年

（原载《星星》2023 年 4 月上旬刊）

火 车

◎ 胡　弦

火车呼啸前行，
无数事物在车窗里飞闪。

"在昏暗的月台，
整个世界，像通过纷乱的背影在散去"
每个小站都有上车的人，坐在
别人刚刚坐过的地方，
并把头转向窗外。而火车

启动的一刻如此艰难，
像不知道以后该怎么办，
然后，它快速奔跑，像被暴力驱使，
而怜爱悬浮着，保存在
不断震颤的钢铁怀抱里。

——失去你的音讯很久了，大地
被留在铁道两旁，
只在火车的飞驰中，你才拥有
岁月那接近虚无的轻盈。

火车呼啸前行，窗外

模糊一片，而在长长岁月的

另一端，往事深处，老火车一直

无法从里面开出来，

像个不称职的哑剧演员。

（原载《星星》2023 年 5 月上旬刊）

心　安

◎胡正刚

半身不遂已经五六年

忍住痛，尚能在卧室和

灶房间，缓缓移动

但随着年岁增长

已经越来越艰难。他不怕死

甚至暗中祈求过阎王爷

把他从睡梦中，安静地带走

他怕的是再摔一跤

怕倒下后，动弹不得

慢慢等死。他在床头柜、枕边

衣橱、米柜、饭桌、灶台……

所有触手可及的地方

都摆放了一瓶农药

以便摔倒时，迅速赴死

做完这些，这个疑虑重重的人

心安了一些，但又感觉

还差点什么。他在脖子上

也挂了一瓶，挪动到哪里

就带到哪里。他终于放心下来

这天晚上，他抱着胸前的瓶子

睡得无比踏实，安详

就像婴儿抱着一个奶瓶

就像抱着一个

甜美的梦

（原载《滇池》2023 年第 5 期）

重要的事越来越少

◎华　姿

越来越觉得，我在

海鸦苑独自度过的四季

是一份额外的恩宠

不为衣食劳碌，也衣食无忧

似乎孤单，其实是自在的

或许缺乏，却是常常自足的

寂静像一柄巨伞，罩在我的头顶

每天我晚睡晚起，每天我做饭吃饭

用五谷杂粮喂饱外面的我

用汉字和汉语喂饱里面的我

风雨飘摇的午后，我

一边眺望南望山、珞珈山

一边在桌椅和字词之间走来走去

一个句子，就足以

熬过一个不疼不痒的下午

重要的事越来越少，少到

只剩下必不可少的那一件

哦，我愿从此隐居在你的创造里

不被世界知晓，像从未来过一样

（原载《长江文艺》2023 年第 3 期）

咔嚓咔嚓
——致弗吉尼亚·伍尔芙

◎黄　芳

"我要为自己买些花。"
穿过伦敦第十大街
有一家花店

不一定都是玫瑰，但要有几朵

尚未盛开

一定要在清晨，用旧报纸包起

咔嚓咔嚓跑过积雪

咔嚓咔嚓

你在打字机上敲下属于自己的房间

敲下玻璃、窗棂，以及栅栏

你耽于幻想

用文字试探命运的深浅

偶尔表演一出哑剧，当众撕破

纸糊的战舰

作为反讽，你造于地下室的纸上建筑

则集中了世界上最硬的骨头

而你灵魂的光芒却禁锢于沉重的阴影

——死亡、战争，无法治愈的暗疾

"我不小心掉进河沟里了。"

穿过伦敦第十大街

有一条河流

古老，汹涌，如同预言

你留下悼亡书，脱掉沉重的黑外套

走向三月凛冽的河水

咔嚓咔嚓

你口袋里的石头在撞击着手杖

（原载《花城》2023年第3期）

遗　言

◎黄　芳

我死后

不要讣告

所有涉嫌造假的句子，不要给我

不要一场雨中的葬礼

不要悼词，绕圈，鞠躬，凝固的泪

这些被死神俯视的隐喻

生前我见过，写过。死后

我要独自守着自己的亡灵

躁动聒噪了几个晚上的乌鸦

歇息吧

我死后

不要墓地墓碑以及任何形式的

虚妄的居所

父母赐予的 206 块骨头

我一生都保持了它们应有的硬度

我死后

请让它们在烈火中焚烧

请把我终生不曾曲迎的灰烬

埋在笔直的树下

（原载《花城》2023 年第 3 期）

月 亮

◎黄 浩

我发现月亮和许多事物都会是绝配

比如：镰刀般的月亮和五月熟透的麦子

如同磨盘似的月亮即将山顶上滚落

半块斧头的月亮挂在冬天的树杈子上

我脸上的阴晴圆缺

也是月亮的悲欢离合

(原载《阳光》2023 年第 4 期)

落 日

◎黄 浩

落日落在树杈子上

落日落在屋顶上

落日落在山脊上

落日也落在河沿上

落日也落在一列停止的火车上

有一次，我竟然看到落日

落在一个回家人的肩上

这个人吹着口哨，扛着落日

落日就是落日

落日落到哪里，仿佛都是为了一首诗

（原载《阳光》2023 年第 4 期）

我们总得爱着点什么

◎黄海清

"再不爱，我们就老了"

湖边木椅上，你指着粼粼波光说

黄昏像天空撒下的橘瓣

银杏叶飘在我们的头顶

像被忘却的明信片

我们在林荫道上走着

一切话语都显得多余

八十年代的信还躺在书柜里

绿色的邮筒在风里站了多少年

我们总得爱着点什么

才对得起这人间

你看，白杨树在风中

一年一年地绿

红叶李的花，卷起漫天大雪

即便一根稻草，也不轻易交出它的金黄

让我们一无所有地爱一次吧

像多年以前，两只豹子

一跃而起，闪电一般

干净漂亮

（原载《安庆电视报》2023 年 2 月 17 日）

春天的合唱

◎黄海清

水杉　梧桐　白杨

它们的叶子在高处

甘蓝　孔雀草　紫花地丁

它们的叶子在低处

更低的部分

是黑土和瓦砾

雨水涌向天空

构成了春天的合唱

多像十八岁那年

合肥幼师音乐礼堂

一群穿着白衬衣蓝色背带裙的女孩

她们在唱——

哦　那美丽的山楂树呀

白花满树开放……

记忆里的人

深爱的植物

在雨水里发光

一只鸽子在滴水的屋檐咕咕

那么多往事一起涌上心头

（原载《垄上诗荟》2023 年 3 月 7 日第 417 期）

开在春天的蒲公英

◎惠永臣

一朵蒲公英开住了春天的早晨

这是我在半道上遇到的

沿着小径去往林子

是我每天早晨必修的功课

无论冬夏春秋

我都是村庄里第一个去往那片林子的人

那里有我需要的寂静

也有我需要的鸟鸣和风声

这不，一朵蒲公英开在了路旁

它躲过了脚步的踩踏

却没躲过我的眼睛

在风中独自开放

径直修长的茎干上

有着一座迷人的天地

"它并不单调，

圆形的花盘，黄金打造的宇宙远多于我们的想象。"

一只早起的蜜蜂

徘徊在花蕊里

它陶醉于它的芳香

我迷恋于它的孤傲

我知道：阳光出来后

这只蜜蜂会带着它的劳动所得

欢快地飞回蜂巢

我也会匆匆离开

"幸福往往是少数人的"

这一刻，我却和一只蜜蜂

拥有了同样的幸福

（原载"中国诗歌网"微信公众号 2023-06-05）

给雷平阳发去一张昭通老地图

◎霍俊明

我看到一张老地图

发黄变脆

一个个坐标和点线仍然清晰

那是这位昭通诗人的老家

在他故乡东南

二十里处

有一片

巨大的湖泊名为八仙海

我给他发去这张地图

并不是想求证

这片湖水现在

是否存在我只想让他看看

其实

他有好几个故乡

有的已经干涸

有的已经死去

有的正在变形

有的正在爆裂

隔着手机屏幕

我听到了老雷的呼吸

像是隔着时间的毛玻璃

有人一直在干咳

像是一层层的细沙垂直漏下……

（原载"原乡诗刊"微信公众号 2023-06-05）

废旧的铁轨

◎剑　男

废旧铁轨卧在丛林，如废旧的时间

你说此时的铁轨

像一条大蟒蜕下它的皮

不知列车带着它新生的疼去了哪里

会不会像一个人的青春

在某个不为人知的夜晚脱轨而去

阳光从树杈间漏下

铁轨草丛中偶尔跳跃或行走着鸟兽

想起那时我们数车厢

看火车冒着白烟轰隆隆向深山挺进

看火车过后铁轨闪着银白的光

不知人世有多少生命能像鸟兽一样

作鸟兽散又去而复返

有多少人散落在大山深处，梦见

一列时代列车穿行在

旧时代的铁轨上，看到我们厌倦了的生活

在火车哐当哐当的聒噪中重又回来

（原载"一见之地"微信公众号2023-05-06）

山 中

◎江　离

只在此山中，云深不知处

——贾　岛

当我们说起山

它总是在我们的想象中——

崇山、幽谷、云雾

不能尽言的神秘归之于此

不周山撞断后日月西行

西王母的瑶池在昆仑山上

昔人王质在山中观罢棋局

他的斧柄已经腐烂

开放的空间和塌缩的时间，托举着

有死者的世界

这些都是远古的传说

更贴近的，是诗画中描绘：

南山悠远，蜀山险峻，溪山雄伟

它们构成了

自然与精神的双重境界

几处远山，在《水村图》的尽头

暗示着我们的生活需要的远景

不至于太高也不会太低

超然，但不是超验

……机翼流金，如大鹏御风

往下看，千山已如平林

山中，风吹落了松子

那时，我们这些丹丘生、岑夫子

正举起杯中的青山，饮下世间的繁露

（原载《青年文学》2023 年第 3 期）

32 号

◎江一苇

我的一生都在手撕日历上记事

偶尔也在上面写诗

记录的事件，都被我一页页撕掉

扔进了垃圾桶。写的诗

没有被谁记住一个字

一年很快就过完了

一本日历，最后只剩下一张封面

仿佛平白无故，多出来了一日

这一日，我把它称作 32 号

它不在时间之内，却也不在世界之外

我将一年来最后的心愿

记在上面。我将一年来的

最后一首诗，写在上面

多么好，这多出来的一日

仿佛现实之外的另一个世界

所有的愿望都在这里一一实现

获得了最完美的样子

我愿意在这一天向你许下承诺

永远爱你。就像这多出来的一页白纸

它不对应具体时间

它只有开始，没有结束

（原载《人民文学》2023 年第 3 期）

玉 米 记

◎ 焦　典

清晨，奶奶剥玉米

有人越河逃来

带着雪灾和高尔基倒下的消息

奶奶用嫩嫩的手剥下

寒冷、恐惧和异乡的陌生人

整座莫斯科的雪融化在她的碗里

玉米金黄，包容躲藏

中午，奶奶剥玉米

学会野鸭沙哑的技能

在草籽间翻找应对荒年的方法

奶奶小心翼翼地剥下

饥饿、绝望和虚弱的家人

整个东北平原硌在她手掌的裂口里

玉米金黄，贫瘠透亮

黄昏了，奶奶没有剥玉米

偶尔呼喊我，怕我像儿时一样摔倒

大部分时间不说话

悄悄预演长久的沉睡

奶奶用回忆里的手剥下

几粒子女

几粒隐忍

几粒诚实的纽扣，掉进命运的锁眼

晚上，我背上书包离开

奶奶流着泪站在窗前冲我挥手

玉米金黄一片

乌苏里江安静地流淌

（原载《北京文学》2023 年第 3 期）

茅　针

◎敬丹樱

母亲递过来一把茅针

棕绿色的箭矢锋芒毕露，剑拔弩张的对峙

母女之间

也在所难免

层层剥开，清甜。软糯

一如当年。母亲说，没有小时候味道好

女儿接过嫩白的絮状物

有滋有味地品鉴

羡慕着我们遥远的童年

带着好奇的少女，祖孙三代来到茅草丛

这是一堂生机勃勃的自然课

女儿积极探索

不断从草茎抽出惊喜

童年的必修课赶在童年结束前补上

少女交出满分作业……

风越吹越绿，并排坐在春天里的三根茅针

不约而同敛起锋芒

内心的柔软，一览无余

（原载《诗歌月刊》2023 年第 3 期）

何为故土

◎康　雪

人死后，都去了哪里

没有谁能告诉我

这是好的。

在乡下，并没有整齐的墓园

这也是好的

想过很多年后

我也被埋在山里或山脚下

总之，挨着山就好了

到处都是蓬勃的草木

它们幽深的根部

总是提醒我

我有一个永久留在人间

四季开着不同野花的屋顶。

（原载"英特迈往"微信公众号 2023-05-07）

鸭 群

◎康承佳

它们怎么可以有这么好看的羽毛

蓬松，柔软，迎风闪烁，自带弧光

难怪走路时总是大摇大摆

那是藏也藏不住的骄傲

临水自照，它们也被自己给美到了

日复一日不厌其烦地要去小池塘

小脚脚划呀划，看水纹

一点点碎成了鸭群的模样

岸上，祖母背着猪草，牵着年幼的我走过

一字一句教我哼唱"鸭子沥沥，走路拐拐

没得妈妈，晓得回来……"

鸭群在远处，"嘎嘎——嘎嘎——"回应着

断断续续，打着节拍

（原载《诗潮》2023 年第 5 期）

黑夜如此动听

◎柯健君

我听过萤火虫的歌，在童年

听过铁器淬火的嗞嗞声，在村口的打铁铺

听过一封家书，被寄出时，急切的

阅读声——天地静谧，人间安好

我的心底刻印着随缘的经文

悔过时的叹息，放下万物的坦然

黄昏经过寺庙转角为无名小虫让路的虔诚

这些声音，低低浅浅，又重若千钧

深夜，当我细听——

争吵后的拥抱，陌生人的微笑

星辉照在小路，田野里庄稼在生长

孩子入睡，课本搁在梦境最高层

饮酒或出海……

弱弱强强的声音在世界不同角落协奏，或独唱

让黑夜，如此动听

（原载《诗刊》2023 年第 10 期）

地心一日　地上亿年

◎老　井

拿起乌黑的毛巾揩汗时

忽然在面前的煤壁上

发现一片羊齿草的痕迹

史前的森林，亘古的落叶

此刻，我发现面前坚硬的煤壁

在瞬间变得豆腐般柔软

忙停下综掘机，拿起钢钎小心翼翼地

将它完整无缺地剜下来

当钢钎在巷底上溅起尖厉的声音时

这地心的一天就过去了

当这片炭化的落叶被我捧到地面

重见天日之时

这宇宙中的一亿年也过去了

（原载《钟山》2023 年第 1 期）

炮 泥

◎老 井

裁掉淮河平原的一角

这方养人的水土

取自柳塘边、稻田旁、坟墓下

让地面的女工摔成文质彬彬的儒生模样后

被装入矿车，打到地心

在采煤工作面上

我轻轻地将它掰开。刹那间

云雀子的情话，野菊的体味

乌云的怒骂，鹭鸶扑击湖面的水响

迅速地透过无数个窍孔，从这团

湿润的乡土中扑出来

蛙鼓敲过三遍，蝈蝈半抱琵琶

五谷六畜特有的味道

天地万物合一的气息，在地心弥漫开，

漆黑幽闭的巷道里乍现清露十升，东风一片

钢铁的丛林，开始哗哗地展开梦里的枝叶

干裂的槁木，也有了颗春天的心脏

黑暗中长眠的蚯蚓，像嫩芽

从这片化石能源的表面钻出来

我把这团沾有万物之灵的泥巴

塞入到深深的炮眼之中

用黄土的厚重镇压住炸药和雷管的反叛出路

让这危险的火焰和一群疯牛般的蛮力

只能掉头向乌黑的煤壁里发狠地猛钻

而不至于冲出来

在狭小的，隐含沼气的空间里

引起一场改变煤炭工业史的大爆炸

你们看，煤壁里的那朵已经凋零了

一亿年的牡丹，又在刹那间盛开

（原载《钟山》2023 年第 1 期）

大 雪

◎离 开

要落就再落大些

封了进山的路

惊飞了山顶寺庙飞檐上的鸟

是钟声稳住了危亭

是片片雪花在飞舞

分不清是钟声落在雪花上

还是雪花落进钟声里

今日大雪。你在林中等

一声虎啸传过来

你在等树枝折雪，落下来

落下来的还有旧年的雪

和琴弦上呜咽的音符

妇人在路旁把折断的树枝捆起

近看是桉树的枝

细嗅是阔别已久的清香

（原载《福建文学》2023 年第 5 期）

树　林

◎离　开

"此处易塌方，请勿靠近"

这块警示牌竖立在路旁有些时日了

松软的黄泥土塌陷下来

上方空悬的围墙，像要倒塌的样子

去树林，要经过它。楤木满身是刺

长出嫩芽。在多年以前

我也见过它。那是在冬天

积雪装饰了房屋、篱笆和树林

树林里，有松鼠出没。从树枝的一端

它会跳到另一端，时刻警觉着

这是一片老树林，山下是竹林和菜地

此时，有一丛朱顶红。特别醒目

叽叽喳喳的鸟鸣落在山顶

夕光落在树林和鸟的翅膀上

这么多年过去，我并未走进这片树林

四月将尽，我必须抵达那里

（原载《飞天》2023 年第 4 期）

独坐繁花

◎离　若

有哪个时刻可以重复此时

有谁可以如你这般——

在繁花升起的旷野，独享它带来的

绵密的幽香与眩晕

三月的野外，樱花和杏花有相似的脸和表情

仿佛大地有明灯

照亮低处的坡地，和星期六的心情。

时间在此沉默，你是凹进去的一部分

没有谁将你和这片花海，这片土地分开

你轻抚每一片花瓣，颤动自花心传至骨髓

你轻嗅花香，像感知爱人久远的呼吸

闪烁的花粉飘落你头上

像雨丝落下，像梦消逝

一定有祷告从远方塔尖升起

一定有庙堂在山顶传出钟声

这漫山遍野的繁花，仿佛一群洁白的词语

黄昏时脱离了树的束缚，成为向上的鸽群

（原载《星火》2023 年第 3 期）

幻　觉

◎李　敢

坐在桂花树下的少年，穿一身旧蓝布衣裤

败色的旧蓝布衣裤，接近泥土的色彩

屁股上的漏洞，与泥土更容易亲近

透过桂树的枝叶，少年望见天上的白云

透过桂树的枝叶，绿莹莹的阳光亲着少年嫩柔的须胡

蚂蚁爬上少年的身体

蚂蚁爬行在少年的手心

蚂蚁沿着少年的中指爬向草丛

少年赤脚走在田埂上

口中咀嚼着一片清苦的桂树叶子

少年的微笑，像一阵风吹过田野

（原载《星星》2023 年 4 月上旬刊）

傍　晚

◎李　看

夕阳下的沭河有迟暮的忧伤

沿着河边散步的人都有长于自身几倍的影子

像一条条移动的贪吃蛇

一个两三岁的小男孩穿过路面跑到我面前

让我帮他取下刮到我头顶树枝上的红气球

他喊我"阿姨"，我感叹莫名升高的辈分（以前这样

的小孩都喊我"姐姐"）

他的妈妈走过来，向我道谢

一个和我差不多大的女生

他们手牵手离开的样子竟然让我想到一个词：

平安喜乐

想到我深爱的人

每天这个时候都会从远方发来信息：

下班了，我又坐在门前的大树下想你

庞大的伞状树冠遮住了头顶的天空

但当我抬头，透过浓密的枝叶

仍可看见那么多蓝色的星辰

（原载《扬子江诗刊》2023 年第 2 期）

告 别 辞
——悼昌耀

◎李　南

告别不必见面，告别可以在诗中
春天送达了一个诗人的噩耗……

青海高地上的筏子客，那一天
独自划离了大河。

你自成一座孤岛。
你消耗着自己，与词语同归于尽。

你的高车呢？你的土伯特女人呢？
在哪里我才能再次看到你那嶙峋的诗行？

一封永远没有回复的信件
终于有了它的下落。

一场失之交臂的闪电和雨水
终于不谋而合。

朝圣的路途遥远又崎岖

我将抵达——而你已离开。

（原载"一见之地"微信公众号 2023-05-15）

谈起幸福

◎李　南

为什么我们把生活

过成了破旧的日子，一个接一个

为什么把父母给予的粉嫩婴儿身

弄成了千疮百孔的老机器

为什么年轻时我们是那么粗鄙

听不懂小提琴的哭泣

为什么城市动脉被淤泥堵塞

而枯叶抬起乡村的黑棺材

为什么爱情得用金钱称量

我们的孩子都变成了佛系青年

萧萧落木中天际寂寥

人们啊，为什么要在等待中完成一生

当我们谈起幸福，幸福不再闪闪发亮

它有了可疑的、细细的裂纹……

（原载"一见之地"微信公众号 2023-05-15）

索尔仁尼琴的脸

◎李　琦

他还活着时，这张脸就已渐渐蜡化
坐在那里，如一尊雕像
包括他打网球时的样子
也严肃、凝重，像持剑面对某种阻拦

这是在地狱里旅行的痕迹
一生穿越痛苦的代价
这是没有人愿意效仿的岁月
一个不可复制的人

额头上的血管曲折嶙峋
那是囚禁到流放再流亡的道路
目光甚至趋向呆滞，因为
这双眼睛已看到的太多

在这样的相貌前不能停留太久
能露出我们自身的破绽
尤其是，当眼里慢慢蓄满泪水
耻辱和不安，也一一显现

索尔仁尼琴，死了

从监禁到勋章，从叛国者到英雄

死神带走了一个丢失笑容的人

这世界最后，到底都剩下了什么？

（原载"原乡诗刊"微信公众号 2023-06-08）

野 花 谷

◎李 琦

这是多数人从未见过的景象

满山遍岭的野花

开放得触目惊心

如果绽开是一种动作

这野花的动作可以说是激烈

人迹罕至的大兴安岭深处

这片野花盛开的地方

把春天举到了极致

向导神秘地发问

你们猜这里埋葬过什么？

淘金的汉子和穷苦的妓女

一样的背井离乡

粗劣的烟草和粗劣的胭脂

绵长的乡愁和绵长的悲伤

男人和女人

最后

变成墓地荒凉

当年粗糙地活

潦草地葬

如今，魂魄变成野花

隆重开放

那样地活过一次

这样地再活一场

野花谷

奇香弥漫

让人断肠

（原载"原乡诗刊"微信公众号 2023-06-08）

黎明时的清洁工

◎李　冼

寂静填满珠泉路。太阳

还藏匿在山那边的梦里

可她，一位清洁工妇女

正在清扫熟睡的城市

她使劲挥动扫帚

想把未散尽的夜色

一同扫走。我走过时

扫帚突然朝向我的双脚

我在慌乱中急忙跳开

她有些愧疚，在这无意的失误里

我渺小得像一粒尘埃

差点被生活的扫帚

扫到落叶堆里

（原载《草原》2023 年第 1 期）

麻雀及其他

◎李松山

我在小口地喝着鸡蛋羹，

外边的雨似乎停了。

树上的麻雀在枝头欢腾。

迎亲的队伍和送葬的队伍踏着泥泞，

从不同的路段出发，

踏着泥泞。

鞭炮在李楼和殷庄的上空炸响，

生与死的命题。曙光老师说：

死，某种意义上是另一种新生的开始

就像树上的那只麻雀，也许是昨天那只，

也许是童年被我系在木棒上飞掉的那只。

这些年我目睹了太多的悲喜。

现在我喝着鸡蛋羹，

我并不在乎它的味道。

（原载"原乡诗刊"微信公众号 2023-06-03）

梨 树 下

——给李晓

◎李松山

他在梨树下喝酒，

大口大口地，

仿佛要把杯子吞下去。

大儿子在屋里看动画片，

小儿子缠着他哼哼唧唧，

阳光的漏斗从枝叶的间隙里筛下细微的尘埃。

有那么一瞬，

他感觉自己像啤酒冒出的一个小气泡

轻轻一晃就变成空气。

他把小儿子哄睡，

梨树的影子投射在厨房的窗棂上，

妻子在厨房剁排骨，咚咚咚；

仿佛有一匹奔骏马纵身跃过房顶，

而他晃动的杯子里落满了星星。

（原载"原乡诗刊"微信公众号 2023-06-03）

岛的邻居

◎李衔夏

七岁那年，我随父母搬到岸边

成为岛的邻居，一做就是三十年

荒芜的记忆向我的生命

注入自然的力量——当时的岛是一层岩石

一层沙土，一层衰草，偶尔泊着

两三个疍家人的乌篷

我和伙伴们沿着花岗石的路坝

上岛，挖陷阱，堆城堡

不到日落不回家。有一回涨潮

只剩花岗石的棱角探出水面

脚踩上去，摇摇晃晃

我们受困于岛，心生恐惧

而天早已黑透，江水冲刷礁石的声音

淹没了父母的焦急呼喊——

在生活开始的地方，童年结束了

（原载《诗刊》2023 年第 8 期）

神　像

◎李不嫁

我有两次打破神像

一次是失手，将半人高的石膏雕塑

摔成几瓣。我那么小

已经懂得敬畏，但敬畏随后变成了恐慌

因为恐慌，一个乡下少年

被吓得躲在大门后

偷偷哭了一场

一次却是故意：在梦里

我那么小，它那么重，压得人难以呼吸

我使劲磕破了它

趁无人窥见的时候：多么轻松啊，醒来还在笑

（原载"一见之地"微信公众号 2023-03-01）

再过关帝庙

◎李不嫁

在神坛上待久了

也累！且不论那位主神

一直肃穆地端坐着红着

一张脸，脸上的七粒朱痣，仍排列有序

且不论眼神犀利如电，但从不斜视

身旁侧立的两位

他们也是鞠躬尽瘁，抛家别子，用性命

才获得了侍候的专利

但在神坛上站久了

微微有些倦意

左边的义子，用力握着

他那柄青龙偃月刀，略有些吃力

右边的马夫，捧着他的头冠，看上去也抖抖索索

（原载"一见之地"微信公众号 2023-03-01）

剥 豌 豆

◎李汉超

母亲从地里摘回一篮子豌豆

坐在门槛上就剥起来

豌豆饱满而鲜嫩

一粒粒从她手里落下

她聚精会神地剥着

与我小时候完全不同

她出工，安排我剥豌豆

我边剥边吃，剥了不到一半

就跑去跟小伙伴玩了

她继续剥着

豌豆们都乖乖地依偎在笆箕里

但有一粒好像不听话

故意躲在她的身后

（原载《北方文学》2023 年第 3 期）

苦 兰 芨

◎李艳芳

在梯田中挥动树枝，蹚水耕田的牛
都有一副慢性子

在山路上遇见的樵夫
多喜爱喝茶

哀牢山一路把云贵高原和横断山脉切开
河水有酒的气息

河水映照哈尼姑娘
苦兰芨一样的心肠

巴乌、笛子、响篾、葫芦响起来了
年轻的姑娘从耳房出来

欢快的歌声如同百灵
忧伤的歌声有苦兰芨轻微的苦

（原载"早上好读首诗"微信公众号 2023-06-13）

童年的马

◎李也适

父亲从集市上买回来一匹马

一匹年轻的马，毛色漂亮、顺滑

我们一起来到乡间的小径上

那时候，一切都不用远求

乡间小径每一条都通往明天

我看着我的马吃草，它正在长身体

和我一样，它还处在它的童年

我害羞地从马背上下来，牵着它

用手抚摸它的背、它的脖颈

它打着响鼻，宽松的嘴唇

把青绿的草扒到嘴里，清新的

绿色连同露水一起进到了它肚子里

整个下午，世界上只剩下我和我的马了

周围再也没有其他人、其他马

风轻轻吹过头顶，吹着玉米流淌的叶子

我看着眼前的马，它就是我心目中的马

那匹马的具象和表象都是它

我们在世界的深处轻轻扬起尘土

（原载"英特迈往"微信公众号 2023-06-11）

游 子 吟

◎李长瑜

有一天我会丢失

像一个照镜子的人，在镜子里

找不到自己

不必去故乡找我

故乡的大地过于平整

掩藏不住一个人起伏的生活

也不必去火星上找我

我在那里生活了 34 年

早已谙熟了寒凉与辽阔

懂得寂静，习惯沉默

有一天我会丢失

或许是，镜子里的我还在

照镜子的我不见了

我并不在意，有没有人会寻找我

我很在意，是否有人愿意

把我藏起来

（原载《北京文学》2023 年第 5 期）

水 磨 坊

◎李志勇

水磨坊有可能是用木头、石头制作的一个

钟表，依靠河水的冲击转动着。

手表可能在手腕上，也依靠着皮肤下

血液的冲击转动着。如果河水枯竭了，

那漫天的风雪也能吹动磨轮日夜转动。

风雪如果停下时，还有我在磨坊里

推着磨石转动着。

妈妈说了，我得磨完那一点麦子后才能回家。

许多钟表里面可能都有这样一个小男孩。

钟表已经把他化为了零件，日夜不停在那里忙碌着。

但是他的妈妈还在一直等待着他回来。

（原载《诗刊》2023 年第 5 期）

空 山

◎里 所

每天我都回到山中

只是静静坐着

如果逢上雨天

心就开始涨水

我总在想你的时候

释放出雨后松针的气味

（原载"一见之地"微信公众号 2023-04-17）

烽　燧

◎梁积林

有一阵子，我的心情简直就是一把

打着的松明

其实，我只是想看清山坳里的那个黑点

是头牦牛，还是一顶褐色帐篷

我还虚拟了一个叫卓嘎的牧人

一匹马来过了人间

一个人也来过了人间

一只旱獭隐身于洞口的一个土堆

那肯定是它的烽燧

暮色将至

一只云雀不停地啾鸣

像是登上一架"咯咯咛咛"的梯子

去，检修半块月亮的天空

（原载《诗刊》2023 年第 3 期）

如果大雪封山

◎梁积林

一群牦牛，鼻孔里冒着

炊烟的热气

完全像是一座

覆雪的村庄

偶尔的鼻喷，突然哞了一声

一只老鸹

从一个屋顶飞到了另一个屋顶

分明，太阳的独轮车

深陷进了云层

齐膝深的雪中

找牛的道尔基，一晌午了

才爬上日冬坡顶

他用雪搓着双手，哈了阵寒气

又抬头喘息。分明

他要把那厚厚的云层

哈出个窟窿

（原载《北方文学》2023 年第 4 期）

乡 村 颂

◎梁书正

积雪守着群山，庄稼守着田野

火守着灶屋

一盏灯，守着整座村庄

我久未归来，村庄的老人又少了几个

但总有一些孩子

踩着留下的脚印去追赶白云

古樟树的身体里

端坐一位慈祥的父亲

老榕树的枝丫上

一位母亲把叶子串往天堂

有人乘坐孩子们折的纸船

抵达了银河

有人摘下天上的月亮

轻轻挂在你的胸前

（原载《延河》2023 年 5 月下半月刊）

木 梯 子

◎梁小兰

整个下午，狂暴的风拍打着村庄

电线在空中摇荡，发出巨大的响声

乌鸦静默于树枝上

河水紧绷的神经被揉搓，闭合

整个下午，父亲摆弄那些长的短的木头

他心中的梯子是什么样子？

他是否已幻想站在一架梯子上？

锯子的声音重复着，幻想被反复锯出

转而又响起锤子击打钉子的快感

木屑四处飞扬

整个下午，父亲沉浸在他的劳作里

从一个具象物开始，到另一个具象物结束

当他终于把一架松木梯子竖到葡萄藤旁

一个农民终于完成一件理想主义作品

父亲站在那里，端详那架梯子

像塞尚欣赏他的静物

（原载"妫川文艺"微信公众号 2023-04-11）

枫叶在飘

◎林　莽

我可曾是一位年轻的僧侣

脚踏芒鞋　行走在

汀户时代的中山古驿道上

从妻笼宿到马笼宿

那迢遥的路途

红枫飘血　槭树金黄

冷杉和桧柏沉郁　　如我的心

在这菊花迎雪的时节
马笼宿那只橘红色的邮筒
拒绝为我传递隐含于心中的惦念
一袭雪白的和服穿越时空
在那条棕褐色的老街上
你踟蹰而行　　刚刚了断了
与那把虎彻弯刀主人的情丝

一匹快马送来了名古屋的密函
这时　　我摘下斗笠
看满山的枫叶在飘
一缕从云隙间射下的夕阳
映红了山间古寺的晚钟

（原载"原乡诗刊"微信公众号 2023-06-09）

庚子之冬
——铁生十周年祭

◎林　莽

在这个我们生活了许多年的
古旧而又变得面目全非的都市里

在某个一瞬间　在某些岁月

在这个城市的某个地方

有什么在心中镌刻下了无法磨灭的记忆

当我们偶尔从某处经过

记忆的碎屑会唤醒生命的陈疾

比如赵登禹路　比如鼓楼西大街

比如金台路　地坛　雍和宫大街 26 号

那些地名　如同一个个黑洞

吸走了多少岁月与光阴

留下了再也不能消化的

心灵的柔软与空落

酸楚的怀念让生命在街上空飘

如一片风中的纸屑

苏轼说：十年生死两茫茫　不

我的记忆依旧那么清晰

一切还仿佛是昨天

团结湖路上那辆擦肩而过的电动轮椅

是我见到你的最后一面

就在不久后的那个冬天

你匆匆而别　滑向了另一种未来

活着有活着的尊严

死亡是节日的来临

偷看了上帝剧本的预言师

告诉我们：一切皆有可能

从没有阳光的角落到遥远的清平湾

从《务虚笔记》到《病隙碎笔》

一个经历了生之苦痛的人

在反复的思索中　洞悉了这个繁杂的世界

槐花落了一地　如同下了一场小雪

鸽哨在风中掠过　抬头看见

枣树的枯枝在空中摇曳

铁生　在日全食炫目的光影中

我又清晰地看见了你那熟悉的笑容

（原载"原乡诗刊"微信公众号 2023-06-09）

雕　像

◎林　雪

他们拥抱着，一个男人，一个女人

他们是两尊人形，骨骼，血肉，躯体

男人的头垂在女人胸前

女人抚着男人的头发

他们微微战栗

无瞳的眸子望着远方

冰冷的手指尖上

有看不见的箴语和雷霆

我们路过这里，一个男人，一个女人

停下来，拥抱

他的头垂在我的胸前

我抚着他的头发

我们微微战栗

他是旧的，温暖的热的。

带着书卷和谷仓的气味

犹如我深爱的灵魂

我用肺腑对他深嘘了一口气

我们走下祭坛

从此我们人迹炊烟

从此我们男耕女织

（原载"原乡诗刊"微信公众号 2023-05-21）

出　门

◎林东林

昙公馆前面有片广场

晚上经常有人

在那儿打羽毛球

嘭嘭的拍打声传过来

又沉闷又响亮

你经常停在那儿

看他们打球，看球

从一侧飞出去

又从另一侧飞回来

有时它没飞回来

落到了旁边草地里

你就看他们掏出手机

摁亮电筒

捏着一束光柱扫来扫去

有时它落在了树上

你就看他们拼命摇树

看树梢上那只白白的小球

以及部分暗蓝色的天空

有时候还有星星

（原载"长江诗歌出版中心"微信公众号 2023-03-24）

棋

◎林一木

鸡叫三遍

天就亮了

世事，不过三个白胡子老汉

在山顶

下了一宿棋

苍穹从挂满金色的星星

到众星隐没

到晨星寥落

棋下着，霜落着

起先是一丝一丝落

后来是一片一片落，霜越落越大

霜落在棋盘上是雪

落在草尖上是露

落在青瓦上变成咕咕叫的白鸽子

落在灶膛上就成了蒸笼里

腾腾的白气，落在炕上

是两个胖娃娃

三个人的棋局，每局只能两人对弈

一个人在一旁看

只许坐，不许站

观棋不许说话

棋快下完时鸡就叫了

鸡叫一遍，我就收拾梦境

鸡叫二遍，听见窗外鸟儿叽叽喳喳喧腾

鸡叫三遍我就醒了

这一夜棋下了三局

天换了三次幕布

换一次就掉落一天的星星

人间山谷

正绿荫浓浓

（原载《飞天》2023 年第 4 期）

傍晚的江厝路

◎林宗龙

鸽群在屋顶回旋，像一架松梯

你攀援过它，但从来没有获取过什么。

它们在返回自身的秘密中。

这时候，一个光头男人

会牵着他的金毛犬，在江厝路

来回游荡，有时候会停下来，抚摸

那只爱犬棕色的毛发

你赞美过这神秘的言说

当樟树的树冠，呈现出黄昏特有的

光泽，你会获得短暂的空间感

你会想到籽粒饱满过的向日葵

在集结自然的声调。一只鼹鼠，蹿到

灌丛中的那种奇迹

只要循着它的气味，你就会找到
一张沙发，被丢弃在树丛，它破损
但黑色皮革，依然闪烁着野性

旁边有一面镜子，我曾肃穆地站立
在它面前，像一个善良的局外人
我看到我中年后的脸、耳朵和鼻孔
它终于照出我欣然接受命运的样子

（原载《朔方》2023 年第 5 期）

桑 葚

◎刘　宁

在奉科，我们种满了"奇呗"。六月，我们
爬上高高的树枝，采摘下一大把紫黑色的
果子，塞进嘴里，汁水把我们的
手、牙染得乌黑，我们咧嘴大笑。
剩下的果子拿去喂养幼小的麻雀，他们
叽叽喳喳叫着，吃得多欢……
我喜欢"奇呗"，纳西话里，意思是
"甜甜的一颗"，在丽江城，人们

称呼它"桑葚"。"桑葚，桑葚"，多漂亮的
名字，在我没有见过它时，我想象
它如何优雅地结果，想象它的颜色
形状如何的与众不同。直到
多年后，当我发现"奇呗"就是
"桑葚"，我却开始怀疑它的甜已经
被世界采撷了一半。

（原载《十月》2023 年第 1 期）

忽已中年

◎刘　颖

太阳落在一根电线上
整个西天涨满危险的玫瑰红
仿佛有什么要诞生

而圆月，同时悬在东方的低空
一枚透明的硬币，在洁净里占卜
仿佛有什么正消失

辛安河摆在两者之间
接通了它们的对峙
不问西东，向天空流去

坐在这三者中央，仿佛已贴近宇宙

恍惚间自己只是某些物质的凝聚物而

刚刚重生

在盛大的光影里

我想起了父亲

又想起了母亲

（原载《长江文艺》2023 年第 3 期）

回想，及其美好

◎柳　苏

一味去回想那些经历的往事
证明，我们确实老了

记忆成为一眼最细的筛子
哪怕一粒沙，一片碎叶，都不肯放过

　生有多长。晨光、流水、星辉、月色
皆有记载。假若选择了沉默，缄口

那些迷茫、忧伤、亢奋、欢乐
统统被带往黑夜，不见天日

万物恪守着自己的秩序

史书、家谱、口头流传，一概留给后人

哪怕在绿色深处，轻轻地响起

啄木鸟的笃笃声……

（原载《草原》2023 年第 3 期）

必然的夜晚

◎柳　沄

必然的夜晚

偶然想到那位

十九世纪的贵妇

她坐在壁炉前幸福地打盹儿

周围是灰烬般的疲惫

世界一下子安静下来

在我与她之间

是转悠了很久的月亮

和浮来浮去的货轮

不断有成吨的时间以及风雪

被卸在岁月的码头上

而壁炉里的火焰，始终

跟明天的阳光一样温暖

要是我的思路不被打断

她会一直幸福下去

正如她的长发

由栗色一直缄默至灰白

剩下的细节已经不多

总之，是一段距离一截流水

赋予她别样的姿势

尽管我早已知道：人的身体

有百分之七十是液体

可我不想让她知道

——渐渐发福的身段

与一只臃肿的水桶无异

生命越来越珍贵

人过中年之后

越来越像一截

有待干透的劈柴

但她还有足够的力气说：爱

她肯定还有足够的力气

颤巍巍地站起身来

用打量过情夫的目光

打量着壁炉里

噼啪爆响的火焰

（原载"鸭绿江文学"微信公众号2023-05-19）

天山早春

◎卢　山

黄昏的光线里，土拨鼠家族
偷偷啃食去冬的草根

三匹野马占领早春的河流
用雪水洗掉昨夜的困顿

石头的裂缝中，野花成群结队
推开雪山的封印

毡房前，老人走向黄昏之门
脱落身体里的层层黄金

（原载"早上好读首诗"微信公众号2023-04-10）

观 鸟

◎路 也

先是一队喜鹊，然后是一队灰椋鸟
飞过窗前光秃的楮树林

接下来，一群麻雀起起落落
于对面的屋顶
或者觅食或者开会

后来，两只乌鸫停在一根细树枝上
在半空中，用体重和凝滞之色
测试枝条的浮力和弹性

终于等到戴胜与伯劳
从《山海经》《诗经》乐府里飞来
一个让喜乐盛开在头顶
一个将别离与杀伐深藏于心

最后是一只寒鸦，飞抵树梢
背衬蓝天，朝向冷风
用孤独啼鸣扩充着冬日的空旷
使我想起了卡夫卡

（原载《诗刊》2023 年第 7 期）

背井离乡

◎吕　达

在东马各庄
人们早出晚归
和人做着各种抗争
为别人的想法
为自己的活法
人们起早贪黑
公交换地铁
地铁换脚踏车
陶瓷盆盆破铁锅
你一个呀我一个
我们必须把自己喂饱

抛弃了故土
抛弃了牛羊
我们改造世界改造谷子
再也不愿和自然抗争
地铁里冬天热得像夏天
父辈们沉默
而我们没有属于自己的语言

（原载"无限事"微信公众号 2023-04-03）

游　荡

◎吕　达

天气已经连续好了三天

今年我住得很远

每天上下班路上空气都不好

两个月来我没有适应新的住处

我把地图反复研究

也没找到合适的安身之所

人生路似乎越走越窄

两个月来我没有剪头发

也没有说过一句有意义的话

朝不见日夕不见月

衣服越来越脏

胸口又酸又硬

我不再用语言来定义自己

午饭后我独自下楼闲荡

一直走到路口的超市再折回来

半路上桑烟的气味突然闯入

不用想我也知道这有多么像桑柏枝

扔进火炉焚烧时产生的香气

在遥远的高原

我曾为那些植物对火的情谊着迷

我曾把那里当作故土

现在仍然是

羊群悠缓地移动

天空又蓝又白

我不配在这里哭

（原载"无限事"微信公众号 2023-04-03）

荒 漠 书

◎马　行

几十年了，有一个大漠

还有一个戈壁，悄悄住进了我的身体

当我行走在大街上

极少有人知道

有些时候，大漠和戈壁与我的方向并不一致

我若孤独

必是大漠卷起了沙暴

我若走投无路

肯定是戈壁遇到了断崖

还好，每当风和日丽

天也就蓝了，也就空了

我不停地走啊，我在荒漠与俗世之间
空旷又虚无

（原载《诗刊》2023 年第 9 期）

诗 篇

◎马　累

四月已到，天气开始转暖，
黄河下游的冰凌大部分已经融化，
环绕大堤的树木也开始绽出新芽。
春风引领着人们琐碎的生活，
个体的沉重与清澈，
不断地聚拢又消散。
父亲拿出他珍藏多年的老茶，
小心地煮。
有些东西在茶叶散开之前就已经形成，
带着些许真理的品质。
一枚桐果从树枝上落下来，
碎在小火炉边。
它在树梢上经历了整个寒冬，
目睹了一窝乌鸦被冻僵。

它完成了一个审视者的使命，

把可能的结果深埋心底，

断然坠毁于风中。

它如果不是隐喻，

就是另一种无形的悲欣交集。

终究是这些卑微的事物，

迫使我垂下骄傲的目光。

关于道德的二元困局，

我思考得已经够多。

有些东西真的致命，且恩威并重。

比如黄河的孤傲，乌鸦的哀鸣。

（原载《青年文学》2023 年第 3 期）

古县衙的桂花树

◎莫卧儿

它拥有海平面一般辽阔的寂静

和最具完整形状的孤独

"经年的战火也不曾将它毁损……"

一个声音从身后幽幽传来

时常历数耳畔的

车马声、击鼓声、行刑声

一切曾经喧哗的，不再喧哗

一切曾经那样，但不再那样

它试图在空气中搜寻昔日踪迹

拨开黄昏的幕布聆听

幕僚与官员的密谋，抑或透过窗棂

窥视暗处无以示人的冤屈

更多时候，桂花树低头凝视

面前掉落一地的金黄

时间在此停滞——

"那些以为走远的其实最终变成了琥珀"

它觉得自己像一只赶了很多年路的脚

一块废弃的标牌，一条悬挂

在这个时空中游荡的谜语

（原载《猛犸象诗刊》2023 年第 86 期）

摽 有 梅

◎宁延达

我时常感觉这所房子并不是我自己的

这里面有王羲之　他时常弄干我的笔墨

有石涛和尚　他占有我的多个墙壁

有屈原　因我披头散发的儿子

总是不断发出牢骚

莎士比亚每次都约曹雪芹谈经论道

肯定有加缪　跪在地面不断撞头的是他

有时候一转身　一只麋鹿的影子蹿出来

我的猫骑在它的背上

有时候一低头　被踩扁的佛陀

正在地面轻轻地游动

是的　这是私人住所

我有权把他们圈禁到书架上

但是我总是谄媚地把他们请出

虔诚地将他们供养

最终我并未学到他们的皮毛

也未能成为他们中的任何一个

天生了我

只能永世做他们的奴隶

并把家变成他们的墓穴

（原载《三峡文学》2023 年第 3 期）

暮　晚

◎欧阳红苇

我们开始与夕阳告别

香樟树、苦楝树，影子一样

紧随身后

群山镀上金边立地成佛

晚风是遣使，正在为忙碌奔波的人

解下绳索。旷野舒展了身躯

云雾归隐，大地如倒悬的星空

万家灯火沿着村庄的脊背微微闪烁

炊烟从屋顶袅袅燃起

不经意暴露了乡愁掩埋的位置

你靠在我的肩头

这一瞬的暮晚时分

从此有了归宿

（原载"中国诗歌网"微信公众号 2023-04-20）

花园里那棵高大茂密的樱桃树

◎潘洗尘

花园里那棵高大茂密的樱桃树

就要把枝头从窗口探到床头了

回家的第一个晚上睡得并不好

但看着枝叶间跳来跳去的鸟

我还是涌起阵阵欣喜

如果有一天能变成它们当中的一只

该有多好啊

我还可以继续在家中的花园飞绕

朋友们还可以时不时地来树荫下坐坐

想到此我好像真的就听到树才或占春

手指树梢说了一句　你们看

洗尘就在那儿呢

（原载《诗潮》2023 年第 3 期）

小 城 记

◎盘妙彬

入城的白云路上

两行迎风飞扬的白桉树正在下坡

江边十二步梯那儿

一只落日直接跳水

云盖路小学刚刚放学

孩子们东一堆西一堆站在路边等车来，吃着糖

隔江，到了河西

鹤岗和蝶山各自飞翔

狮卧山被众地产商收买，无数高楼压着

起不来了

珠投岭上的寺庙

咿呀一声关了门

红尘万丈中的小城暗了下来

时间没有告诉维新里摊档上

一条剖膛开肚的鱼

也没有告诉匆匆赶来买鱼的人

两广总督府被人从历史里找到

按照原貌筑出来

看上去并没有一千年那么老

旁边的小广场

吃饱了饭的人民开始唱歌

（原载《边疆文学》2023 年第 5 期）

本　质

◎庞　洁

不止一次被众人揶揄

理性扼杀着她作为女人的妖娆

她淡然一笑

"真正重要的是目光

而不是你们眼前所见"

每一样造物都披着神的外衣

但没有一样能揭示神的真容

当隐匿的黑暗被光线一寸寸撕裂

多数人转身离去

幸福充满惊恐

不幸洋溢甜美

唯有时间能够区别二者

融冰三年后

人们终于获得了崭新的春天

夜色如无垠的沃土

耕植着永恒的希冀与叹息

蚀骨的爱恨离别

是海里沉默的蚌

日复一日口吐沙子

最终生成瑕疵与光华并存的珍珠

（原载《扬子江诗刊》2023 年第 3 期）

宏　村

◎庞　培

大清早，我们走近静悄悄的遗忘

看一间乡村小学堂

黑板写满了字

樟树和杨树相互致敬，树荫

摇曳。老宅静止

游人们走在水的祠堂边

门前的老人以肃穆的表情

凝视不可知的记忆

烟熏火燎的高墙弄壁

有远古的战火倏忽不见。一名

骑着青牛的牧童曾从这里走过

石板弄堂因此湿漉漉，各种柴火

煤炉

贮存山里人气息

当他们和蔼地笑着，样子谦让

整个上午都显得忠厚、古朴

虽然空气残留月夜的清香

月亮就像一把叉草的杈子，被扔在草垛上

（原载"一见之地"微信公众号 2023-05-24）

春　夜

◎庞　培

一名附近厂里的女工，经过落市的

菜场，手里提着塞满菜的塑料袋，身上

明显的外地人特征：

肮脏，但气色很好；

头发湿漉漉（大概，刚洗过澡）。

我隔她三四步路，在她身后

从烦乱的马路上经过——

天突然热了，刹那间，我想起这是在

三月份，吹过来的风仿佛一股暖流——

行人拥上前，我的脚步变得

有些踉跄——

隔开人群

我能感到她健壮湿润。

我感到夜空深远而湛蓝。在那底下

是工厂的烟囱，米黄色河流、街区、零乱的摊位。

遍地狼藉的白昼的剩余物。

从船闸的气味缓缓升降的暮色中，

从她的背影，

大地弥漫出一个叫人暗暗吃惊的春夜。

（原载"一见之地"微信公众号 2023-05-24）

妈　妈

◎丘　弗

难受时

喊"妈妈"

但我不是

真的喊妈妈

有时对着他

有时对着它们

那时万物都是我的母亲

万物皆能安抚我

（原载"英特迈往"微信公众号 2023-03-02）

你就很古老

◎商　略

不要抱怨县城

已没有多少古老的事物

你就很古老，你和你们

一代又一代的人

在不同的时代被不同的母亲出生

讲同一种方言（几乎生下来就能听懂）

短暂活着，长久死去

如果你对初遇的某人感到亲切

因为他曾经是你的父亲

你的儿子或妻子

你的老师、邻居或仇人

你养过的狗或鸡仔

甚至你吃下的蛋或拍死的蚊蝇

只要轮回的次数足够

（像阿基米德的杠杆那么无限）

你可以是万物

你很容易读懂佛经

因为你轮回总数的三分之一

在寺院中修行

有三分之一是个诗人

县城历史中的小半诗人

其实都是你。你是扶觇之人

借神灵之口，言说古老的情绪

剩下的三分之一

你在窥阴癖、纵欲者

乡绅、木匠、无执照游医、柔弱的屠夫

堕民、堪舆者、邮差之间游荡

你的牙不好因为前生吃太多

轮回的意义在于平衡

过去和现在。你突然爱一个人

可能是你曾经深爱过

你突然不爱一个人

可能是前世的痛苦隐藏于基因

你不用刻意记住什么

因为一切终将忘却

忘记，是纠正时间的重要工具

它保证万物有序，新鲜

但忘记并不表示

把你的前生今世割裂

有些人，尽管你这辈子没见过

但闭上眼就可以看清

（原载"早上好读首诗"微信公众号 2023-03-14）

没有潮汐的辽河

◎商　震

封冻的辽河不再涨落潮

河面和对岸都是洁白的雪

少年时这不足五百米宽的冰面

就是我们小伙伴的游乐场

现在河面上没有欢快的少年

只有等待少年的雪

我再也没有勇气踏上冰面

再也找不到少年时的欢乐

河对岸的一堆落满雪的石头

挤在一起像抱头痛哭的老翁

（原载《北方文学》2023 年第 5 期）

妙不可言的时刻

◎邵纯生

太刺激了：铁铲戗锅的声音

冲击钻的声音，打嘴炮的声音

大雪一直不曾压住的咳嗽……

假如没有这么多嘈杂的交汇

真不知怎样挨过这个封门的冬天

窗外静得出奇，灰色天空

只剩下一枚鸟雀啄碎的红樱桃

微光透过云层发散成虚无

像灰尘吸附在混沌的物体上

一个人的中年恰逢命定的孤独

仿佛被急风抛向史前的荒野

灵魂陷入一段无依无靠的光阴

唯持续的噪声能抵顶寂寞

无比尖锐的炉火和烈酒

才配点燃受潮的灵感闪现

在这样一个妙不可言的时刻

我折断的翅膀再一次衔接起来

不急不缓，有节奏地摆动

像鼓槌敲击着两扇星空之门

（原载《芒种》2023年第1期）

时光标记

◎施　展

箱子里存放着泛黄的旧玩件

上面落着灰尘

孙子迈过门槛

门壁上是奶奶刻下十年

记录成长的一道道印痕

这间老屋的一切都显得那么

具有时光感

多年前

移动信号还未笼罩这片故地

我们的玩物

只有奶奶亲手做的竹弓和铁圈

多年后

竹褪了色

铁生了锈

还少了一个人

生命比这些玩件脆弱许多

那时的人走了

那时的物还留着

少年眼眶微润

留下了不属于这个时代的记忆

也留下了不属于这个时代的泪痕

（原载《北方文学》2023 年第 5 期）

泪 痣

◎施施然

约定时间的最后一秒，她出现在

壁炉照亮的红丝绒沙发上

琉璃吊灯透出几何形的光

照见她微笑的时候，眼睑下

有一颗飞翔的小痣

我把她比作晚清

深宅绣楼里的大小姐

貌美、富有、璎珞矜严

名声在外。她没回答

精致的指甲在穿制服的佣人

放稳的红茶旁，轻敲了敲

平静面容下

露出一丝戚然之色

她的确是晚清深宅大院里

矜贵的小姐、少奶奶

在人生剧本里演绎昂贵的禁锢

坐拥一切。也失去一切

（原载《上海文学》2023 年第 3 期）

弗里达·卡罗

◎霜　白

年轻时有两次事故，

两次摧毁你：

一次是车祸，一次是爱情。

你用一生来拼接破碎的自己。

你已习惯迎接常新的疼痛，

不然用什么证明自己还活着。

每一幅画都是一块碎片，

之间隔着焦灼的空白，

你的身体即那跳荡的伤口本身。

那么多的弗里达无处安放，

那么多的碎片，

折射着人间的悲欢。

你短暂的一生活过的不仅是此世，

太多的痛苦，太珍贵的欢乐……你说：

"愿离去是幸，愿永不再来。"

（原载《星星》2023 年 3 月上旬刊）

母亲于昨日化为灰烬

◎ 四　四

多么悲伤！多么沉重！多么残酷！

虽然一直知道这一天必然来临，甚至，我们做好了准备——

然而，火焰止熄，黑洞形成，灯塔崩塌，世界破碎……
母亲于昨日化为灰烬，她是我们挚爱的美好的母亲！

逃逸的跳板和捷径还未诞生——我们沉湎于盛大又壮烈的哀恸！
她即将成为墙上的挂像，成为山河的一部分，成为最美的神！
在西山的依山傍水处，我们的母亲，她静默，她长眠——
大地之上、苍穹之下，她微笑，她细语，她念经，她祈祷……

她在我们体内炸裂，又融合——
花朵、晚霞、动听的音乐……她变成我们看得见的一切美好的事物，
从此，我们深陷的孤独日复一日地增长，虚无感也更加强烈——
是的，我们接受命运的变故和馈赠，然而，我们永远失去了母亲！

（原载《山花》2023 年第 4 期）

题一位夫人的肖像

◎宋　琳

画架上立着那幅刚完成的画，
油彩的气味还未消散。

画中人凝视着我，
仿佛询问着我的生活：

“这是你熟悉的城市，
你熟悉的街道。卢森堡公园的铁圈椅，

有一张你曾坐过；巴尔蒂斯画中的小帆船，
你儿子绕着水池拨弄过。

现在轮到我的外孙女……”
我画不出她内心漂泊的感觉，

我也不会布置虚构的场景。
或许少安先生是对的：

“你捕捉到微笑中不易觉察的一丝
羞涩，这已经够了。”

（原载《延河》2023 年 4 月上半月刊）

恒河：落日

◎苏　浅

黄昏，看落日在暗中点火
看它烧着烧着
就掉了下去。我们仍然等待
转个弯儿，它就回来，重新占据高处

我们要用一生来完成的事情

看它已重复多次

悲伤让我们靠得更近

悲伤也是我们共同的夜晚

六月，树木青翠

几乎已长进天空，鸟的飞翔

而我们埋头生活

把每天藏在流水中

不再问为什么

"为什么瞪羚那么靠近狮子吃草"①

为什么梦想越是明亮

你越感到危险的临近

（原载"散步的老虎"微信公众号 2023-05-30）

注：①"为什么瞪羚那么靠近狮子吃草"（勃莱诗句）。

一 棵 树

◎孙殿英

它拽住我鬼使神差的脚

收拢起我车水马龙的远方

唤醒我闭塞的感知

它缓然开放

打开了我的听觉、触觉、视觉、嗅觉……

它的树干，由我拥抱

它的丫丫，由我攀爬

它的枝叶，由我亲吻

它的花蕊，由我咀嚼

它的荫凉，由我大醉

它的月亮，让我找回睡眠

它让我相信，世界可以这么小

这么安静，风不举，尘不扬——

（原载"潮白文学"微信公众号 2023-05-12）

参 观

◎孙方杰

展示厅里，我看到如此舒适的宝宝椅

心生了无限的羡爱

时光明亮光滑，在流逝中把我带走

又在这一刻把我带回

我仿佛看到自己还是个孩子，坐在宝宝椅上

享受二十一世纪的童年

我没有坐过宝宝椅。记忆里只有
在大地上爬行，在荒草上滚动
在泥泞里瞌睡，甚至摔得鼻青脸肿
而今，我在我的眼前，成了一个孩子
在宝宝椅上，晃动五十年前的一个黎明
抑或是一个黄昏之后的半截阴影

当我臆想着在这宝宝椅上
安详童年，在一阵近乎呆滞的愣神中
想到了母亲，也想到了
另一种人生结局。我仿佛即将度过
愉快的一生，宛若一个
口涎黄连的人，吸吮到了记忆中的蜜

（原载《胶东文学》2023年第4期）

完 整

◎谈 骁

下雪了，落在头上、肩上、背上，
我用朝上的部分，遮盖朝下的部分。

起风了，风只会从一个方向吹来，

我用迎风的一面，挡住背风的一面。

我带着全部的身体和心灵在世上生活，

你们看到的，是风霜正在雕刻的。

我还有所保留，为了让隐藏的部分从不存在，

我已倾其所有，为了让露出的部分更加完整。

（原载《长江文艺》2023 年第 5 期）

春夜高悬

——致敬佩索阿

◎唐　月

春夜高悬

半轮月亮上

我已想不起你

我内心缺的那一块约等于

月亮缺的那一块

我不关心它，去了哪里，是否

和你在一起

我吹过旷野，一如风

我与我相遇又分离——

被一棵树分成两道闪电

而其后并未跟着雷声

忘记你，就像忘记我自己

一样容易，一样难

野花又在呼唤

我的名字，后面紧跟着

野草的回音

（原载《草原》2023 年第 3 期）

白 孔 雀

◎田　桑

在铁丝网对面的湖边坐下来

我们聊了很久，就是没聊白孔雀

虽然近在咫尺，它的叫声

清晰可闻：有点尖细，又有点兴奋

那个下午似乎也是白的

记忆因此有了一个可以溯源的

抓手，好像旧黑板上没擦净的字迹

和雪白的粉末——白孔雀的叫声

及其裹身的雪。我一度想打断你的话

但打断之后却突然出现了空白，好像

记忆断片了：一页白纸，一团白雾

弥漫于这个公园的下午

当晚下了一场大雪。好像白孔雀的叫声

就是一块白色橡皮。是的，二十年

眨眼过去了，橡皮擦去的太多

关于这次湖边约会，我已想不起其他什么

（原载"诗生活"网 2023-01-16）

白 塔 山

◎铁 柔

是地壳的挤压，让它矗立在城郊

是高楼太多，让它做一座山

是痛苦，让它严肃稳固

是白昼的喧嚣，让它沉默

夜晚像一匹宁静奔跑的白鹿

是不知何时倒下，让它尽全力爱

——把大地推向空中

搭起一座绿意盎然的客栈

是它总会回到原地

让我忘记了奔忙的苦楚

当太阳沉入山谷，我骑在

它的峰背上，任晚风吹拂

聆听蟋蟀的叙事曲。有一次

看见祖父从山背升起的

半个月亮搭建的拱门里

走了出来

（原载《滇池》2023 年第 5 期）

林 荫 道

◎铁　柔

土地何时变得贫瘠

树们都在打营养液点滴

走着走着我也有了病

萧瑟处落叶满地

却被环卫工人清走如新

我走得越来越慢

这漫长的隧道般的孤旅

秋日阳光像无用的老朋友

偶尔探过树隙与我重逢

树篱外驶过二十一世纪的车流

一个从宿醉中醒来的人

在清晨，与他们平行走着

而他们几乎看不见

我望向尽头时满脸灰怆的幸福

（原载《滇池》2023 年第 5 期）

秋天的气味

◎王　寅

雨水落到嘴唇上，仿佛消毒药水在蔓延

刚刚浇筑过的柏油马路

水泥护栏变得苍白干燥

焚烧树叶和报纸的烟雾

沿着车厢内壁飘浮的面包芳香迎面而来

地狱和天堂的气味就是这样只是一线之隔

书页的气味，蠹虫的气味

猫贴近火炉，皮毛烤焦的气味

手指上的墨痕，在竹篮里腐烂的水果皮

香水在河堤下流淌

骤暗的天空挥发着酒精

明亮而坚韧的蛛网颤抖着横过河道

一根电话线通向我的城市

社区的心脏弥漫着煤气的臭味

雨水照亮的屋顶是唯一的来信

空巷映照着月光

秋天凋落的头发

悄悄落到抽屉的深处

（原载"今天文学"微信公众号 2023-05-04）

土 豆

◎王单单

这卑贱之物，放弃了骨头

连肉身都是多余的

光溜溜一颗心脏

裸呈在世。给它一刀

劈成两爿，埋进泥土里

它仍然能抽芽，破土

在伤口中长出新的自己

仍然沉默着，来到你面前

走上祭台一般的餐桌

把你奉为神灵，供养着

在此之前，你藏起

刽子手的脸，对其施以极刑

切片、切条、拉丝

煮、蒸、焖、烧、烤、炸

甚至被活着剥皮，捏成泥，打成浆

而它一直顺从你，作为行刑者

你心安理得，细嚼慢咽着

无意间沉浸在，因杀戮

而带来的愉悦中。即便如此

这卑贱之物，仍然对活着

怀有莫大的热情，你看

墙角里那一堆，尚未被召唤

就已来不及，互相压迫着

将芽子，从身体里

挤出来了

（原载《滇池》2023 年第 5 期）

打 包 员

◎王二冬

她站在一堆数码产品前

耳机里的风，偶尔跑出来

刘海被吹偏一绺，身体右倾

半个肩膀已劳损

年龄也已偏向中年

无法打包回炉的青春

带走了全部的激情

多么令人悲伤，生活一旦铺平

像展开的纸箱，无来路，无归处

一无所有，却又一地鸡毛

她眼中的光已暗淡，为人妻母的颜色

只有胶带粘错时的撕裂声

才揭开她心底藏匿的红

像一根绳子，死死绑紧她

带给她疼痛，又拉扯她不至于跌入深渊

她无数次想把自己打包

随便一个地址，只为逃离

她又无数次撕开，胸中之气短下来

轻轻吹过纸箱上的原野

偶尔也能看到飞过荆棘的蝴蝶

（原载《北京文学》2023 年第 4 期）

妈 妈

◎王计兵

一个女人哭了

一个女人也哭了

我总是分不清

哪个是俄罗斯人

哪个是乌克兰人
只从字幕里知道
她的儿子去了战场
她的儿子也去了战场

（原载"一见之地"微信公众号 2023-03-20）

海岛之夜

◎王彤乐

你的眼里，涌动着我雾蓝色的世界
在晚餐后的倦意里一次次燃烧
我们坐在金色的沙滩上，看老船长
在废弃的小船里种满了向日葵

这是最后的夜晚。岛上，繁花飘落
有人捧着蓝色诗集入睡，有人吃炒冰
有人涂口红，有人骑着电瓶车
正在寻找一架年久未修的琴
海水漫过天空中隐现的星星。我听到
你的声音，像暮晚里湿润的风

海鸥落下，我们在椰树下捕捉清甜的
往事。所有相遇和离别都变得简单

所有夜晚都被海浪拍打，重新闪烁

（原载《诗刊》2023年第6期）

草木简史

◎王兴伟

灰灰菜，蛤蟆朵与牛耳大黄

长得很春天，像新娘头上的丝巾

揭开，水汪汪一片。这群前赴后继

不甘堕落的草木啊。每年都想

努力活成人的模样

被放大镜照亮的内心，辽阔

有着无边无际的梦想，跃动的分子

高速旋转。仿佛偌大的宇宙

被它们搁置于，小小的掌心

一只鸟落在它们怀中，它们就欣喜无比

二丫与蛮了重重地压倒了它们，它们也欣喜无比

它们渴望被刈，渴望远走他乡

渴望越界与繁殖

甚至渴望，秋天过后

大地燃起熊熊的火

那时，一山都是通透

一山都壮怀激烈；一山都能

重新长成，更巍峨的样子

这群简单的草木啊，没有来头

也无去势。我的乡亲

活着、活着，都成了它们的样子

（原载《星火》2023 年第 3 期）

额木尔河上的雪

◎文乾义

这雪这么白

怪不得棕熊、犴达罕、紫貂、野猪、梅花鹿、傻狍子、雪兔、

野鸡、飞龙等等

争相把它们各自的脚印

像画画一样

画在了上面

它们让这么白的雪

更有情趣，更加生动了

我停住了。我在犹豫

我要不要

像它们一样，把我的脚印

也画到这么白的雪上去？

站在河边

望着这么干净的雪

和上面这些美丽的图画

我决定

放弃我的想法。

（原载《北方文学》2023 年第 3 期）

碎石飞溅

◎巫　昂

亲爱的，当时你应该纵容我

在那个峡谷多飞一会儿

我不能飞向你

至少可以俯视那片山林

你是我心中纯真的代名词

我怕握手会留下肮脏的指纹

亲吻，会污染你的水源

亲密无间，将过早地让你衰老

这假的人世

我能做的事情太少了

在漫长的队列里

我只能扮演一个

无能为力的傻子

作为一个女人去爱一个男人

这有多蠢

女人从来不爱男人

只爱不离开她们的人

（原载"一见之地"微信公众号 2023-04-18）

气　味

◎巫　昂

不想说，我将永远爱你

想说，我将像今天这样

为有一天的分别

制订钢铁一样的、重工业一样的规则

不希望这些规则复杂又繁复

希望我们刚想要分别

又一起往回走

沿着鸟兽的足迹，从林子的深处

一直到最初之地

不想说，我们能记住

那条被树木覆盖的小路

记性都不太好

极有可能淡忘

不想提前说，我将留下一种气味

不期待，你将辨别得出这种气味

（原载"一见之地"微信公众号 2023-04-18）

槐树本纪

◎吴少东

暮春时父亲下到门前的小河里

在齐腰深水中摸索

拴上麻绳，他要将

沉泡大半年的槐树起上来

用铁锹铲去湿黑的皮

再曝晒一夏

在给槐树拴上麻绳时

父亲与槐树一起沉在河底

他直起身，将绳头

准确甩给我，光身上岸

我们共同将其拽了上来

父亲与槐树都是湿漉的

秋风刚起时

在祖居屋砌有花台的院中

他与邻居的木匠用一把大锯

将槐树削成一片片木板

打成了两样物件

粉碎的气味撞击着花香

一是我们吃饭的方桌

一是祖母满意的棺椁

（原载《北京文学》2023 年第 4 期）

通 讯 录

◎吴少东

二三十年来手机换了十多个

但一直没换号码

两千多人从三星倒到苹果

又倒到华为，几乎没有

删除任何人

我将一桶流水倒进另一桶

滴水不漏

有些人聚过走过就不联系了

有些人走过散过又联系了

走走停停，停停走走

二三十里者，一两百里者

皆有之，千万里者也有之

我都给他们留着门

方桌上的那壶酒还放在那里

几个朋友早逝多年

至今也不舍删除他们

我的手机里有华庭，有冷宫

也有坟墓

（原载"早上好读首诗"微信公众号 2023-03-02）

秃　鹰

◎吴乙一

萨尔塔一个偏僻、贫穷的山村

牙医费德里克陪同孩子们踢足球

射门的间隙

他们躺在石头地上，两臂交叉

当天空中的秃鹰发起袭击时

这些小鬼就会一跃而起

爱德华多·加莱亚诺写道——

"他们把捉弄秃鹰当作娱乐"

我跳过"娱乐"两字

用手机搜索：秃鹰与秃鹫

是不是同一种动物

并假设，那些等待空中

传来好消息的孩子，饿得没有力气

一跃而起

（原载《现代青年》2023 年 5 月）

我将回忆

◎西　川

我将回忆那壮丽的落日

我将回忆你的手

怎样驱赶傍晚的蚊蝇

（那时你年幼无知，不懂得爱情）

我将回忆你乌发的悬垂

靠近岩石，我将回忆你

胸腔内的沉静、你的聪颖

第一颗星星出现了，远处

一阵歌声撞着那金箔的树叶

而这是你的歌声

从你窄小的胸膛里飞出

像一片光明跃出冥暗的水面

将那六点钟的光阴留住——

我将回忆你闭上的眼睛。

天空滑行着瘦鸟

你的歌声温暖着太阳

靠近山顶，我将回忆你额头上的

夕晖，我将回忆那壮丽的落日、你的侧影

（那时你年幼无知，不懂得爱情）

（原载"一见之地"微信公众号 2023-06-13）

鸟　群

◎向　迅

人们一直不明白

暮色将至的校园里

为什么会出现那么多乌鸦

好像全天下的乌鸦

都会集到了这里

一朵一朵漆黑的云

在空旷的幕布上盘旋，鸣叫

带着中世纪修女的色彩和气息

它们也会成群结队地

耸立在高高的树枝和电线杆上

沉默而又冰冷的意象

像时间结出的果实

有人戏称是因此地乌鸦嘴多

有人仰起脖子向天空寻求答案

却又赶紧缩回

疑惑的小小火焰，以及——

对白色鸟粪的恐惧

在他们紧锁的目光里闪烁

一天天从阴影下路过

它们漆黑的翅膀和叫声

已像是来自遥远的记忆

首都的冬天就快结束了

曾经在海德堡讲学的教授

终于给出了令人信服的答案：

"它们之所以年年回到

这块车来车往的繁华之地，

是因为集体无意识的召唤"

我这才想起来，很多时候

我们对这个世界的判断

并非自己所能掌控

比如对喜鹊的喜欢

对乌鸦的嫌弃

（原载《中国作家》2023 年第 6 期）

收 藏 者

◎肖　水

我很小就在河里野泳。母亲经常

在午觉醒来后拿起藏在门背后的

竹枝，翻过粮站后的陡坡，气势

汹汹地，来到布满鹅卵石的河滩。

河水碧绿碧绿的，有两棵枯死的

槐树和一小片竹林，淹没在对面

的岸边。我潜入水底，扒住一块

带棱石头，往天空努力睁开眼睛。

我母亲的身影，薄薄地，铺开在

水面上：有时风吹皱了它，有时

过烈的阳光，彻底地，吸收了它。

（原载《诗刊》2023 年第 7 期）

山气之夕

◎肖　水

厂房不大，几乎空了，阳光从西边
的窗户里射进来，他把床挪动到
那丛斜斜的光圈里。能看到屋外的
菜地，再远就是一些高耸的排烟囱。
她小小的，耳际的冻纹，像阴影里
侧柏扁平的鳞叶。自从上次来后
她回了一趟老家，变胖了一些，
眉线也画得深了些。她缓步过去，
整个人都浮在棉絮上。家乡下过
大雪，屋顶白茫茫一片。雪压弯了
满山的竹竿，它们的枝叶紧紧地
结在了一起。她往土灶里不断添柴，
听噼啪声，在耳膜上清脆地爆破。
她紧紧地抱住他，她融化得很快。

（原载《诗刊》2023 年第 7 期）

新诗选 2023 年

夏

一个日子

◎小　透

明天是什么日子？我不知道
问谁这个问题。五月的第三天，
泡桐花散着蜜甜香气，小麦擎着
饱满的碧绿麦穗，七七菜花
毛茸茸的紫色，望着不谙世事的女孩。

我看到她向我走来，带着温柔的笑意，
她的手落满美丽的茧花，她的眼睛
迎风流下泪，她的蓝士林布衣衫
平展簇新。她经过我，走向田野，
走到那个土丘前，不回一下头。

明天是什么日子？母亲离开我的
八周年。歌谣和兔子画在旧本子上，
笸箩里的缠线棒、针锥、布头，墙上
停摆的挂钟沉默不语。谁失去了
谁？苍黑树皮的老楸树，小心开花。

（原载"一瓣微笑"微信公众号 2023-05-02）

雨 夜

◎小 引

千万不要相信虚妄，比如
未来很长，不要慌张。
也不要相信走过黑暗
你就会看见光。

大多数情况是衣裳被雨淋湿了
扔在沙发上。
窗外的雨还在下
而且会下整整一个夜晚。

忽然你会想到昨天
房间变大了。
生活不就是这样吗，下雨了
你依旧坐在那把竹藤椅子上。

想到什么其实并不重要
这具体中的抽象——
那天你在家门口，多么短暂
看见了火红的夕阳。

你这一生，不过是去了几次远方

新诗选 2023年 夏

爱过几个女人。

被人伤过心

也伤过别人的心。

（原载"无限事"微信公众号 2023-06-08）

流逝星群

◎谢健健

流星来了，这多令人不安

爬上月光的甲板，深夜里

没睡的人，又一次抬头注视星盘：

那儿正下着一场雨，忽暗忽明

雨点从双子座来，经历过漫长黑暗

我想它们比我，更有对黑夜的发言权

如果可以，我会伸手摘星

抚摸上万年旅行带来的冷寂

那些人在星群下许愿，各自

暴露潜伏的内心，就像那些星群

摩擦大气层，展露内核并一丝不剩

当它们消失后我在哪里？

时间还在吗？刚刚飞过我耳边的夜莺

那些经验还可靠吗，世界又在哪里？

"头顶的星群正缓缓撤退"

这些都构成了此刻，令我忐忑不安的子集

（原载"早上好读首诗"微信公众号 2023-05-05）

慢 板

◎秀　水

不再走远，不再割舍这一切
我爱的，爱我的

这是缓慢的行板
河滩之上，暮色缓慢
牛羊的归蹄缓慢
时光缓慢

童年的那只水罐还在
此前，它装过懵懂、叛逆、雨水
灼热、冰、火
此后，它将容纳安宁、月光、诗歌
苍凉，以及无尽的回忆

（原载《东昌府文艺》2023 年第 2 期）

164

伟大的日子

◎徐　晓

为了昨日照耀过我的太阳
我必须饶恕你

为了在雨水中湿透的发肤
我必须永远铭记你

为了看似无比正确的错误
我必须对谬论守口如瓶

为了确证你的存在
我必须乘上绿皮火车去一座陌生的城市

为了不在旅途中一次次醒来
我必须在梦中长久地哭泣

在一个伟大的日子里
我将像整个世界一样迎向你、充满你

为了这迟迟没有到来的相遇

（原载《江南诗》2023 年第 2 期）

河 流

◎徐琳婕

想到一贫如洗，想到
清澈，干净。想到长明村
薄薄的、灰色的命运。
想到那个叫汪水爱的村民
年纪轻轻，丈夫就随河流远去
她把自己日夜埋进贫瘠的土地
好喂养两个还没长大的孩子
她说，累了，就把身体撕碎
放进河流清洗。任凭河水带走
她坚挺的乳房和骨子里的娇媚
河流顺着她身体的褶皱，掠走她作为
一个女人全部的美。她说
她从不让河水流出自己的眼睛

（原载《文学港》2023 年第 5 期）

天 空

◎许天伦

如果从人间伸出手去，摸一摸天空
你就会发现你的指纹

留在它光鲜的表面

虽然它并不一定会回应你什么

有时，仅仅以一场雨的方式

帮你厘清，如毛线团般混乱的日常

但更多时候，我们

被其盛大的虚空所笼罩

那深不可知的空荡，令人生出无限的

遐想和敬畏

可能有另一个世界，另一些人

他们会在一只鸟无意间飞过的时候

和我们一样伸出手摸一摸

在我们中间，留下闪电划过的痕迹

（原载"早上好读首诗"微信公众号 2023-03-23）

在黄草坪

◎杨　角

西南边沿，水急山高。

几缕炊烟有时刚到山脚，

就走不动了。

山下古木高过鸟鸣，

但始终高不过山上一棵小草。

有时我们夜宿山顶，

山上秋风寂寂，山下

灯火阑珊。

那里的人间，从来都是：

只见灯光，不闻其声，比天上的

星星还要安静。

（原载《三峡文学》2023 年第 5 期）

虎　啸

◎杨　黎

我知道老虎的悲伤

它们其实最害怕的就是人

躲在山里

不到万不得已，它们不下来

即使山上那么冷

吃的东西又那么少

它们还是不敢

下山，那是你们人的世界

人们用虎骨泡酒

用虎鞭壮阳

把一张虎皮铺在自己的屁股下

耀武扬威。夜里

风刮起

那从山上刮下的风，我知道

有多少虎的呼啸

（原载"一见之地"微信公众号 2023-04-03）

雅丹落日

◎杨　拓

走出那些奇形怪状的大土堆

那些暗夜中的土堆

如果我一个人来到这里

那是怎样的人生

人们奔跑着扑向落日

逆光中，黑压压地

欢呼着举起手臂和帽子

直到那颗炽大的火球

使万物归于黑暗，看不见土堆

我想，如果明天落日不再升起

那是怎样的我们

怎样的土堆

（原载《绿洲》2023 年第 2 期）

蔷 薇

◎杨碧薇

那时，她还没立志做一名古都潮女，
戴 CHANEL 墨镜，蹬小羊皮猫跟鞋，
所到之处尽镀 YSL 黑鸦片香。
那时，土地只会素面朝天，
花是花，刺是刺，香是自己的香。
她一出生，就与万物是好邻居，
向它们学习与风缱绻，
分享暮色中微粉的眩晕。
那时她以为时间，会对初夏的浆果网开一面；
而黄金海岸，一步步走，总会在眼前。

现在，江山平添浩荡，
远方，也不甘示弱地浮显出
潜能里的浑浊；
唯有宇宙，依旧在唱疏离的歌。
她呢，正把滴着浓艳的怒放投注到
已崩解为负值的沉默里。
呵，该换新旗袍啦，又是一年无用春。

（原载"杨碧薇 Brier"微信公众号 2023-06-09）

杏 花 风

◎杨不寒

读到杏花两个字时，就有一阵风

从纸上吹起。一阵从唐朝，吹过宋代的风

途经我内心的山丘，在这个春天

又回到了这棵树下。我始终在这里等着

雨水淋出几行，明前茶写出一个人

清淡的序章。玉笛彻夜悠扬

吹笛的人还不出现。又一年了

杏树长出新的年轮，杏花开了又落

我慢慢忘记了自己在等的是什么

（原载"无限事"微信公众号 2023-05-12）

西南风景：拾柴的女人

◎叶德庆

几乎在每一座大山里

我都遇见过弯腰的人

背后是一间半掩或者干脆敞开的门

我总是把车停在路边

让弯腰的人经过

想猜测一下她们的年龄和背上的

柴火的重量

对于大山，我一无所知

只能看着她们被一捆等身的柴火

压弯了腰

经过简陋的土地神时，她们

双肩耸了一下，仿佛得到了神的力量

这些傍晚拾柴归来的女人

从来不会描绘孤独

有些夏天，还可以看见蝴蝶

追逐残留在柴火上的花朵

仿佛她们没有解开过至高无上的头巾

那是离天空最近的美学

（原载《诗刊》2023 年第 6 期）

瓷

◎叶燕兰

只在极少数时刻，我才感到微微

遗憾。像某些夜里彻底无眠

拥有整晚冰凉光滑的时间，却无法由内
而外，裂开一个小的豁口
亲自对他
说晚安

我情愿自己一直是布满裂纹的
宋代或清朝的一件被
眼前人的想象力，反复用旧
的古瓷

因不可追忆的时光
和天生的不完美
符合他对人世的预判、自身的审美
而被选中，等价置换
收藏在一个人的书房
常常受冷落。偶尔获得
足以修复一生的
细细打量

有时他打开射灯。光线亮如极昼
把某一刻闪耀
成一个巨大的幻觉
为他短暂的凝视，我才稳住我摇摇
欲坠的一生
迟迟不从身体幽暗处交出

这仅剩的

轻薄易碎的情爱，和着真实命运的空响

（原载《朔方》2023 年第 5 期）

月亮升起来了

◎殷　红

月亮升起来了
最后一只燕子回到了屋檐下

这是许多年前的事情，月光下
路上走着亲人，山上住着狐狸

那时父亲还在，刚刚挖回来一筐红薯
兄弟姐妹，围绕在露出纹理的八仙桌周围

那时一只萤火虫，照亮我们一晚上
那时的月亮和星星，就挂在窗边的枣树上

那时我们做游戏，都是真的
不像现在，许多真的都变成了游戏

（原载"中国诗歌网"微信公众号 2023-04-25）

所谓圆熟

◎幽　燕

几乎就是一块玉的质地了

捶打、凿刻、揉搓的痕迹犹在

但已识趣地失去棱角

油润的光泽暗合容纳的确定性

损失显而易见

钙质的硬度渐次消弭

医学影像的脊椎已宣告弯曲

已适应更高的气流

看上去几乎有了云朵的气度

什么都看清了，什么都看透了

生活的孟浪已退至地平线

激情的豹子已远走他乡

来时的同行人

走着走着也就都散了

其实，还是想把他们喊回来

还是愿意在 K 线图趋势的颓败处

捕捉一丝真性情的上影线

（原载《星星》2023 年 5 月上旬刊）

空 碗

◎游 金

村里人都没有多余的碗

添了人丁，就用舀水的木勺对付

如果来了客人，就要去邻舍借一只

白瓷细料碗。光滑的碗底镜子般映照

饱餐后的人的脸——每只碗都藏有

层层叠叠的面孔，几代人

第一个还碗的人家，在碗里装了一小把的麦粒

第二个也是，第三个，第四个

装的东西不尽相同，但从来没有空碗

还给主人。没有一只碗底里的面孔

被裸露在天地间。直到有一天

一个孩子去还碗，他妈妈在碗里

放了一只煮熟的鸡蛋（真是个大方的女人）

去往邻家短短的路程，被拉得无限漫长

孩子一手拿着碗，一手摩挲还带余热的鸡蛋

他希望能这样，一直走下去。直到

邻居在家门口发现他的碗——空空的

由于没有遮盖，整个现世都在这只碗中

震惊的人们还没有发现

在村头的池塘中，孩子以死

向空碗谢了罪

（原载"一见之地"微信公众号 2023-04-23）

情 书

◎余 真

我早已丢失年少时的

英雄主义，目空一切的大梦

我早已背弃古朴的执着

理想只是我早夭的亲人

生活注定是下沉的巨轮

我们是一同歌咏的海潮

平庸与失败并不足惧！

我的布尔。我别无长处

在这世上，只想爱你

（原载"早上好读首诗"微信公众号 2023-03-30）

火 焰

◎余冰燕

亲爱的芒果先生，几场春雨过后，

学校的樱花树上早已是绿肥红瘦。

你看到了吗？在一朵花与另一朵花之间，

总是燃烧着一团火焰。再走近一点，

没准儿你会发现：于空气中哔啵作响的，

其实是消失的时间，抑或一张张人的脸。

虽然我早已知悉，每一朵花的生死，

都必须谨遵神谕。但在这样好的阳光里，

每每望见落英英勇地穿过人群，我都会

肃然起敬——为那颗从容赴死之心。

亲爱的芒果先生，有时我们不得不承认，

从树上到树下的距离，像极了我们

短短的一生。亲爱的芒果先生，请不要

吹灭那团火焰，让生命燃烧得久一些！

起风了，我愿你的心是枯草、是灰烬，

但春风，吹又生。

（原载《诗刊》2023 年第 4 期）

三 分 地

◎余洁玉

把破了的栅栏修好

给新栽的茄子、南瓜苗和白菜

一处安全的居所

允许它们，在自己的三分地里

浇水、施肥、赶走鸟雀

嗅着南方潮湿的气味

为清炒好吃，还是煮汤更有营养

争论不休。有时也很寂静

活着像一场冗长的梦

过去的和现在的，已不能移动

而未来，是一个虚词

像月亮，升上高高的天空

（原载《人民文学》2023 年第 5 期）

松 鼠
——狄金森故居所见

◎余笑忠

那里是松鼠的天堂

傍晚的草坪上，松鼠

抬起前腿，做站立状

好像它们也可以做出

拍手欢庆的动作

也可以抱着它们的小杯子

为春天的到来畅饮一番

挂满松果的大松树下

另有一只松鼠

从早上一直到傍晚

只在树根那里刨土

它有警觉，但只限于偶尔抬头

或许也有悲哀，那是一只

抱病的松鼠，正竭尽

最后的力气，自掘墓地

越来越缓慢了，它翻出

一块又一块新土

到后来，它翻出的泥土

只能以颗粒计。这就是

它的自我救赎，最后，拼死以求的

不过是为了免于落入

别的什么家伙之口

（原载《特区文学·诗》2023 年第 2 期）

我想给你我生命的旖旎

◎余秀华

我想给你我生命的旖旎，又怕你要承担那些雷霆
但我还是觉得，这恰到好处的相遇
是花是果，是灰烬重塑的金身
是眼泪被擦干后蓝色的静谧

我想抱着你，又怕你触碰到我身体里的破碎
——那些为遇见你糟糕的练习
躺在你身边，我会是什么样子呢
——雨里的蔷薇纷纷落下，冰凉的芬芳

我想给你我最后的蜜，又怕你走后
那空了的罐子让我眩晕
我想邀请你就在我身边老去
在你茂密的头发里摘出属于我的白发

这些想法我多想现在就告诉你，又怕你感觉到
我已在这浓稠的爱里迷失了自己
我们忍着不见面
我们忍着这爱情在无望的日子上敲击的声音

（原载"余秀华"微信公众号 2023-06-10）

181

我要接受

◎余秀华

我要接受你，然后接受我的悸动和愚昧
接受我的紧张、踌躇、小小的嫉妒心
如果它膨胀起来，我也承担
我要接受这无望，这无边黑漆的夜晚
和这夜晚里，谁点燃的野火

我要接受你，像接受我的挫败一般
更像接受我无数挫败铸成的皇冠
接受这自然的，不自然的一切
接受这灰心的
不灰心的一切

我爱你。如果能够爱你一辈子就让它
一辈子
如果它只有一天就让它一天
如果我记得你的名字，我就呼喊它
如果我不记得了，它就回到你自己

我要接受你。然后接受我的爱恋和妄念
然后告诉我自己：你是你，我还是我

如果你不是你，而我

又是谁

我说我爱你，如同重复了"余秀华"一样

我和它，互不相识

（原载"余秀华"微信公众号 2023-06-10）

画中野鹤记

◎鱼小玄

溪头皆是闲云，天青长衫的画师

他瘦削脸庞，拣选了顽石，开始斫击

新的砚台："咚咚……咚咚咚……"

画卷未成，淡墨的群峰

拖曳出长长霞霭，那霞霭是她裙摆

雪白纱缎所裹，他细笔勾皴影子

猿猴也啼，野鹤也唳

爱，是深山碧水，云游的仙人

饮醉了酒，饮得大梦浮沉

"我的小野鹤，你要啄走什么？"

野鹤长长尖喙，细足踩上了他的心

"啄你啄你啄你啄你……"

两个人相爱了，如鹤，向云山深处去

（原载"意外文学"微信公众号 2023-04-08）

内部的风

◎玉　珍

我一走到楼下，就突然刮起了风

很长时间的风，吹在我身上

使我的头发凌乱，使我的手臂清凉

这真是简单而温柔的一幕

树枝晃动而我们在树下坐着

微风吹拂而我们说着往事

像是我一下来就开始刮风

像是从我坐在这儿开始风就开始吹拂

像是我的忧愁或某种安静带来的风

像是从我沉思开始自内部发出的风

风也曾这样吹着我的家人那时我们在

门前的空地上吃饭

春天刚来，风中有辛夷花的香气

就像人的内部有时也酝酿一些风

一些香气

但我们没有察觉

（原载《特区文学》2023 年第 4 期）

药物无法治愈的地方也是一种生活

◎宇　轩

上次我们说到汗水

万重山与基因排序

今天我想谈一谈雪崩

从面粉里面拣出盐粒

由语言里面

找到活下去的勇气

这就是我一天的工作

老妈妈近来病情加重

今天她在房间里

耗费两箱中老年高钙奶

制造了属于她的沙滩与大海

我尽力了

是说药物无法治愈的地方

也是一种生活

我尽力了是说落日里面一个我

泥潭里面一个我

粪水里面一个我

还不够啊，所以工作之余我请策兰来帮忙

四面碰壁之时

我请当归来帮忙

（原载《广西文学》2023 年第 3 期）

在海边观望落日

◎张　毅

我多次在海边观望落日。在落日即将

落入大海瞬间，海面被染成火红的颜色。

一群海鸟在变换队形，如同移动的星座。

它们把叫声撒落在寂静的海面上。此刻，

大海仿佛一个幻境，世界悲壮而美丽。

那艘停泊在码头的客轮，船员在擦洗甲板，

他一边手提水桶，一边看着落下的夕阳。

有人在落日下亲吻。雾中传来汽笛声，

一艘货轮正在启航。那个在卵石路上玩球

的孩子转身回家，夕阳投下他长长的身影。

我多次在海边等待一艘木船。夕阳下，
妇女们朝码头走去，海风吹拂着她们。
她们手搭凉棚遮挡正在下落的太阳。
码头上，有几条陈旧的木船，
被乌黑的麻绳拴着，在水面上晃晃悠悠。
人们把船拖上岸，系好缆绳，朝岸上走去。

那间挤满失业者的茶馆里，常有找寻
醉醺醺主顾的皮条客。冬夜赶往
西海岸的人群，在等待最后的渡轮。
雾中传来一阵汽笛。栖息在生锈
驳船上的海鸥，孤独地站立在雨中。

（原载《芒种》2023 年第 3 期）

描述一场暴雨

◎张　毅

夏日，天空像一个巨大的雨滴。
马车的出现没有触动天空的云层。
马蹄"哒哒"响着，我是说暴雨来了。

暴雨临近，大地露出不安的面孔。

风暴中心，草类在随风摇动。

一个男孩与马车对视着，

它们相逢于一场暴雨，然后消失。

雨使事物不经意间发生了改变。

瞬间，那棵树已不是同一棵树。

雨在黑暗中穿行，石头露出底色，

很远能听到母亲打破陶罐的声音。

尘土的气息穿过夏天。更早的下午，

华姐从乡下进城。她的手指带着青草气息。

时间、暴雨、无数个虚幻的夜晚

形成一个死结。她的死隐藏许多秘密。

夏天我乘火车去岛城。那间房子

有着阴冷的街景。不远处是教堂。

闪电、雷声、暗淡的光线，

如同希区柯克的电影画面。

我在雨中奔跑。往事迅速退去。

我在奔跑。在纸上。在梦里。

从一片乌云到一场暴雨，

让我不断陷入黑暗，并且愈加黑暗。

（原载《芒种》2023 年第 3 期）

羊叫了一夜

◎张　侗

白天的雨已停

院子里布满杂乱的羊蹄印

几十只羊已被赶进

机动三轮车拉走

羊圈里剩下的几只小羊

叫了一夜

母亲披着一身月光

来羊圈看了几次

越来越紧的北风拍打着院门

怀揣刀子的夜行人

在门前停了停离去

羊蹄窝里的月光

已凝结成薄冰

第二天太阳高过屋顶

母亲牵着那几只小羊

咔嚓咔嚓

踩碎羊蹄窝里的薄冰

像往常一样

走进老运河堤深处

（原载《诗刊》2023 年第 10 期）

空　巢

◎张光杰

鸟儿飞走了，悬挂在树上的鸟巢

还叫鸟巢

空空荡荡的鸟巢，被北风一吹

会在枝丫间瑟瑟发抖

如果风再大些，会撕心裂肺地喊出来

我常常对这些熟悉的事物眼含热泪

譬如在豫西老家

一群群年轻人从陈吴老寨走出去

留下孤零零的村庄

和十几个颤巍巍的老人。他们被唤作

空巢老人

似乎他们的身体是空的

当他们絮絮叨叨说起以前

就像风正穿过他们的身体

他们不停地说着

似乎在替风把自己喊出来

（原载《草堂》2023 年第 4 期）

草原六月

◎张洪波

进入六月
江山正在设色
羊群漫步其中
被鞭声赶往草原深处

羊群如一片云在游动
牧人像一滴墨凝望远方

那边山峰比孕妇还要激动
河水唱起长调
树木抖响叶笛

有人坐在石头上
吹着冒顿潮尔
把气息渐渐铺展开

六月用双喉音讲述
野草和羊羔都在茁壮成长
谁也无法阻挡

（原载"早上好读首诗"微信公众号 2023-06-07）

几何图形

◎张曙光

意义被复述着，不再是原来的几何体。

虚拟的战争仍在进行。但并不激烈。

更多的人在看球。少数人望着天空发呆。

马航 MH370 的痕迹消失。还有当日的云。

它的残骸沉睡在海底，带着阴谋论

和黑匣子。日子空空荡荡，得用

各种事件把它填满，像蛀牙。否则

它会折磨着你，让你无法入睡。

风景因窗子存在。还有树木和雨点。

还有空气和透明的空间。事物的意义

取决于观察它们的角度，确切说

是你的位置，或是你说话的方式。

春雨下过了，巷子湿漉漉的，但已没有人

叫卖着杏花。白色的塑料袋在风中抖动

有时它们和垃圾一样，也是很好的调剂品。

看上去比杏花美丽。洁白，轻盈。

你是否在听？什么东西在折断？

什么东西在嘎吱作响？自动门打开

关闭。白昼和夜晚。古老和现代。

时间延续。它塑造并改变着我们。

也许它是我们的自身，或空白。

我们的意识醒来。窗玻璃、树木和雨点

融入其中，并伴随着我们一道消融。

（原载《大家》2023 年第 2 期）

桐　花

◎张永伟

桐花开了，两个小孩

在路边打架，一个哭着走了。

我看桐花，

心却跟着他。

小时候体弱，和他差不多。

一边伤心，一边踢着

路边的小石头——等我长大了，

一定好好揍他。

有时候在睡梦里，

变成了秦叔宝，或关云长。

骑着马飞，虎面金身——

却忘记了仇家的面孔。

一边走，一边踢着小石头。
噢，这世界，想回到路边，
再哭一次。

（原载"中国诗歌网"微信公众号 2023-05-15）

雪 天

◎赵妮妮

那个邮差，撒下洁白的信笺
独木桥，死胡同，迷宫内
浑浊的人群，红着眼，无人认领

我们在雪地上写流言，或
堆个雪人，说出病症和秘密
等太阳出来，就被带回天空
养成乌云和雷霆

不要滚雪球，局部散落的寒意聚集
到一起，会越滚越大
不要揭开白缎，让它继续覆盖
那些泥沼，还大地一个清白之身

不要把雪带回家，否则

它会落满母亲的头顶

（原载《民族文学》2023 年第 5 期）

割 苇 子

◎赵雪松

那一年深秋和父亲

去二百里外沾化洼割苇子

车辕下挂着摇摇晃晃的马灯

风吹着唿哨

黑夜广大无边

灯罩里那点蚕豆大的火苗

在颠簸里努力挺身

与广大黑夜对峙

我听见父亲"咕咚咕咚"地喝着

水壶里的凉水

那声音好人，在黑夜里传出很远

仿佛整个星空都很渴

关于那次割苇子的经历

我如今只记得那盏马灯里

摇晃不定的火苗

只记得父亲"咕咚咕咚"的喝水声

那么真实，如同我老去的父亲

回到壮年

（原载《青岛文学》2023 年第 4 期）

双色海棠

◎震　杏

剪开红海棠的枝条，将一枝白海棠

嵌入深深的契口

我希望更多的色彩

我这么干了

我还干过许多类似的事：将一条陡峭的路

接在腿上

将一个遥远的人，埋进心底

都是些疯狂的事，容易出差错，功亏一篑

还必须先在身上割开一些口子

我这么干了，带着点恐惧

也混着点兴奋

将一枝白海棠插入红海棠的伤口

我对此有信心——它们的伤口紧紧吻合

（原载《北方文学》2023 年第 5 期）

石 马

◎震 杏

公园草地上，伫立着一匹石马，尾巴松弛

竖耳，肚子滚圆如饱食之后

来此玩耍的孩子喜欢爬上去，骑坐在马背

光滑的凹陷处，仿佛设计者已有所料

存意将马背修得平坦，宽阔。不惧危害

驾！稚嫩的声音弹向天空，在母亲

或外祖父的笑容中，驰骋

并以手拍打马结实的臀部，将那里磨得

油亮。似熟练的骑手

他们希望石马能真实活过来，扬蹄嘶鸣

但然后呢——他们舍得

离开吗？离开一旁的亲人，纵马冲向

低矮的灌木？他们准备好告别了吗

一去不返的那种，当他们大叫着：驾

满脸兴奋，以为一切永远只是游戏？

石马站立不动，但它的影子时刻在动

（原载《北方文学》2023 年第 5 期）

孕

◎郑德宏

雨点打在一只铁皮桶上，声音清脆、激越，
这是一只好桶。天上的水，将它灌溉、蓄满。
神给予力量，女人吃力地拎着一桶水，
回屋，身体里荡漾着一种酸麻、肿胀的喜悦。
——这雨后的毡房，这一望无垠的草原啊！

（原载"送信的人走了"微信公众号 2023-02-18）

原 野 上

◎郑茂明

三五只布谷，叫了一阵儿
飞走了，去别处，一整天
七八只斑鸠，不吵也不叫
转动灰黑的小脑袋
大野雀抖了抖纤长的花尾巴
傲骄地旋向平坦的麦田
谦逊而肥硕的鸽子收起羽翅

成群地，落向人类的屋檐

家雀最吵，呼呼拉拉

搅动人间尘土

阳光恩宠，这繁华一日多么值得炫耀

原野沉默如我，应答了

我是鸟也是庄稼

无言而孤立

音符、静物……庞大而宏阔的落日啊

在静寂中滑下平原

我爱日落后的原野荒芜如伟大母亲

（原载《星星》2023 年 5 月上旬刊）

江　畔

◎郑小琼

我们经过江畔的柳树林，午夜的风

吹动水面上的月光，寺庙额上的月光

清澈的夜晚从不远处的楸树林中醒来

夜鸟的梦中溢出的惊叫

拂过山谷榉树林的寂静

没有躯体的风撞击远方年轻的栎树

一把平衡的乐器奏出沉默的音符

一些人、一些事消逝

一些阴影、一些记忆覆盖村外的桑树林

一些无形的风送来寺庙的经声

柳树、我、旧光阴的故人，我们在月光下

缓缓地移动，江水从我们身边流了过去

时间，仿佛已经过去了很久，在江畔

一轮孤独的月亮，从天空垂下一片银辉

在季节轮换的山冈，在旧日故人的墓前

江水还在流，那么多相似的场景已消逝

此刻，我们谈论的江河，多么渺小

此刻，我们眺望的人生，多么短暂

唯有寺庙的经声与木鱼声，很远，很远

（原载《福建文学 2023 年第 3 期》）

邻　人

◎周　簌

此刻秋色那么好，曲水流觞那么好

树木枯黄，着了时间的信念之袍

门前的柿子熟了，但不采摘

任其在枝头枯落，鸟鸣是饥饿的

而豢养的孤独，像藤蔓一样生长

如果此生，还有一个愿望以求达成

我想做你的邻居，让一个日子掰成两个

庄重，寂静汹涌，从指缝缓慢流过

你的眼神里，有一潭幽静的湖水

深深的倦怠，洇出来

我们已厌倦了世故人情

只剩下薄凉却彼此依赖的生命

哪怕全世界的人不爱我，除了你

哪怕众人皆与我为敌，除了你

（原载《长江文艺》2023 年第 4 期）

"爱"

◎周　鱼

有时我把它藏在抽屉里，和

那些重大的秘密放在一起，也就是

那些幼年小玩意儿：一块橡皮、

一块表、一片枫叶书签。有时我把它

装进信封，寄出去，它被

退了回来，如果我寄的地址

太远，寄到了过去或未来，它就回到

我现在的房子，我要先做好一名收信人。

有时我是个学写字的学生，把它

认真写在一张纸上，却在另外的时刻，

可能是魔鬼的时刻，将纸

剪碎，它变成一个个零件，

反照出零碎的我的形象。

有时我将它重新拼凑，悄悄地。

我又看到一个人形在镜中塑起。

我希冀它是一盏静悄悄的小夜灯，

可以在它旁边躺下，睡眠，再

重新醒来：打开窗，站稳，看见

它在外面，地平线上，彻底没有形状了，在无边的

外面，成为对我新的诱惑。

（原载《扬子江诗刊》2023 年第 3 期）

居　所

◎周　鱼

她想，一定要简单，真的不需要

太多东西。但要很用心。她先在桌上

摆上托盘，托着茶壶和两只朴素的

白色茶杯。摆上蜡烛，让它的火光

摇曳着，在属于它的每个时间里。

房间的语调开始慢慢低吟。

一把捡来的别人废弃的木椅。

墙角一只卡其色陶罐，有一些

粗糙的纹理，没有其他修饰。

一扇窗，她对它满意，不大也不小，

正对着书桌，她想不用对它进行任何改造，

不用加上防盗网，没有什么可怕的。

她允许一切随时被偷走，她也可能

下个月或明年就离开这里，而她

还是会用心布置，带着全然的

愉悦与热情，在每一个这样做的时间里，

她已经安稳地住着，在

一间内心的居所。

（原载《扬子江诗刊》2023 年第 3 期）

我要回去，可她还没有来

◎周　舟

我要启程回去

可她还没有来

她还没有从死亡中醒来

有声音在那边催促

我并不着急

我窸窸窣窣准备行囊

一些旧物

在手上闪烁，光线明亮

它们太具体了

我也很具体

我要将她们全都带上

我站在这些旧物的外面

我很有耐心

母亲还没有来

母亲还没有从死亡中醒来

（原载《草堂》2023 年第 1 期）

暗夜的舞者

◎周幼安

要把所有灯都打开

对吗？城市立交桥下

她的裙边突然花瓣状散开

声音从褶皱间滚动

生活的真相由此开始

长柄探照灯，看清卖菜归来后

两张耗尽热力的脸

正全力回忆起另一种天赋

颠倒所有暗夜的支点

她比他更加明白这种能力

所以首先感动，次第

漫延地旋转，依靠永恒的轴

与他保持联络；他们擅长制造

亲密的手掌，坚固如堤

不断调整着波纹

在轻盈中进退的惯性

仿佛一根隐形绳结两端

摇晃的星球，他早已习惯跟随

她历久弥新的圆润

三十年，此刻，无比遥远的

幸福出人意料的光泽

成为舞者跃然以纪念爱的专利

他的轮椅离开身体并

举起全部：用曾属于过他的脚踝

（原载《中国校园文学》2023 年 4 月上旬刊）

臭椿树下的女人

◎朱庆和

女人歇息在臭椿树下

篮子里是带给孩子们的惊喜

丈夫崭新的解放鞋

用油纸包着，放在最下面

赶集回家的人们走在路上

有钱的满载而归

没钱的也去图个热闹

他们一路说笑

谁也没注意到臭椿树下

坐着一个女人

树上的"花大姐"

"突"地跳到了她身上

快点捉住它

给最小的孩子回家当媳妇

地下的父母

带给她的那块树荫

正慢慢地偏离

她短暂的欢愉的脸庞

就好比劳累和苦痛

重新占领她

（原载"英特迈往"微信公众号 2023-05-14）

乡 村

◎朱庆和

雨后的村庄显得更轻也更温良

通向田间的小径同时通向了天堂

一家人从屋檐底下走出来

孩子们就像父亲手中的稻穗

稻粒上的雨水不时滴到了他身上

地上的蚂蚁比雨前更为忙碌

父亲对孩子们说了些什么

它们不去关心，这不是它们的事情

黑骑士们只是一边奔走

一边唱着古老的谣曲

"人间的收成一半属于勤劳，

一半属于爱情。"

村里漂亮的蝴蝶已经穿着裙子

在田间飞来又飞去

河里的鱼群也都跳上了岸边

它们更喜欢岸上的生活

可父亲还在那里固执地说下去

"我什么也不能留给你们，

也无法留给你们。"

不走运的父亲就这样一直鞭打着

用话语一直鞭打着他的孩子

人们看见古怪的一家人朝稻田里走

通向田间的小径同时通向了天堂

雨后的村庄显得更轻也更温良

（原载"英特迈往"微信公众号 2023-03-05）

人间来信

◎祝立根

谢谢你，从人间寄来的青菜

米粒、汗水和疼痛

我已换成了奢华又无用的诗章

天上的生活

蔚蓝又辽阔，一沓沓书籍搭建的

天梯上，清风吹动兰草

闲云步出雨后，谢谢你

愿意和我一起回忆

我们之间那古老又酷烈的战争

撕裂的闪电，同时抽打着

灵魂和肉体，我们之间的宽宥和爱

又像它们幸存者那样

忘情拥抱，谢谢你

自愿认领了这世间的另一个我

悲伤的、绝望的，苦熬苦撑的那个我

一生就此耗尽的我，这也没什么不好：

一个我在劳作，一个我在挥霍

一个我活在白云中，一个我

则躬身于人世的草丛

献出了他坚硬又荒凉的背脊

（原载《滇池》2023 年第 5 期）

西南尽头

◎邹　弗

入夜之后，矮树丛渐次醒来

小兽晃动的影子犹如剧场

草在风中高举着各自的酒杯

土粒跳动林间，寻找古老的权杖

陡斜的山路记载了神降临的汛期

带着雨，跌入这个拥挤的人世

有时候，连语言也被忘记——

我们之间的山川是一座祭坛

河流干涸引发了对祖先真实性的怀疑：

人们一辈子也没有出过西南

傩神有时被按在板上严肃地屠宰

又在被分食的桌上荒诞地醒来

（原载《滇池》2023 年第 3 期）

湘 江 边

◎左　手

站在栈道边缘，凝视江水的时候

流逝的过往也在凝视着我。那些

被淘洗的，没有被淘洗的河沙

修剪过的，尚未修剪的木芙蓉

在我转身的瞬间，便拥有了

中年的肉身。岸边的学校、商业街、宠物医院

苍翠林木掩映的污水处理厂，回到黄昏深处

忽然长出一张张红色的故友的脸

湘江北去，航标灯闪烁着微光

方向被道路指引。防洪堤上逆风奔走的少年

将一尾锦鲤放飞得极高极远。倒影浮动

只有我低头凝视，另一个自己在流逝

（原载《中国校园文学》2023 年 3 月上旬刊）

给　你

◎左　右

在巴丹吉林，我捉到一首与你有关的诗
想让秋风邮寄给你

已经一个月没见面了，透过石头上的人形
我看见了你。它们和你的手心一样
透心冰凉，布满质感与菱角。我摸着阳光
却无力将你余存下的热量悉心收集

在沙漠行走了三天两夜，没什么可以阻止我去寻找
一个和你一样安谧的静物
就像黄昏落日，就像远逝的空瓶
悄悄吞下秋天
再悄悄吞下爱情的苦果

（原载《星火》2023 年第 1 期）

饺　子

◎左　右

你吃过饺子
但肯定没有像我这样吃饺子：

211

一锅水

只煮一只饺子

待一锅饺子汤

喝完之后

才慢悠悠地

蘸着醋和

辣椒酱

一口一口

咬完

一只饺子

它是

我妈上次

从很远的地方

坐公交来

特意给我包的

包了很多

我以为早就吃完了

昨天整理冰箱

喜出望外

发现

还有

仅剩的

结满雪霜的

一只

（原载《扬子江诗刊》2023 年第 1 期）

图书在版编目（CIP）数据

新诗选 . 2023. 夏卷 / 《诗探索》编委会编 ；陈亮
主编 . -- 北京 ：中国文史出版社，2023.12
　　ISBN 978-7-5205-4486-3

　　Ⅰ . ①新… Ⅱ . ①诗… ②陈… Ⅲ . ①诗集－中国－
当代 Ⅳ . ① I227

中国国家版本馆 CIP 数据核字（2023）第 227687 号

责任编辑：全秋生

出版发行：中国文史出版社
地　　址：北京市海淀区西八里庄路 69 号　　　邮编：100142
电　　话：010 － 81136602　　81136603　　81136606 （发行部）
传　　真：010 － 81136655
印　　装：廊坊市海涛印刷有限公司
经　　销：全国新华书店
开　　本：787 毫米 ×1092 毫米　　　1/16
印　　张：56.25
字　　数：880 千字
版　　次：2024 年 1 月北京第 1 版
印　　次：2024 年 1 月第 1 次印刷
定　　价：240.00 元（全 4 册）

秋卷

新诗选

2023

陈　亮◎主编

《诗探索》编委会◎编

中国文史出版社

编 委 会

目 录
CONTENTS

新诗选 2023 年

秋

新诗选 2023年

秋

新诗选

2023 年

秋

记 忆

◎阿 信

伤口慢慢愈合。边缘泛绿

春雪在视域里模糊一片。

大陆深处，葬礼中的面孔肃穆眼神清凉哀伤。

背景的针叶林发出阵阵啸鸣：雪鸮鸟

正从那里箭矢般飞离。

一头熊，缠着绷带，兀自在荒原踯躅。

（原载《草堂》2023年第6卷）

稻 草 人

◎阿 成

田畈里。

你把他当儿养

为他赋形：草编的身躯，草扎的头

草裹的手、脚、四肢

给他一顶遮风挡雨的帽子
给他外出打工儿子的旧衣

跟他说话。用青屋的沉默
和星月的辉光

一支竹竿在手。驱赶的姿势
被穿心的剑钉在田埂上

表情木讷，笨拙迟钝。你们
有相通的晨昏、悲欣、甘苦

（原载《诗歌月刊》2023 年第 6 期）

秋日黎明

◎阿尔斯楞

蚱蜢和露宿的潜鸟
于草根下醒来。羊群围在一起
对着天空咩叫
装满草垛的勒勒车
压出两道深辙，荒芜的原野

献出了仅有的草果

现在黄鼠和蟋蟀只剩下

散落的草籽

它们细心挑拣，不浪费一粒过冬口粮

灰兔还在洞穴里打盹儿

星星落在了梭梭林

早起的羊群正在咀嚼它

（原载《草原》2023 年第 7 期）

有的事情比想象中慢

◎艾　蔻

刚想好的句子转眼忘记

上午擦的玻璃下午又脏了

昨天新搭的鸟窝

今天散架了

去年才说好的相爱啊

有时我猜测，快速消失

也具备某种美德

就像昙花

于是我趴在阳台上

低着头，聆听秒针嘶吼

我以为绽放

真的只有一瞬间

实际上，我等了很久

（原载《草堂》2023 年第 6 卷）

马聂耳辛夫

◎艾　蔻

他在喧嚣不息的海浪中写作

有一天，海沉默了

手中的笔也无法继续

牙甲在水面上打旋子

世界便以它为圆心，转动

当它潜入水底

那庞大的旋转也随之停歇

牙甲懂得

以微妙之力操纵无限

而他，尚不知真相——

因写作而掀起的惊涛骇浪

是他搁下了笔墨

大海才变得一片死寂

（原载《作家》2023 年第 3 期）

蜡 烛

◎安乔子

停电的晚上，总是这些蜡烛

一根根地点亮每间教室

我也会在宿舍点燃它

燃烧时，它像一个默默为我流泪的人

是的，人们苛求的是光

却很少看到它暗处的泪水

那红色的泪水和滚烫的伤口

风吹一下，它晃动一下

但它怎么也不会熄灭

光里饱含一股柔软的力量

那是能穿透黑夜的光

开始时蜡油少，它在木桌上站得不稳

等灯芯燃尽后，蜡油凝固成一层坚硬的蜡

它牢牢地把自己摁在那里

用尽全部的力气

（原载《人民文学》2023 年第 6 期）

我的愉快在羊圈里

◎白庆国

每割下一把青草
我都会想到羊吃草的样子

美丽的下午时光
我把满满一筐青草
倒在料槽
那些羊急遽地围拢在一起
愉快地吃起来
因为没有拥挤
也没有争抢
它们都很愉快
哦，原来愉快是这样形成的

我看着它们吃草，咀嚼的声音此起彼伏
愉快感持续增加

一个下午的安静时光
我的愉快在羊圈里

（原载《人民文学》2023 年第 8 期）

我愿意傍晚时分看人们收工回家

◎白庆国

一个人离开田野

又一个人离开田野

他们离开的姿势

像田野离开了他们

把锄刃的泥土用右脚揩掉

揩掉的姿势是一种美

然后把身边的衣服拾起

弯腰和站起又是另一种美

我总是在无可名状的美与美之间度过黄昏

总有一个人最后离开

暮色四合得很快

行动迟缓的人，我总担心被卡住

这样的情景已有六十年

（原载《诗刊》2023 年第 11 期）

遥远的大麦地

◎薄　暮

亲爱的人们，经过大麦地

有的步行，低处，麦芒时

不时遮住向前的眼神

有的骑着自行车

上坡，双腿像第三个轮子

挂在横梁

他要摁响铃铛，才能让大麦向后

靠一靠

一只绿头鸭和一只白鹅

将地头小睡的羽毛

扇到他们身上，粘在帽檐

仿佛灰蓝天空的一个椭圆小孔

夕阳满心欢喜

钻进来。一枚赤金的叶子

在无边的大麦地上

跳动。漫长的告别

刚刚开始。高处，大片洋姜花

油漆斑驳的杉木门前

一个老妇人与另一个，一再

将分开的手，又搓在一起

反复修补容易破碎的时间

这一切，正在溢出我的双眼

亲爱的人们，三三两两

消失在大麦渐熟时

那芬芳而广袤的幽暗

（原载《诗刊》2023 年第 7 期）

最后一次与蒲松龄聊天

◎薄　暮

新月之夜，和先生一起丈量

古刹横梁上的香火齿痕

讨论它的精微或迂阔，当初的形制

一场变故，长满荒草的人影

出家人睡了。木鱼独自朝菩萨磕头

谁在敲门？安静有一些不安

小沙弥拉开门闩。风吹灯，另起一行

我坐在唯一的黄花梨椅上

只有这种木质，才经得起尘的啮噬

成为时的信物

几卷翻开的书前研墨

瓦砚上捺笔，又放下。先生说
虽无甚可写，亦是桥段

为何不是洮砚、端砚、歙砚
——白狐或者鲤鱼们，不喜欢

好吧。我用一支戴月轩兼毫
——只能用兔毛鸡距笔，不然
如何回到唐朝
你以为，当下还有妖精

倘如是，何来书生
——无一夕不有落第之人
夜愈深，听得愈真

风在廊柱前转弯
——不要叫我先生。如今，都比我
写得好，只是从不留下姓名

那么，我到底是哪一朝的书生
先生没有回答。拿起
三百年后的新月
镇住一纸风声

（原载《扬子江诗刊》2023 年第 3 期）

小　缠

◎薄小凉

长得太好看的小女子，

不会有好日子过

第一个坏人让她流血

第二个坏人让她流泪

第三个坏人让她流产

一个女人的身体

仿佛就是一个国家的屈辱史

每个国家都被人欺负过

有什么呢，她喝完益母草

就吃光了五个变蛋

满嘴的石灰粉味，苦点点而已

（原载"十行诗"微信公众号 2023-07-07）

今夜，我坐在天空下

◎北　野

今夜，我离星辰最近，今夜

塞堪达巴罕草原，给了我一片山冈

它是大地的一座毡房

我看见消逝的马群、牧人、白云

和长歌里流泪的牛羊

它们黑漆漆的，隐匿在我身边

它们低头走路，幽寂的

剪影，贴在深暗的天空上

它们走动的脚步，让我无法忍受

它们会从此变成星空里的

石头吗？我遇到一片阴影，他们

是一个族群里走失的人

他们像沉睡的石阵

背影闪着光，如同激射的雨线

我遇见更多的人，埋伏在星空后面

像躁动不安的野马群一样

他们行走的声音，穿过天空的鼓面

大地深处传来阵阵轰响

此时，我心中充满隐痛，我绝望

又忧伤，在寂寥的天空下

我不知道自己，今夜将归于何方？

（原载《江南诗》2023 年第 3 期）

打磨大海的人

◎笨　水

他们去了海上

说一定要让大海平息

即使风暴来临

也要将汹涌的大海

打磨成巨大的镜子

他们带着剪刀、电锯

以及各种五花八门的工具

手拿铁铐的人还说

要抓几朵浪花回来

（原载"十行诗"微信公众号 2023-06-09）

西坡少年

◎曹　东

那时西坡有几棵桐梓树，树影里垂落硕大花朵

我们躺下听收音机，调波段的老式机

咝咝电流声很好听

听了一会儿我就瞧你的眼睛，仿佛你的眼睛

是小布丁荧屏

突然你伸手捂住我额头，温热的指尖

一点一点滑动

轻轻捉下一只黑蚂蚁，竟然问

这蚂蚁可以做我们的儿子吗

我一时语塞，恍惚了半生不能回答

还记得桐梓树开花真灿烂啊

桐梓树也好看，许多年没见桐梓树了

（原载《诗刊》2023 年第 14 期）

大 先 生

——寒夜想起历史，想起鲁迅

◎曹有云

大先生逝去已近百年

但大先生至少死过百回

凡无声处，先生即死

凡无声时，先生即生

如此，大先生至少活过百回

如此，大先生死而不亡，不死不亡

于言词锋芒处呼吸、搏跳、铋议、激辩、呐喊

瞬间刀光剑影，雷鸣电闪，风雨大作，鬼哭神泣

而大先生诗文已成已立，与人间同寿考，与江河并齐驱

如此生也不幸死也不幸

如此生也不成死也不成

生生死死，死死生生

如此便是悲哀，便是永恒，便是不朽吧

（原载《山西文学》2023 年第 6 期）

身后立着一道屏风（节选）

◎草　树

母亲打牌去了。我心里说

"好"。我就在院坝里

四处走走。水边老石楠又发出

许多新枝，花坛里玫瑰开了几树

"打电话叫她回来开门。"不急

远方的红山绿了。田垄一带

四处开着油菜花。斗笠下

一只手远远朝我挥动

安宁、平和、澄明的时刻

一切都悄然归来：田埂上的豪猪毛

黑白分明；裂隙里的泥鳅

脊背清幽。树枝一阵颤动

烧荒的火光映红半边天

新工业园塔吊横亘菜园上空

多好，母亲在邻家打牌

多好，青草正覆盖灰烬

（原载《人民文学》2023 年第 8 期）

命　运

◎陈亚平

我习惯把认命变成某个希望，就像生活依赖诗

我既不当命运宠幸的朋友

也不变成命运仇恨的敌人

更多时候，它潮水涌来的旋涡，低沉又遥远

猛然在粗重的呼吸中起伏

这深不可测的深海，谁能在难料中猜测？

在脑海里，以说服自己的方式

碰巧做一个唯一顺从机遇的自己

命运本来就像第一次写作的秘密

有必要和它契合，听任它自律的法则

在沉重的急促中，形影出世般后退

暗地里的交替，随时发出活力

它无序又突变的剧中剧

像时光选编的年鉴，让你存在，我就不存在

在另一个选本中，让我存在，你就不存在

对这个不认错的命运，我会厌倦又喜欢

（原载《诗林》2023 年第 4 期）

与父亲拉煤

◎敕勒川

我清晰地记得，那个秋天的下午，我

和父亲，去离家十多公里的郊外煤场

去拉煤的情形……车是那种老式的人力排子车

去的时候，空车，顺风，父亲拉着我，一路

小跑，我看见父亲瘦硬的背影

在大地上一起一伏，仿佛一台

古老而又年轻的发动机

反正也没事，就当是一次周末郊游，反正

力气也是用不完的，父亲说……路过一片旷野时

父亲放下车，抽烟、歇息，若有所思地看着我

在荒野里欢天喜地地采了一束

说不出名字的野花

回来时，父亲把我采的那一束鲜花

仔细地插在车子的煤堆上，把绳子

套在身上，两手紧紧抓着车辕，在前面

拉着，我在后面推着，中间车上

小山似的煤，沉、重、黑、硬邦邦，像极了

那些年的生活……经过一段上坡路时

父亲使劲前倾着身子，大敞着上衣，紧绷的

后脖颈，渗着黑黑的汗水……仿佛他拉的

不是一小车煤，而是拉着整个北方

和北方的大风

那是我童年时，父亲唯一一次陪我郊游

这么多年了，父亲插在车子煤堆上的那一束鲜花

一直在我眼前，颤巍巍地晃动着……那时候

蓝天，还是炊烟的一部分

人间，还是父亲的一部分

（原载《诗潮》2023 年第 5 期）

明 天

◎大 解

从路口到明天并不远，中间

只隔一个夜晚。大不了亲自走一趟，

摸黑去问莫须有的人。

大不了写信寄往天边，却没有地址和收信人，

爱谁谁吧，寄出去，必有一个落脚点。

从路口到明天不足一公里，

其间有一条近道，

我走过，

但是明天一直在后退，

就像一个问题，一直躲避答案。

曾经多次，我以为穿过子夜就是明天了，

而我所到达的是一个新的今天，

明天依然在前面。

如今我不追了，

我隐藏在自己的身体里，等，一直等。

明天真的不远了。

明天，

必有一个邮差气喘吁吁，

冒着热气找到我，

必有一封信被退回，

在远方绕了一圈，又回到我的手上。

（原载"一见之地"微信公众号 2023-07-10）

去往何处

◎大　解

走到半路时，忽然忘了去干什么，

究竟要去往何处。一路上，没有同伴，

没有召唤，没有回音。但我一直在走，

前面并无道路，走，

已经成为惯性。

方向失踪了，走，源于本能。

我走得很快，一旦我超过自我，

我将伸出一只胳膊把自己拦住，

我若止步不前，身影会站起来，

独自走到时间的前面。

走是必须的，

可是究竟要去往哪里？

是真的忘记了，还是从未有过初衷？

我在走，我已经大汗淋漓，热气腾腾，

几乎要冒烟了。

但我不知去往何处，

渐渐地，我的身后，跟上来一群人。

（原载"一见之地"微信公众号 2023-07-10）

梦 见

◎大 可

在梦里的一个十字路口

我看到了你的身影

光线，弯曲了夜的颜色

每天步行二十分钟
从家到单位，从单位到家，到超市
循环回复的脚步，在沙坪
演绎着生活的一部分

十年了
时间被拉成一条直线

我说昨晚梦到了你
没有声音，也没有回复
苦涩的汁液不断从香椿树上
流出。一个豆粒大的伤
一直愈合到现在

黄昏，弗洛伊德站梦外
向我伸出了一只手

（原载《诗选刊》2023 年第 2 期）

你没了，我才敢放声大哭

◎大连点点

"能治好吗？"我说能
"能治好吗？"我说能

如此三问，如此三答

仿佛我不是骗子

医院的消毒水

满屋子的中草药

摆好了救你的架势

真不能告诉你，妈妈

这辈子，我们的缘分将尽

你有一肚子话

我们下一辈子才能再说

火焰最终伸出长舌

舔着你的枯萎

它把你舔没了

你没了

我才敢放声大哭

（原载《满族文学》2023 年第 4 期）

故乡的傍晚

◎呆　呆

整个平原只有一棵树

树下站着一个人

它是荒芜分泌出来的一线幽魂？还是祖母丢失在草丛的煤油灯？

整个平原只有一幢房屋

几只白鹭被一片水域弹开

又被

另一片水域弹开。都不重要了，父亲。你的平静是我眼见的平静

你的星空。同样挤满了悲伤的石头

（原载"无限事"微信公众号 2023-08-09）

1988 年。岁末

◎呆　呆

暮色是女性的，妈妈的

黄昏是橘子的，发散的

屋瓦上罩着薄雪，这寂静让人心慌

仿佛村庄就要断裂

露出几十年前的烟囱。菭溪浑浊，发亮，在村前拐弯撞入太湖

"他妈的。真冷"

机帆船驾驶员，两岸杂树。浮桥。孤单的行人

辽阔如一蓬枯叶

妈妈抱着柴禾，正在给猪仔添暖。泥土比河水更加动荡，让人不安

看到父亲穿着整齐

摇摇晃晃，去往西山。身边跟着炊烟，他的样子从容沉静

一年中最后一天，我们打扫房屋，祭祀神灵

往杯中添上新酒，静静地坐着

呼吸中恐惧一点点聚拢：有个异乡人，站在这里回忆着从前

（原载"无限事"微信公众号 2023-08-09）

夏　夏

◎呆　呆

雨来得突然

去古人造的凉亭躲避，墙垣倾颓

似曾有野狐造访

雨势长且沉闷。穿蓑衣的人，挑筐子的人

脸完全垮下来的老妇；一朵云飘自 2022 年

甜瓜香味四处弥散。那个青年骑着单车飞速冲进小院，他开门。悄无声息

地上楼

——夏夏，是穿粉色塑料凉鞋、泡泡袖白裙的女孩

在运河边一边绞着槿叶洗发，一边眯起眼睛，去瞧岸边的房舍和工厂

摇摇晃晃，在暮色中薄成一幅剪纸

（原载"一见之地"微信公众号 2023-08-22）

停 顿

◎代 薇

我记得夜晚的唱片，金属弯曲
失去的体温

我记得无能的力量
世界不可改变的方向

——痛心，执迷
移动的火车像漫长的停顿

我记得你的眼睛
一个伤口挨着另一个伤口

（原载"十行诗"微信公众号 2023-07-21）

有 光

◎杜 涯

我站在中部的一座山峰上

向西，眺望，看见
落日有时落在云海，有时落在无穷里

有时，落日擦过金星的边角
有时，它则朝着土星的方向悠悠而去

我望着它西去的辽阔
我感到万里的苍茫，万里的忧伤

落日总是令我忧郁
而忧郁是我的故乡

因而有一天，我追着落日
向西，登上一个又一个的峰顶
那一天我看见了四十三次的日落忧郁

是啊，我是另一个小王子
我来到地球已经多年
我的故园，我的华屋，就在头顶星空的深处

我还无法回到我的故乡
在这里，我还有一卷朝霞要完成

（原载《扬子江诗刊》2023年第4期）

雪 人

◎杜文辉

拣几块小黑炭

戳在它的胸脯上　　就是纽扣

拾两团谁家孩子丢弃的糖纸

镶在它的脸上　　就是眼

再给它戴上一顶破草帽

正好有两个干树枝　　给它插上

就是胳膊和翅膀

它像在呼喊　　像刚学说话　　又像个哑巴

它下大上小　　穿着棉袄　　小矮人

身边立一把扫帚　　像要扫什么　　像刚刚扫过

这个雪人多像我

在尘世上很童话地站着

很快就消失

（原载《星星·散文诗》2023年第5期）

惘 然 录

◎方石英

为什么在我特别清醒

或醉倒前，总有《锦瑟》响起

回忆让我沿天目山路迅速老去

只有双鱼座的灰姑娘

失联之后永远年轻，至少在四首诗中

你让我无比脆弱，十年、二十年……

你亲手交给我的报纸早已泛黄

请原谅我，依然无法用英文精确表达

我喜欢你喜欢我的样子

我喜欢你在斑驳光影中清唱

我喜欢你又失去你

直到琼·贝兹白发苍苍

西湖上空的繁星不再旋转，我想你

时间的大雪渐渐将我活埋

（原载《当代·诗歌》2023 年第 1 期试刊号）

终年九十一岁

◎方石英

让·吕克·戈达尔没有生病

但他不想活了

精疲力尽的感觉

召唤他尽快完成最后一部作品

在亲人的陪伴与注视中

回放往事，直到一个少年走近

九十一岁的传奇，告别世界

他用最后一口气导演自己的死亡

（原载《当代·诗歌》2023 年第 1 期试刊号）

秋夜戏赠"野外"诸兄弟

◎飞　廉

那时，世界年轻，燕子穿柳竞飞，

索福克勒斯说，那时我们就像躺在蒲公英上，

等着被大风吹走。

程婴立孤至难，

伯夷采薇而瘦，

我们斗过风车，脑袋撞过墙，

我们谨小慎微，

任侠放荡。

春来草自青，然而我们老了，

胸中再无鼓刀屠狗的少年心事，

微信里重逢，我们喜欢过的女孩也老了，

我们的牙老了，肾老了，眼睛老了，头发老了，骄傲也老了，

少年时写下的诗句，跟我们再也没有关系。

当年浮艳，

当年妙语含风漪，

当年袖里有青蛇，

而今繁霜，

而今断墙著雨蜗牛写字，

而今开门夜雪深，听风听雨看夏蝉化枯枝。

（原载《诗歌月刊》2023 年第 8 期）

石 头

◎冯果果

山间桃花落满石头多么令人悲伤

坐在石头上身边空着多么令人悲伤

泉水流过，山更空，多么令人孤独

那些藤蔓独自绿着，鸟鸣挂在上面多么令人担忧

这块石头年事已高还未长成玉多么令人绝望

我坐了那么久，用手捂它捂了那么久

它依然对我无动于衷，多么令人悲伤

（原载"十行诗"微信公众号 2023-07-25）

苍 耳

◎高　伟

得有多少纯洁而创伤的声音　以至于
这个世界进化了这个　苍凉的耳朵

这个世界上有普遍的罪和普遍的苦难
神派来自己的私生子来替我们赎

苍耳　是不是也是一只倾听的耳朵
用来救赎我们制造的太多
有罪的声音　无明的声音

我们听不过来的和我们听不懂的
苍耳全能听和全能懂
苍耳因此是一只神的耳朵

这一坡的苍耳　一坡的听力
究竟听到了什么　我知道的只有一个
就是我不知道

我听苍耳——直到听聋了耳朵

（原载"冬雁读诗"微信公众号 2023-08-08）

想让时间停一小会儿

◎高　源

想让时间停一小会儿

让我好好地看看你　辨识和熟悉

你身上每一处明灭变化

然而光影飞溅　你已是另一个人

时间是玩笑　是谎

尚未聚焦就已涣散　就已被夺去特权

事实上　我们不是枝叶也不是光影　我们是

枝叶间光影的摇颤

我们是过程　起伏　我们是瞬息之间。

现在　你看着我　就现在

时间密度最大之时

我的二十九个秋天全部叠在一起

我的时间不是线性的

是你剪碎了它们。

你改变了我对时间的感觉　改变了我的声音

我像一个新生儿

把世间万物重新惊奇了一遍

误解了一遍

（原载《星星·诗歌原创》2023 年第 6 期）

大海之秤（一）

◎高鹏程

它称过落日的辉煌和悲怆。
也称过海面上月光轻盈的脸庞。
它称过一艘航母的轻，
也称过一滴蓝色眼泪的重。
它称过一头鲸鲸落时刻的庄严，
也称过万物生长时的希望。

它对自己和万物的分量心中有数。
我曾看见过它郑重地称量一朵渔火的重量，
动用的，是和称量万吨巨轮相同的砝码。

（原载《诗潮》2023 年第 6 期）

海 滨

◎龚学敏

棕榈树在纪实，一生都在指认

身边的公路

而入海口是一只中弹的白鹇
落日的伤口，每天都在红肿

没有比黑色更悲壮的羽毛
尘世再悲凉
也要向万物道歉

海螺的耳目遍布沙滩
大海瘫痪
我们都是听着大海死去的人

（原载《文学港》2023 年第 8 期）

异 乡 人

◎海 烟

你接纳了我，一个在午后
无处可去的人
一个被时间绊倒，就此流浪的人
青石板上，古典的琴声
从每一个罅隙穿出，与我一起
招待这一刻的孤独这孤独，
它异常珍贵

你接纳了我，连同我的悲伤和残缺

以及那兵荒马乱的生活

现在，一个人，多么好啊！

我想躲进一个无人知晓的角落

我想遗忘自己

小桥、流水、鲜花、垂柳

慵懒的狗，是古城的至亲

作为一个异乡人

我应该向它们致敬

我要说出感谢，在一个阳光的午后

你温柔地接纳了我

（原载"原乡诗刊"微信公众号 2023-08-16）

万 物 生

◎韩文戈

生下我多么简单啊，就像森林多出了一片叶子

就像时间的蛋壳吐出了一只鸟

而你生下我的同时

你也生下吹醒万物的信风

你生下一块岩石，生下一座幽深的城堡

你生下城门大开的州府，那里灯火光明

你生下山川百兽，生下鸟群拥有的天空和闪电

你生下了无限，哦，无限——

从头到尾，我都是一个简单而完整的过程

来时有莫名的来路，去时有宿命的去处

而你生下我的同时，你也生下了这么强劲的呼吸：

这是个温暖而不死的尘世

（原载《诗潮》2023 年第 5 期）

五 十 弦

◎韩玉光

猛虎之心从来没有属于猛虎

流水的彼岸

从来没有归于流水。

我被生下来

已经五十二年，这个时间

刚好让我意识到自己的有限。

那天在月亮下

想起年轻时散漫四方

中年时又聚拢在上老下小的屋檐下

心头突然一亮

满天的星辰

瞬间与我好得就像成了一个人。

我知道全世界的黑夜

都是为了让光看清自己，我知道

我的一生

也是为此而来。

（原载《诗潮》2023 年第 7 期）

我写下的事物

◎汗　漫

我写下的事物活在纸上和人间。

没有写下的事物，从未降生或已死去。

是时候了，刀尺苦寒，急砧促别

街道上的落日、树木、飞鸟、光，

郊区的河流、风、南方，一次拥抱万古愁。

我写下的这些事物

多么少、多么苦涩，像大海旁边的两瓢水。

我只能生息于这两瓢水，像盐粒。

两瓢水和盐粒，组成谁的眼眶和泪雨？

谁读到我写下的事物并心疼

谁就能把我轻轻哭回这亲爱的尘世。

（原载《草堂》2023 年第 6 卷）

那个下午

◎何学明

我在长椅上安坐，人流从我的身边

穿过，一双眼睛安慰了那个下午

那是一个小男孩怯生生的目光

此时，光线从他的脸上移到我的脸上

他对世界的好奇，像一股清泉

顺着光影淌进我的心里，像一首诗流过许多的下午

突然下雨了，那个下午的雨，给了我惊喜又滂沱的记忆

包括那一双深入我内心的眼睛

那个下午，那个男孩的眼神留在了

我坐过的长椅上，也在我的生命里驻下来

后来知道，那个男孩，就是曾经的我

（原载《北方文学》2023 年第 6 期）

大 故 乡

◎横行胭脂

时间温柔而苍茫

母亲去世，但父亲健康

岁月生尘，但没结成蛛网

祖先把最温暖的大树种在这里

开着花死去的

结着果回来的

我不知道它们都藏起了什么秘密

我只想在你的胸膛上打滚或者尽情欢乐

我只想过上温暖的生活

我只想认遍亲人，认遍相知

故乡你有最厚的黄土

索性，就让我做一株情绪激动的麦子

长在一群情绪激动的麦子中

每当我看到你山峦日落，秋夕风起

千古暮色，总有禽鸟相伴而飞

我就泪盈满眶

（原载《福建文学》2023 年第 3 期）

饺 子

◎侯 马

我见到了伟大的狱警

他在除夕给囚犯端去饺子

我也见到了伟大的囚犯

他放着不吃说是没有醋

（原载"十行诗"微信公众号 2023-07-18）

乾陵无字碑

◎胡 弦

没有字。没有歌颂和回忆。

最深的孤独是无言，是无法听取的沉默，

和在刀尖上提前完成的前世。

（原载《大家》2023 年第 4 期）

兼致春风沉醉的晚上

◎胡茗茗

我们走在绿洲路上，像一对

隐身人，随公园里健步走的队伍
大步流星，随神威药业的灯牌
闪烁，随老吴羊汤的老板数今天的流水
我们被烟火人间覆盖，被陈年红酒
恍惚，说起曾经青春的鲁莽、愈合
跌跌撞撞，张开的臂弯，千帆过
爱过的身体不由己，由心，又总是错

说着说着我们就成了十年的陈皮
成了药，也是药引子

眼睛里星光忽明忽暗，哦
我多么怀念那些丢失的眼神

春风里走失的小狗子
茫然，惊恐，四下里闻嗅
回不去了，家丢了

晚风里的暗香如此深刻
逼近每一个花下低头人的呼吸
记忆的裂缝里，有闪电
有微笑，并带着泪光

（原载《广州文艺》2023 年第 7 期）

愿　望

◎ 胡正刚

父亲和母亲安于贫乏的
单向度的生活。不呼喊，不抱怨
不对未来怀有超出日常限度的
僭越之心。但他们仍旧热衷于
修正事物的走向。给烤烟打顶抹杈
让养料直接输送给烟叶
稻谷灌浆时，撤去田水
让柔软的浆汁，加速凝结成
饱满结实的籽粒。在草窝里
放一枚鸡蛋，引导母鸡
到预设的地点产蛋……
他们也试图修正和指引我
抓周时，在我面前的红布上
郑重地摆放了毛笔、书本、钞票
算盘、轿车和官印模型……
而不是熟悉的谷粒、挖锄、墨斗
背索和织梭，这些事物的寓意
和象征性表明——他们已经厌烦了
土地上的生活，但又无法抽离
只好把内心所愿递给我，期待我

朝着与他们相反的方向成长

时代滚滚向前，从劳作中

习得的经验，已经陈旧失效

做这些事情的时候

他们多么热切

他们多么生疏

（原载《诗刊》2023 年第 13 期）

记 忆

◎华万里

你是我从前的四月，你是我紫色的桑葚

我们曾经一同穿过晨露，在田野上飞奔

一对鸟叫着我们在歌声中对称

一匹岭横着，白雾还是翻了过去

我们挺立在桑树林边，看风吹了过来

风很有力量，风也很温情

它不想用 100 年，把人吹薄

它只想用三秒钟，把我们吹得心花怒放

我们笑着，追着，去摘桑葚

当你的小手伸向桑枝时，又缩了回来

——那儿有一个鸟巢

几只雏雀摇晃着小脑袋惊叫，它们的眼睛

还像我们的爱情，紧紧闭着

你示意我快快离开。你牵着我

蛇一样溜走。这个记忆，我们

记了整整五十年。那个鸟巢

也被我们牢牢地巩固在家庭里。如今

你仍是我从前的四月，从前的

紫色的桑葚。我们因怀念而亲密

因桑叶的青青

在夕阳中路过，忘却了悄悄到来的白发

（原载"诗与画"微信公众号 2023-06-06）

画一个人

◎黄　芳

你要画一个人

她的眉毛眼睛不是我的

她的嘴巴、脸庞、垂落的双手

也都不是我的

但她的棕色灵魂

是我的。

你给那个人画一双灰翅膀

她不生依傍

独自在无人的大地上游荡

但当她振羽

便覆盖全部

所以你要画下我不曾描述的阴影

（原载《文学港》2023 年第 6 期）

夜 空 下

◎黄小培

仰望夜空，仿佛深陷空寂的山谷

虫鸣锯开的寂静里，有一条小路

通往九十年代的娄樊村

我用十年时间走出的村庄

至而立之年才开始爱上的村庄

从整个村庄泼洒的灯火中

我看到了它的陈旧，温暖而恍惚

草木时代的娄樊村，它有耐心

不急于跟上时代的步伐

野草爱着牛羊，青菜爱着庄稼

人们在有限的土地上过着简单的一生

浩瀚的夜空里住着我的遥远的村庄

像一片孤云飘在我的头顶

成为过去和现在之间的平衡力

微弱的星光带动微弱的风吹动人心

平静的池塘，爱说话的小树林

都在此刻孤独的人间睡去了

而许多事物像我一样在前半夜睡去

在后半夜醒来，陪我安静地醒着

像那些离散多年的亲人坐在身旁

（原载《星火》2023 年第 2 期）

春服既成

◎黄金的老虎

天气和暖

靠着杏树

我们摆放下椅子

我们慢慢拉话

花枝稀疏的影子

后来团上了身

新做的衣衫轻而薄

初次穿上有些凉

我挑的色是嫩黄

池馆里很安静
有时候仿佛听见了什么
那时我们就不言语

姊姊独爱红衣
好些花落在她脸上

（原载《星星·诗歌原创》2023 年第 6 期）

小　姨

◎吉　尔

我曾见过我的小姨，仅一次
红柳院墙围起的土块房中
炕桌上，那个坐在主位
烫着微卷发的漂亮女人

我穿着大姐缝制的花布衣
扎着乱蓬蓬的羊角辫
倔强地对上了她鄙夷的眼神
在贫穷筑起的卑微和骄傲中
忽然挺直了小小的脊背

孤傲像寒冷一样第一次注入我的脊髓

很多年，我豢养它

像豢养一道闪电

而那个我唤小姨的人我忘记了她的模样

可我常常在镜子里，看到那个和她相似的人

（原载《北方文学》2023 年第 6 期）

秘　境

◎吉　尔

有一次，我们顺着河水步入密林

仿佛有什么庞大的身体刚刚离去

我们猜不出，那是一种什么生物

河道边硕大的脚印

像无人认领的印章

而另一处，群狼的脚印忽然散开

仿佛刚刚结束了一场对弈

我们被吸引着循着它们留下的脚印

却不敢再走下去，怕风一松手

就找不到来路

我们回到山上

石壁上是凿空的佛窟

壁画上的佛被挖去了眼睛

来过的人离开时说眼睛比以前更亮了

（原载《飞天》2023 年第 8 期）

草原孩子

◎吉　尔

我们刚刚爬上青葱的山坡

时间就落入正午，阳光切着蜘蛛网

整个山坡的牧草都是秋风的

整个山坡的牧草都是牛羊的

在阿格河谷

我们爱着露珠、落日

黑鱼一样滚过草地的孩子

他把干牛粪堆得像巨大的蜂巢

我们把收割好的牧草运回家时

他把月亮塞进了最大的草垛

（原载《飞天》2023 年第 8 期）

万物更迭

◎纪开芹

黄昏落在旷野。我踩着它薄薄的余晖

沿着小河堤散步。看水草与光线纠结在一起

偶尔还有一两声鸟鸣从高空跌入水草间

潜沉到河底。许多熟悉的人从身边经过

只有这时，他们才离开烟熏火燎的中心

我无意观察人群，我追赶灵魂，灵魂一直跑在前面

先于我认识艾草，先于我和它们结为挚友

我看到鸭子穿行在田野，蜻蜓停留在红蓼上

新埋下的路灯像一排排卫士，竖起耳朵倾听

小路上人们的欢笑，灌木私语

一双看不见的大手，正在修改古老的篇章

在电线杆上安装琴弦，只等着燕子这些黑色的音符演奏出天籁

我觉察到光影转换，时间在一刻不停地流逝

一部分旧事物被带走，在流逝中

群星闪烁头顶。植物的嫩芽在枯败中萌发

（原载《红豆》2023 年第 6 期）

本无结束

◎见　君

我丢的那束光，化作了一缕炊烟，

而你丢的那束光，却被我捡到。

你洗干净手，

把那些书本，塞进自己身体里，

你的眼睛开始发亮，

说一些不着边际的话。

我不再走来走去，

站定了，盯着天花板上的那个窟窿。

一只手伸出来，

在触摸我的苦恼。

挂在墙上的钟表，

满脸笑意。

它在用嘀嗒声，

给我们一起走过时间，绣上花边。

（原载《诗选刊》2023 年第 7 期）

拯　救

◎剑　男

一只幼獐慌乱中逃到一座废弃的寺庙

猎户至此放弃对幼獐的追逐

只有寺庙中油漆剥落的神像知道

幼獐度过了劫，而猎户因此拯救了自己

（原载《山花》2023 年第 7 期）

每年的这一天

◎ 江　非

每年的这一天
我都渴望有人能来看我

在公路上耀眼的光明中
他在家中开夜车启程

他路过那水汽弥漫的水库
穿过黎明前浓浓的晨雾

有众多事物
在为一颗夜晚的星活着

有众多法则
让他为一个死者彻夜疾行

他看着车窗外那些快速退去的影像
他看着车外那些理所当然的事物

在一段坡路下到谷底的地方
他停了下来

他想象这个世界上那些极少的东西
他想象这些供人思考的对象

一只在山顶的高处幽亮不动的眼睛
一只在他的身后一闪而过的小兽

他领悟着它们
再次启程上路，把车开上另一段高速公路

在黎明结束之前
他来到我的门前

他知道任何旅程都充满了如此的虚空
他知道虚空并不是毫无意义，而是我们从不曾
到过那里

（原载《诗潮》2023 年第 5 期）

爱

◎江　非

下午有时我会
坐在一截木桩上

周围是那么静寂

能听到树叶

在树上不自觉地晃动

远处看不到的公路上

也有车辆在驶过

不知道它们的车厢里

都装了些什么

如果是爱

我也渴望

它们能分一点给我

（原载"散步的老虎"微信公众号 2022-06-23）

星光密布的晚上

◎江　非

在星光密布的晚上一头动物

来到你的居室周围

它踏雪而来，为了嗅嗅烟囱

和孩子们的气息

他们曾是它的守卫和天赐之物

和我们平时所见的那些动物不一样

它胆怯、谦逊，只会偶尔向你

伸出温暖的鼻尖和舌翼

它远远地舔着那一切的悲伤寒凉之物

为了听到人的呼吸，长久等待

我喜欢这悄无声息的动物

它在夜里为人们送来睡梦和希望

因为人的孤独，它已经陪伴了无数世纪

只有在星光坠落时走近了才能听到它隐隐地啜泣

（原载《草堂》2023 年第 8 卷）

水　獭

◎津　渡

黄昏，低着头

女孩子，沿着路基扔下碎纸片

踢着易拉罐的男孩

渐渐走远。站牌上，黏着一只蠕虫

像淌下来一滴油。

火车停下来加水，鸡冠花

站在石砾堆里，怏怏地摇头。

来了一个吹哨了的站务员

消瘦，大眼眶深黑

像咬紧了贝壳的水獭。

这专注的表情，多年前

已在一个死去的妇女脸上流露。

她走到车厢的另一边，一边敲打车窗

一边，兜售汽水和茶叶蛋。

每一次火车呼啸而过

我们都以为她已被火车带走。

（原载《诗刊》2023 年第 13 期）

我以前偷过东西

◎坎　坎

我以前偷过东西

零食、纸币和信任

也许骨子里不坏

但今后我将继续

从尚在做梦的死亡那里偷时间

从叠好的时间里偷爱

从他人永不变质的爱中

偷一个完好如初的自己

只因活着本就是种

水中捞月般的盗窃

（原载《中国校园文学》2023 年 6 月上旬刊）

再 爱

◎康 雪

当我有了孩子，我开始返回过去的路
我向路边的植物重新介绍了自己

我也开始领会日常所见中隐藏的
激动——
它们什么时候开花
花朵将有怎样的形状、色泽和香味

在无数想象与对视中
我与它们不断交换着脾性、痛苦甚至灿烂

我以前不知道，活着可以这样有耐心
真正爱起来时，只有平静和缓慢。

(原载"长江诗歌出版中心"微信公众号 2023-08-07)

放 羊

◎康承佳

以老屋为中心
母亲圈了四个山头来养羊

057

以保证它们在深冬，也能吃上肥美的草

重庆的冬天藏绿
只要你愿意，走过弯弯绕绕纤瘦的田埂
翻过层层叠叠高高的山坡
总会找到比春天更葱郁的表达
那是羊群的快乐
更是母亲的

回乡后，母亲很少向我讨要或索取关注
那些我和弟弟不曾做到的陪伴，她都从
家畜身上领受，必须承认的是
那是一种更干净的获得

今天又是大雾
大雾过后是更大的太阳
此刻，母亲又顶着温柔的日光
驱赶羊群去更远处觅食，她眼里装着
群山、河流、村庄，和她丰沛的暮年

（原载《诗潮》2023 年第 5 期）

风筝飞走了

◎蓝　野

小区中心广场上，人头攒动

被封堵在家里的人们涌出来

跳绳、踢毽子、打羽毛球

争论战事

放风筝的老人突然松手

风筝飞高、飞远

在我们的尖叫声中

老人蹲下，哭了起来

他打定了主意

让风筝飞走，为什么又蹲下来

痛哭不已

（原载《飞天》2023 年第 7 期）

燕山深处的古火山

◎蓝　野

鸟儿在山沟飞翔

昆虫潜伏在树林里

穿过树梢的是移动的光芒

满山的石头，满山的树木

和山下走来的我们

没有谁是时间的主人

此刻，我们在海拔近千米的火山口

有一刹那，看着那远的近的

瞬间的恒久的奔涌而来

感觉时间，不过是鸟儿划过的弧线

不过是昆虫那清亮的一声鸣叫

下山的寂静中

那些花儿在绽放

在我眼前，这一瞬

枝头上，火山一样喷薄，炸响

迎着春光走来的一定是你

是你在燕山运动的亿万年后

碰巧，拥有了这个时空

站上了

这个转瞬即逝，而又永恒不变的剧场

（原载《草原》2023年第7期）

去石经寺谒佛

◎蓝格子

春分过后，石经寺的草木更加茂盛

往来香客不绝如缕

铁制烛台，新点燃的香烛
叠放在冷却的残烛上
烛泪从高处落向低处
与佛光照耀人间的次序不同

古木雕刻成佛像
手起刀落。就有了人和佛的性情
正襟危坐，保持倾听

但在寺庙里，忌妄言，忌杂念
佛像也没有怀疑过赶来拜谒的人
以及他们诉说的衷肠
偶尔有人在烧香时呛出眼泪

那带着利己之心的慈悲
在下山饱食现杀活鱼后还剩一丝歉意
于心中默念：请佛祖宽宥。

抬眼望去——
山顶依旧是天空高远，香火缭绕

佛对世人的耐心
一直超出我们的想象

（原载《扬子江诗刊》2023 年第 4 期）

独 唱

◎老 点

一声板胡，一声高腔

一声板胡又一声高腔

偌大的树林

只有一个老人独拉独唱

没有听众

也许根本不需要听众

他唱些什么

拉些什么

我有些不懂

路过的风也不懂

世上不懂的事有很多

让人想起，去年在山中

黑夜里那阵阵马的嘶鸣

还有那深邃天空下

一声声喊出疼痛的星星

那喊出疼痛的莫不是已喊出了黎明

（原载《西湖》2023 年第 8 期）

穿过岁月的颈部

◎老 井

活干到半班的时候

再刨起炭来已经有些异样

煤层中传出细细的呻吟

是豺狼的呼啸、湖泊的叹息

还是恐龙的呓语

分辨不出，只好发狠地刨着它们业已变黑的躯体

有时猛不丁地用几声大吼

镇压下内心的恐惧

浅薄的劳动有时会引起深刻的仇恨

亘古生物们深藏于

煤屑之中的微毒灵魂，一直在往外冲

它们想把地心所有站立的物体放倒

它们在等待一滴可以提供爆炸的火焰

"隔绝人世两不知

混混沌沌上亿年"

在上井时我口里念叨着这句诗

此时乘坐的大罐缓缓上升

载着我经过二叠纪、侏罗纪

石炭纪的岩层

秦汉的细沙、唐宋的淤泥

明清的瓦砾，穿过岁月啤酒瓶一样收紧的颈部

上行到开放的辽阔时空里

（原载《安徽文学》2023 年第 6 期）

白　发

◎冷盈袖

"啊，原来你也长白发了啊！"

她跟他说出这句话

心底似乎有些欢喜

夕阳照着黄昏那样的欢喜

从去年开始

她感觉头上的白发

像是稀稀疏疏的雪落到孤寂的山头

渐至有了那种老了才会显露的寒酸相

"真是让人讨厌的感觉啊。"

"你也是哦！"

他这么一说，让她蓦然产生了两人好像是相约一起老去似的想法

她的眼眶湿热起来

是在什么时候

什么地方说到这些的，她完全不记得了

也许是在栖霞桥，也许是在长安桥

就是一种类似"月夜带来的真正的喜悦。"

（原载"一见之地"微信公众号 2023-06-16）

野 菊 花

◎离　开

梦中的人并未开口说话

走近后，他也没有认出我来

他忽又飘走了，手中握着一束野菊花

那是山野里的孩子们摘来的花

我逢人便问：有没有见到我走丢的老父亲

你可登过县城东二里江背的青云塔

苍穹在上，碧芜在下

你可曾见过夕阳下孤单的归雁

我都还来不及问

古塔毁于何年，也不得而知

只有树依旧，风吹影动

山风一直在吹

吹清晨的钟，又吹黄昏的鼓

还吹着我衣裳中的野菊花

（原载《福建文学》2023 年第 5 期）

青 春

◎李 南

那是个纯真年代

恋情从不轻易发生。

年轻人花里胡哨，缺乏审美

花格衬衣、喇叭裤扫荡着地面

希望一次邂逅

在图书馆、在夜校，而不是百货店。

他们吐出满嘴新词

饥渴——面对着海洋——更加饥渴。

读书、旅行、彻夜争辩

大师都住在光里，供人仰望。

小酒肆油腻的餐桌

一次带着面包和汽水的郊游。

当然我也是其中一分子

从学生、青工、小记者

不断变换身份

总认为自己此生能干翻命运。

那时我们没有见过大海

没有见过海边坚韧而沉默的礁石。

那时槐花满地，茉莉清香

多少朋友边走边散……

那是二十世纪八十年代

我只能捡拾起一些残存碎片

青春已被挤压进命运岩层

多少年后，仍能看清几道纹理。

(原载《诗刊》2023 年第 11 期)

声　音

◎李　鑫

群山宁静，山谷紧闭着嘴巴

那些在其中徘徊的山雀

像孩子藏在嘴里的野果，而太阳的眼神

有一种天真的顽皮

此刻万物沉默，则悬崖的声音等于云朵之声

桦和杉的声音等于小鹿和麂子之声

则大地的声音等于苍穹之声

我听见轰鸣中沸腾的静谧

它们靠近我、成为我

我听见身体中的万物之声，正沉静地喷薄

它们组成了新的自己

在寂静地奔跑，引领着我

（原载《人民文学》2023 年第 8 期）

山 中

◎李 鑫

茅草将寒风割得生疼

几棵苦竹，正将大地的苦涩收入身体

而三五只山雀往深山扑腾而去

空气里只有茫然的余音

山中无人，所有的声响此刻都只

说给我听

我期待一声虎吼，我知道没有

要是有我会平庸地恐惧

旧马蹄印，新的积水

天空微小，云朵在其中洗得白净

我的眼睛在其中

寻找眼睛

我对自己说：

"我获得了一块马蹄印的安宁。"

不远处的溪流

正悄无声息地将自己，输送给森林

（原载《人民文学》2023 年第 8 期）

从前在乡下

◎李也适

我们把自己养在门外

一条狗，拴着

有时也带它去山上追野兔

一匹马，还是拴着

我们喂它无形的草料

让它困于无形之中

我们就是这样

把自己投在事物之中

巴巴地等着

盼着土地里的亲人回来

冬天，亲人白茫茫的一片

鸟变成名副其实的逗号

我们坐在父亲的周围

外面的雪

下得越来越厚了

踩上去就像踩在木屑刨花上

这时，有个人从黑夜里走来

一直走到我们中间

（原载《广西文学》2023 年第 6 期）

秋　天

◎李也适

我从一棵树下经过

黄昏美如预言

我想起点什么

回头看了看来路

那棵树落了几片叶子

只要我一回头

那棵树就落叶子

也有一种可能——

不管我回不回头

那棵树都在掉叶子

但我不回头

就无法得知一切

生活就是这棵树

（原载《广西文学》2023 年第 6 期）

题杏花村

◎李永才

杏花开过的地方，必有春山在望

一场春雨，从山外赶来

落在杏花村，落在杏花的呓语里

所有的倾诉，都淅淅沥沥

漫步杏花村的田园、湖畔，我仔细琢磨

一朵杏花，掉在湖中

还是落在发际，这有什么不同？

就偶然而言，如同邂逅一个时光的情人

"花影妖娆各占春"

这一刻，杏花村寂静，慢条斯理

缓慢是一种艺术

我在婉转的山歌里，反复学习一枝杏花

沉稳的节奏和清晰的尺度

直到夕阳沉下去

这时的杏花村，满山杏花开放

比客家人的屋檐还广大

（原载《安徽文学》2023 年第 6 期）

年轻的水

◎李会鑫

很难描述一条瀑布的形状

柔滑的丝绸除了白色，不需要形状

很难描述一条瀑布的姿态

本能的勇气促使它一跃而下

水在跳动的时候最年轻

终点还远，无须着急融入一条河

无须囚禁于任何人的怀抱

执拗和反抗之中不知道悲悯

或者苟且

我抬头欣赏这年轻的水

不谙世事，直视天空、岩石和深渊

孤僻，但有跳上落日的决心

（原载《广西文学》2023 年第 6 期）

桃花源记

◎廖志理

在这里，万山岑寂

而流水的诵念

却从未断绝

陶令的一句吟哦

黄花

应声而开

一只蜜蜂

春天隐于桃红

秋天又托生于菊

仿佛不是季节的更替

而是从青春

进入垂暮

这长长的山谷

被风吹开

又悄悄地收拢

让我，一个迷路的人

在阳光下走失

又在星空中归来……

（原载《草堂诗刊》2023 年第 5 卷）

天地如此广阔

◎林 莽

我感到了 但还不知是与否

那是古稀之年的某一天

是的 时间会逐一打开所有的窗与门

在一本本的书中 在某一天的清晨

一支乐曲展开了无限的空间

一片云霞在山峦中与生命融为了一体

似乎只要提笔就会写出箴言

只要展开画布就能绘出幻象与真理

心灵的宇宙与浩瀚的星云同在

世界混沌 迷蒙又清晰

天地是如此的广阔

得道者在某个时辰看见了另外的自己

(原载《诗潮》2023年第7期)

壮美的星空

◎林 莽

那是哪一年

那是一个高原上壮美的夏夜

空气冰凉　大地寂静

几位年轻时的朋友

几位后来离散于世界各地的朋友

我们相聚于高原

那时的世界有着那么多的可能

一条激情的河水喧嚣着流淌

我们仰身于它的石头堤岸上

看星空低垂　听河水轰鸣

那是高原上的夏夜

到处都是伸手可触的繁星

心中的高原就在我们的脚下

我们正激情地迈向生命的顶峰

那是高原上壮美的夏夜

伴着湍急的河水与璀璨的星空

几十年过去

朋友们已星散于世界

有的杳无音信　有的偶有问候

往昔从未认同过的宿命

正引生命走向迟暮

那夜晚的高原有时会像一组乐曲

回荡着遥远　激越而空旷的低鸣

（原载《广州文艺》2023 年第 8 期）

南　昌

◎林　珊

转眼小半生就要过去了

整个夏天就要过去了

事实上，对于这座城市

我仍然所知甚少

滕王阁的雪

依旧落在十年前的隆冬

至于万寿宫、绳金塔、长天广场

我曾在一个雨天路过

我每天独自往返于卧龙路和锦园街

接受晨昏的消磨

我已逐渐适应这里的生活

却又似乎从未真正融入过

我偶尔也会想起我的故园

埋葬祖母的佛指岗茅草遍野

荻花胜雪

可它们并不属于我

想起众生皆苦

悲欢离散

终逃不过既定的宿命与轮回

多少个长夜

深深的无力感倦怠感挫败感

压迫我缠绕我

时光如沙漏啊

朝霞送来过什么

落日就带走了什么

那天在赣江边

你问我

如果命运之神给予你

额外的垂怜与馈赠

你会由衷地爱上头顶这片天空

脚下这片土地吗

抱歉，沉默许久

我还是无法回答你

尘世纷扰

我已认不清我的内心

（原载"我只是想要一朵蔷薇"微信公众号 2023-08-22)

我想回到梦里去

◎林　珊

妈妈。阁楼的谷仓满了吗

外婆的绣花针找到了吗

妈妈，昨夜电闪雷鸣

我从梦中惊醒

我仿佛听见你呼唤我的声音

妈妈，潭坊村骤雨初停

外婆坐在檐下纳鞋底

两个表妹用泥巴砌房子

一条大黄狗坐在门前

微微闭上眼睛

妈妈，我想回到梦里去

我想再看一眼阁楼的谷仓

我想再为外婆找一次绣花针

妈妈，我想回到梦里去

我希望我们从来不曾历经分离

（原载"我只是想要一朵蔷薇"微信公众号 2023-06-30）

一树黄钟

◎林南浦

我所描述的黄钟

只是一棵长在湖边的树

一棵吸引路人抬起头颅的树

一棵被小孩修辞过的树

这棵挂满黄铃铛的树

在风中颤动时

没有任何声响

簇拥在枝头的黄花

轻轻地摇晃，静静地坠落

生死如此轻盈，孤独可以诉说

我可以大胆地更正，我面前的黄钟

不是我最早之前看到的树

它是一棵被落花怀抱的树

于是我怀抱着空洞的风

发现湖边没有第二棵黄钟树

所以它成了唯一

湖边没有第二个人围着它转圈

所以我也成了唯一

成了唯一能够弯腰数落花的人

（原载《星星·诗歌原创》2023年第2期）

循环归来的腿

◎刘　川

从二战战场下来的男人

失去一条腿

每当战争纪念日来临

人们便记起他缺失的腿

战争纪念日一过
人们又忘掉他缺失的腿

他缺失的腿
每年回来一次

而今，他死了
但时间不会停下来

每当战争纪念日来临
人们便记起他

以及勇敢的他
失去的一条腿

（原载《星星诗刊·诗歌原创》2023 年第 7 期）

爱

◎刘 春

要说出一朵花的名字是容易的
它与青梅有关，与竹马有关

与一个少年难以启齿的幻想有关
但仅仅是这些还不够

我必须在它来临之前安排一棵树
从天堂往下长，巨大的枝丫
挤满空空的牧场
那时候阳光和雨水相互交叠
我站立，眼里充满沧桑

要说出一个字是容易的
问题是，说出之后我们仍在
喋喋不休，而真正的爱一经说出
全世界都将成为哑巴

（原载《人民文学》2023 年第 6 期）

靖港新娘

◎刘　羊

镇子已经老了
战船退回岸上，水手退回故土
河道也一退再退，让历史
在半遮半掩中露出面容

最怕见到的一幕是——

她已经老了，仍然打扮得花枝招展

每天在大街上来回走动

在每一个码头等待她的归人

她空空的眼神，哀怨的嘴角

能把人心挖出一个洞

能从历史的烟雨中捞出一根白骨

（原载《诗刊》2023年第15期）

夜晚是一个人的江湖

◎刘　颖

一个人喝酒，跟自己情深谊长

一个人修剪四起的虫鸣

把恩怨搬进月色，去度陈仓

一个人自断绳索，坠落沉默的深渊

在谷底种植露水

一个人敲响锣鼓，将自己迎娶

所有的黑暗都是烛光，遍地野花都是女儿

一个人肝胆做笔墨，在铁上写信

热泪作落款

绝壁上所有的树，都喊作兄弟

一个人和无数隐私明摆在一起
建堤坝，泄洪水
独自等在下游将鸩毒再次饮下

一个人把自己从千山外喊回来
在身体里搭建寺庙，净手焚香
如果幸运，你还会在剧情中看到
一个人长笛为剑，去解救夜空中的星星

（原载《诗潮》2023 年第 5 期）

在楼顶上

◎流　泉

暗夜里
万家灯火，浮漫
欢喜的事物，一个一个，隐匿在
无边际的幕帐中

风在走动
一只无形的手在走动

轻轻的

打开一扇门

遥远的祖父，那么年轻

遥远的宅邸里的旧事，那么鲜明

一个家族的星星

在楼顶上

此刻，我看不清父亲的脸

但我知道，他

正坐在床榻边，一边抚摸那台老式钟摆

一边在回忆，酒肆中，那个少年郎小鹿一样奔腾的美梦

（原载《文学港》2023 年第 8 期）

雨来临前

◎龙　少

是傍晚，经过我们身边的绿皮火车

也会经过我们的远方

远方在哪里

时间没有给出具体答案

可傍晚就那样来了，带着灰色天空

和不明方向的风。

我们在一棵木槿花旁

站了许久，开花是好的

我们总被这适时的美感动

仿佛我们已经历过好多次

现在，我们站在这里

说一些缥缈的事

火车的呼啸和风声，让我们再次

提高自己的声音

直到我们的沉默对着一辆远去火车的影子

雨珠开始在我们头顶和身上寻找新的落脚点。

（原载《诗潮》2023 年第 7 期）

听见鸟鸣

◎陆　闵

凌晨三点，窗外传来一串鸟鸣

婉转明亮像林子中

明灭的星星

我置身于一种远离生活的感受

房间里家具隐没了

我坐在窗前，像一份失真的记忆之中

愈显真实的部分

我记起了一个厨房里的母亲

她那被碎片划伤的手，曾抚过我的后背

使生活也变得平坦

接着，第二个女人到来

成为我的妻子。她把外套撑开，套在我的衬衫上

最后把我们一同挂进拥挤的衣橱

我们如此紧靠，使我更明白什么叫孤独

每当她们睡去，正如今夜

我听见了一阵虚幻的声音在窗外展开

婉转明亮

像林子中快要熄灭的星星

（原载《草堂》2023 年第 7 卷）

在天山看见西湖的荷花

◎卢　山

从友人的朋友圈里，我看到西湖的荷花

一群群娇嫩的小娘子停歇在水边

擎着一把把碧绿的遮阳伞

在游人如织的江南，数千年来

这群不谙世事的少女，熟读灵隐寺的钟声

从未捷足登上公子王孙的车辇

在万里之外的天山脚下，我带来西湖的雨水

妄图在塔克拉玛干沙漠种植十万里荷花

当塔里木河流淌过宝石山的黎明和晚霞

一个诗人的江南就复活了——

像我多年前深爱过的女子

她绯红黄昏般的脸庞逐渐笼罩着我、覆盖着我

(原载《西湖》2023 年第 8 期)

颤 音

◎陆辉艳

楼下草坪的空地上，不知是谁

遗忘了一把吉他，明亮的橙色

在细雨中。雨丝是空降的手指

它一遍遍轻抚琴弦

却不能让这沉默的乐器

在四月发出声响

垃圾车过来了

一个环卫工摇下升降板

麻利地清理完垃圾桶

之后，他看到草丛里的吉他

他走过去，拿在手中看了看

又将它轻轻立在一棵紫荆树干上

不久，垃圾车消失在楼下

我在阳台上，仿佛听见

从那棵树的内部

传来的颤音。在这个早晨

风吹来，抖落了枝条上的雨珠

（原载《广西文学》2023 年第 7 期）

悲伤的动物

◎陆辉艳

我曾在空旷田野

见过一只悲伤的动物

谷穗和落日，就在它身旁

但它看不见静止的东西

我曾在一个女人脸上

见过一只悲伤的动物

排着长队的人群中

被口罩遮住的脸

只露出漆黑的双眼

在井水的倒影中

我曾见过这悲伤的动物

那是我薄弱的意志，偶然被照亮

在偏僻小路的一棵杨树干上
一扇书柜的玻璃门里
在一个人的灵魂那儿，我见过它

这些动物，不同地方的
悲伤，在互相辨认
有时它们就快要

认出彼此了

它们在黑夜里
一言不发地看着我

（原载《扬子江诗刊》2023 年第 4 期）

春　夜

◎ 路　也

亲爱的朋友，你和我
在李杜曾经到过的山间
携手日同行，一杯杯喝过咖啡
在隔音硅胶耳塞和舒乐安定的助力之下

盖着同一床春天的棉被沉沉睡去

月亮从天窗照进来了

一片银色虚空

苍穹高悬，群山链接

云和水的愿望终于达成

初来乍到

为错过杏树的花期而遗憾

却得到了众多青杏小

此刻门外正摇曳着

那毛茸茸的喜悦

一架正掠过山巅的红眼航班

混淆进天际的星星

相比之下，陷入睡眠山谷的人

则散发出新生艾蒿的清香

黎明踱步而来，太阳将被重新顶礼膜拜

我们并不想一直待在

终有一天变得亘古的黑暗之中

万物皆有定时

谁能在这世上永存

而我分明知晓必然有什么

凌驾于这一切之上，比所有春天相加

都要明亮

（原载《安徽文学》2023 年第 7 期）

泰山上空

◎路　也

今夜，在泰山半坡
抬头仰望
空中的不朽

巨大的幽蓝
在山形轮廓之上
吸气屏息

云絮翻译着微风
匿名的空白
朝向北方的广大

万物沉寂
全都失去了回声
只剩下头顶之上的缓缓转动

没有历法，没有钟摆
除了最初的象形文字
什么都不会发生

星星已多年不见，其实从未减少

一颗，一颗，又一颗

全都钉在原处

（原载《安徽文学》2023 年第 7 期）

那 时 候

◎罗爱玉

那时候，牛群翻过了山崖

躺在坝堤的半腰

我们抓石子，玩纸牌，消磨着时光

那时，袋子里捂着梦想的云

一退再退

落在杉树上，多像隽秀的信封

那时，一切多么平静。偶尔，我会支起胳膊肘

望着远处

一丛红艳艳的杜鹃花

我呆呆地望着

那忧愁，焦虑

紧揪着自己，快要冒出血的一朵

（原载《四川诗歌》2023 年第 1 期）

勘探小站

◎马 行

方圆三百里，仅有的两栋铁皮房子多么安静
仪器车上的天线多么安静

冬去春来，当鹰飞远
小站四周的骆驼刺自会悄悄地开花

小站，小小的勘探小站
能够放慢脚步
当一名勘探工人也好

小站，小站，一个人在小站上生活久了
自会习惯与孤独打交道
自会用孤独
把一个地球轻轻转动

（原载《诗刊》2023 年第 9 期）

雨　声

◎马思思

雨声在黑夜绸布上

踩动着细密针脚

一副湿哒哒的古老画像

上面挤着世世代代的生活

有人戴着蓑笠

沿一条小路步入山中

在寺庙的瓦光下　换下沾湿的衣服

然后静静躺下

借着这雨声

我能听见他轻慢的呼吸

和涨潮的记忆

像土地上任何松动的感情

雨水浸透的光飘在峰顶

和他额下的瞳孔里

（原载《草堂》2023 年第 8 卷）

静　物

◎马泽平

在我们中间，隔着方格子桌布，白瓷花瓶

和平铺在桌面上的笔记本

这些暂时静止状态中的事物

还完整保留着

我们从彼此骨缝里取出来的药石味道。

邻居在切土豆，也可能已炖好鱼，想象使人疲倦

在我们中间

方格子桌布有点像古老的欧式风格建筑。

现在，我们需要一座船坞，需要灯塔

鸣笛突然响亮起来。

这恰到好处，我们需要某种声音，再嘹亮几分——

我们需要某种载体摆渡。

（原载《十月》2023 年第 4 期）

安静的照片

◎码头水鬼

三十岁的母亲抱着我，坐在床上。床靠着

白色的墙

窗户是黄色的。窗帘有海浪般的蓝色花纹，拉窗帘的人

是外婆。窗外是寒冬，正在下雪。雪有

一尺厚，是那个冬天

最大的一场雪。外公担心白菜受冻，将它们一棵棵

搬进灰砖砌成的瓦房。我还记得瓦房旁边有一棵

柳树。十岁那年，它被做成了

一张桌子和四个板凳。我记得它的花纹：深浅不一

那时的时间走得缓慢而迟钝，抽屉里的手表

经常停下。"拨快点，宝贝就能长大——"

我仿佛听到这一句

就在母亲的怀抱里。那年我出生不久

母亲用厚厚的棉被裹着我

就像用一堆温暖的雪花抱着永远不会融化的雪人

（原载"鹤轩的世界1"微信公众号 2023-07-24）

心是一件多么神秘的事物

◎梅依然

一天最快乐的事情

是什么也不做

什么也不去思考

我慢慢地走在江边

风吹拂着它要吹拂的东西

所有的事物穿过我的瞳孔

而不留下任何痕迹

在路上所有见到我的人们

都匆匆而过

仿佛从没有见过我

我成为这自然中

最自然的部分

我知道

我和他们不会一样

难道他们就会和我一样？

"心是一件多么神秘的事物"

她只感觉她

想感觉的

人和事物的存在

此时此刻

我是我

孤独的意义

和存在

（原载"散步的老虎"微信公众号 2022-05-09）

在痛苦中获得完整

◎梅依然

肉体是你的，灵魂是我的

肉体是你的，灵魂是我的

我们以爱的名义做了短暂的交换

"你仍旧是你的，我仍然是我的"

爱到底是什么

我感觉用我的一生都无法完成

而那些厌倦其中滋味的人们

已开启另一个旅程

秋天早已来到眼前

我还辨别不出它是什么样子

只知道

当我独自穿过我曾经生活的小镇

我仍然徘徊在爱的迷途中

爱到底是什么

现在难道不是一间曾经有四个轮子

如今缺了两个的房子？

而爱缺失的生活

还是生活

那放在衣橱底部的白色蕾丝花边裙子

有过迷人的夏日

我不忍回忆

又总是忍不住回忆

我在痛苦中获得完整

（原载"散步的老虎"微信公众号 2022-05-09）

小 满

◎末 未

麦子已成熟过头，要倒也是一边倒
很好，一个集体要有自己的倾向

最伤神的是油菜，心眼小，脾气大
眼看就要沤烂在雨中，但着急也没用

那就继续躬身南郊，天一锄，地一锄
与风声雨声打交道
继续栽下野花不让家花，再顺手
洒下一把鸟鸣虫鸣，胜过百家争鸣

其实我省下了许多力气，用来晚上搞小动作
左一笔锦绣，右一笔山河

横竖都是九死还魂草
我在纸上开疆拓土，一个帝国悄然崛起

这时，再谈成败，就不合时宜，我有英雄病
更有一心二意这个顽疾

这些年，我一边用锄头刨生活

一边用文字造我的江山，这叫两不误

误了也无妨，夏风在吹，苦菜在长

荒滩野地皆粮仓

（原载《山花》2023 年第 6 期）

黄河与白鹭

◎墨　菊

一只白鹭在河心洲踱步

并时不时地点一下头

像是在阅读泥沙

并肯定沉埋与显现

远处是麦田，更远处是村庄

白鹭突然飞起来

一个洁白的警句

我不可能知道

它的全部意义

我的黄河，被抚慰过的湍急与咆哮

是它剩下的水域

这青天，依然是一只白鹭打开的高远

这世界，依然是它栖息的湿地

请告诉我，令人绝望的是什么

（原载《飞天》2023 年第 7 期）

寂　静

◎慕　白

落日盛大

余晖洒向山坡上吃草的羊群

国道上，多吉的摩托车

突突突地驶向远方

后座上带着两个孩子一个女人

帐篷里冒起炊烟

空气中弥散牛粪和酥油茶的味道

旱獭样子萌萌地

在夕阳中向养蜂人打躬作揖

风从山冈上下来

马兰花突然全部站了起来

（原载《诗刊》2023 年第 15 期）

黄河与白鹭

◎那　勺

父亲越来越依赖这棵栗树
板栗蓬在秋天的树枝上紧挨着
这毛棘刺中有一种他喜欢的紧迫感

那时我还是一个孩子
父亲经常带着我，和弟弟用竹篙
去捅树上的板栗蓬
板栗蓬在地上安静，像一只只小刺猬
所有快乐正这样或那样悄然地来
又悄悄地离去，如今父亲老了

几乎不再在栗树下仰起脸
而我在远处，再远处回头望去
父亲躺在靠栗树的窗口像静寂
并不是静寂，他只在静寂中听从
每天的阳光，温软软往他身上落

父亲在午睡，仿佛只有在栗树这里
他才是完整的，父亲还是一个孩子
栗树是父亲写给我的信

我在立春日读给自己听

（原载《雨花》2023 年第 7 期）

时光如织锦

◎娜仁琪琪格

这些开在河边、杂草中的花朵
我尤其喜欢。每一次相逢
都会走近，为它们止住脚步

我对它们行注目礼，从心中升起
敬慕。它们是多么自然
不矫揉、不造作、不趋炎附势
就这样自然地开着

天人菊、格桑花、翅果菊
还有那个叫蓼的谷穗状粉花
小小的、纤柔的、细软的草木
它们在天道自然中
发芽、开花、结果、打籽

而后回到土地，孕育、萌生
它们是多么坚韧

不为狂风骤雨所摧折，也不为严寒停止轮转

此时，我坐在渐入深秋的暖色光线中

嗅着草木熟了的芳醇

在一声声鸟鸣的欢悦里

感受时光如织锦，温良又慈悲

（原载《民族文学》2023 年第 6 期）

叮 当 人

◎潘小楼

我小时候

有个走村的叮当人

他一到

便摇起叮当

集结废铜、烂铁、鸡毛、鸭毛

或许还有别的叮当人

但我只从他那里换取糖果

他给我的糖果

都是一颗一颗

往上加的

长大以后

我还是会常常想起他

因为我发现

人生给我的糖果

都是一颗一颗

往下减的

（原载《民族文学》2023 年第 8 期）

若尔盖的云

◎ 破　破

若尔盖的云

塑造小镇多变的天空

无限的天空中有一座

我空白的大脑

兀然静默的马的大脑

搅翻云朵的洗衣机

若尔盖的云，属于天空

大地，属于羊群与湖泊

让人想起一切

忘记一切

雪山下的马群鬃毛猎猎

在若尔盖草原

扩展云朵的边界

若尔盖的云

像北极熊抱着漂浮的冰块

移动高原的大海

途经我灵感匮乏的书房

（原载《四川文学》2023 年第 7 期）

小镇中秋

◎伽　蓝

在角落里，他陷落于沉思

像一座衰败的小镇

左手支起下巴，眼睛里的忧郁

正要溢出来。不会发现

别人的猜度，不会感觉空气颤抖

探访的手在面前挥动

召唤着烦恼的苍蝇

已经在自己的梦中

越走越远，流连于所见

而真实的世界从不存在

像这个让人昏昏欲睡的苍蝇小馆

除非，老板递来一杯免费的酒

或者一支蜡烛

他的语言和面孔才会短暂地

被重新发明出来

（原载《广州文艺》2023 年第 6 期）

群鸟从多年前返回故乡

◎秦　坤

我所能叫出的，是那些鸟儿的土名

墙雀、老阳雀、老鸹……

我也能叫出，为数不多的

一些鸟儿的学名，比如

斑鸠、喜鹊、乌鸦……

但更多的，我叫不出任何名字

不同的季节，总有一些鸟儿

从外乡返回这里，缝补着

故乡的土墙、田野、柿花树……

有时候，又从这里飞往别处

它们，多像村里外出打工的人

或多年前，走村串寨讨生活的

107

货郎、劁猪匠、棉花匠、补锅匠……
小心翼翼地揣着自己的名字
在异乡，如候鸟般迁徙，活着

每一年，群鸟准时从多年前
返回故乡。每一次，都会带来
一些人下落不明的消息

（原载《星火》2023 年第 3 期）

内在景观

◎秦立彦

如果人们的身体是灵魂的镜子，

我们会看见怎样的景象啊。

胆怯的人不能伸直；

忙于攫取的人有一双挖掘机般的手；

童年不幸的人，

胸口有无法填补的空洞；

有的人是花朵，是树；

有的人是鹰，

拍打着强劲的翅膀，

有的人在潮湿的地面爬行；

有的人是一块大陆，

承载着森林湖泊、城市村落，

有的人蜷缩在一个盒子中。

现在，我们只看见人们的身体，

如同无字的纸。

身体是相似的，仿佛灵魂也相似。

（原载"长江诗歌出版中心"微信公众号 2023-07-03）

捞花蛤的人

◎青小衣

夕阳斜照着海面，仿佛捞花蛤的男人

在大海里点着了火

他把半截身子浸泡在水里

正试图用体温把大海暖热

他的影子长时间泡在冷水里

被海水颠簸得变了形

他一边朝岸上张望

一边从冰凉的海水中捞出花蛤

水里荡起的涟漪

一圈圈漾过来，来到我们脚下

岸上的积雪盖住了沙子

他的妻子正踩在上面和我细声说话

谈到丈夫，语气里像滴了蜂蜜

脸上漾出的笑意像波浪突然推向陆地

她好像并不替男人担心

海鸟在水面啄出金色浪花

颠簸的小船像大海里的摇篮

在寒冷和死亡的边上从容活着的人

除了爱着

好像从来都不难过

（原载《中国校园文学》2023 年 6 月上旬刊）

莫 须 有

◎秋若尘

傍晚时分，朋友们长出翅膀

很快就飞走了

我收拾残局，给果树捉虫子，浇了点水

顺便移开井盖

查看月亮有没有变化

夕阳的余晖

有一部分是橙色的，光滑细腻，另一部分

却有着粗糙的纹理

发出灰褐色的光

我不知道，朋友们是如何躲避夏日的雷电

去往理想国的

也没人向我交代

我喂养的灰鹤，天不亮就起来，衔来各种色彩的石头

让我打造花园

有时候我于月中漫步

习惯伪装成动物的样子

千里之外

我的朋友正煮夕食

她看到我闪亮的皮毛，大声尖叫，误以为产生了幻觉

我没有告诉过她

有一年我曾路过凯里

偷吃过她的竹子

还好时间不曾搁置，一直缓慢地前行

十三年后

我们先后养出了乔木

与之分离的生活略有些空虚

我转身回到院子里

开始梳理月光

就像多年前一样，大雾弥漫的夜晚，我们逃离了地球引力

在花枝上找到了新的居所

（原载《诗潮》2023 年第 6 期）

如果这些苦

◎冉　冉

如果这些苦还不能匹配

你给我的欢乐

就让我再苦些日子

我承受苦难不是为了匹配欢乐

而是为了匹配过错——我曾经的过失

比替代我的队伍还要大还要长

那各式各样的罪过啊

唯有被苦难浸泡才能洗尽

记不记得我们一起的时光

"最好的人被我爱着 我想哭"

那时我化着妆而你浑身透彻

这些年我是在为遥远的重逢而老去呢

"老是最完美的绽放。"

"你的密林藏着我的繁花，你的窗户藏着我好听的风声"

（原载"原乡诗刊"微信公众号 2023-08-25）

野 海 滩

◎任 白

一个野海滩，沙子和石头

还有幽暗的海草一起摇晃

低沉的震动来自远方

无法眺望和猜想的远方

我从那里路过的时候

看见三个孩子一动不动

站在浅浪里看夕阳

他们是从哪个地方哪个年代

来的？三个单薄的剪影

把自己镶在夕阳的舞动中

晚星苍白，金子的箭矢

被一根根折断。孩子们还是不动

而潮水正在越过他们

（原载《诗刊》2023 年第 15 期）

葬礼上的女生们

◎三　泉

头发少了，白发却越来越多

坐在长条凳上的女生，为何要窃窃私语

北方秋日，无辜地照耀人间

多事者嗅了嗅花圈，黄菊花是塑料的

高仿的鞭炮声，唤醒了她们的性别

表现出女人，应有的慌张和矜持

同学们久未谋面，记忆像身材一样模糊

她们讨论了养生、社保、退休金、婆媳事、病痛事

但未涉及身后事

死者谢客时，天色将晚。她们表现出悲伤

匆匆约好了下次聚会的日子

（原载《山花》2023 年第 6 期）

牛奶里流出的太阳已落山

◎沙冒智化

不要问我在干什么

我在你的眼皮底下

画着农田和牧场

村里的年轻人

去城市里找到自己的双手

田野里长满了老人的影子

野草上已经不存在月光的味道

牛奶里流出的太阳已落山

大海守着最后的良心

给生命提供氧气

不要问我在干什么

我在被欲望画错的日子里

寻找生活的嘴巴

要帮它说出最亮的话

（原载《四川文学》2023 年第 7 期）

林 间

◎商志福

我把自己埋在尘世，就像
一只松鼠穿行于林间

林间草木茂盛，一只松鼠
站在石头上，仿佛
更小一些的石头，耳朵兜满风声

那只松鼠，也许就是我每天看到的那只
也许不是。在不远处，瞄我

而我，不能沉湎于这林间寂静的荒凉

我的警觉等同于松鼠的警觉
我们蹲在草间凝视彼此
不知道为什么，一瞬间就开始忧伤

（原载《飞天》2023 年第 6 期）

高歌的人拎着嗓子

◎沈浩波

高歌的人拎着嗓子

说真心话的人，拎着通红的肝胆

烦躁的女人拎着头发

小时候过年，风尘仆仆的父亲

手上拎着一条大鱼

春天拎起全世界所有的冰

信徒拎着自己美丽的灵魂

对神说：瞧，我已洗得干干净净

（原载"十行诗"微信公众号 2023-08-20）

苣荬菜

◎石　莹

雨水把路人扫进屋檐，她是其中一个

赤脚。背篓压住整个人的生长

躲闪的眼神仿佛屋后开黄花的矮小植物

在檐坎上留下一双泥泞的脚印

心脏病的母亲在生她时离开，这是我对她唯一
　　的了解
一只被雨水淋湿的麻雀
落进我院子，整理羽翅
并在我的眼睛里啄下印迹，又悄悄消失

"我需要一杯酒，用以忘却新鲜的故人"

回中坝村的日子。我在雨后的泥土味里，修复
　　失眠
从新摘的苦菜里咀嚼甜的病根

在我喝完母亲熬煮的中药的时候——
一个扎黄花的女孩，闯入过我的纸上

（原载《青年文学》2023 年第 8 期）

风　暴

◎石英杰

深陷于淤泥中，我使劲却没能扎下根
你们都在生长，而我在荒废这片土地
我拔不出来

只能孤零零

站在原地被风暴演奏

可我并不是乐器

是枯木，是废铁，是用坏的兵器

闪电和雷声

陆续降临到我头上

通过湿淋淋的我深入土地

替我扎根，替我到达更深更黑更远的地方

（原载《诗刊》2023 年第 16 期）

回 乡

◎宋晓杰

我不由自主地踩了刹车

不由自主地，我们惊叹

喜鹊在路的中央舞蹈，练习起飞

再降落，画着柔和的弧线

不能做贸然的闯入者

我们屏住呼吸，隔着玻璃窗

目光聚焦于一处，燃烧

高大的白杨，身披金黄的长袍

田野里，熟了的稻米把自己抱得更紧

秋风飒飒，适度的温暖与清醒

适度的感动，正是所需要的布景

一切都已准备就绪

这华丽的开幕，也是尾声——

我们看到了幸福，这大而无当的词语

空洞。被重新提及，再次现身

仿佛多年前，他们拧紧眉头

望着梦想中的金光大道

远远甩开身后的小村

（原载《红豆》2023 年第 6 期）

情　种

◎苏小青

那条来接我离开的大船

沿着街道的光彩顺流而下

黎明、清晨、金色的晨花

开落在我的头发上

那从火星而来的情种

骑着他蓝色的飞马

披着铠甲，手持长枪

思念我的模样

那只年轻的船，飞过城市街道

所有的人都知道，我要走了

我不是假扮的深情的我

我丢失了许多心脏

那些无法再次生长的星星

在他眼中，让我心疼

（原载《安徽文学》2023 年第 8 期）

永泰一中

◎苏笑嫣

天色将雨，未雨。

但雨和夜晚的气味已然升起。有人骑车

正拐过西侧小门外的街角，消失

在他自己的生活里。

而生活，尚未对我打开

教学楼、篮球场，宿舍阳台上

停蓄着晶亮的希望的衣裙。被晚风鼓动

些许炫耀。但课本并未如实相告

怎样辨认我们即将分崩离析的小道。

夏日暮晚，金黄的夕阳轻微心慌

它所显示的壮丽，在坍塌之前

多么让人痴迷。

必须承认，我想飞快地剖开

油腻的巷道、塑料拖鞋，以及黏滞的乡音。

而钟楼兀立，勒紧时间，不断积累下沉的重心。

不久后，乒乓球案下的石板

天赋般闪烁。因为赶往此地的雨

掉落的杧果也将更多。

它们有些躺在土地上

已变成皱缩的红薯一样的褐色。

这甜腻的馨气，无限着我们

对于十七岁的记忆。

我们频繁做梦，在它和雨味糅混在一起时

才会产生的那种眩晕。

空调机单调，发出空洞的持续。

火焰树绿色的叶片更加饱胀

反射着抬升的大地，救赎一样的光辉。

我们终日拥挤在书桌前，计算青春的价格

它们毫无意义地盲目。

而我还不曾试图进行关于亲密关系的探索

那危险的欢愉。不曾品尝秘密

那青橄榄一般

生涩又甘美的滋味。

（原载《中国作家》2023 年第 8 期）

沙 峪 口

◎孙文波

我说了：来，要带来整个南方。

阴雨、潮湿，以及让树叶长时段不变黄，

留在树上。橱子中的厚衣尽管抱怨。

我坐下来，仍然面对的是香烟、咖啡、快手，

就像从来没有旅行。我的思想

仍然思考的是文化、经济、个人疾病和死亡；

别人死亡，痛苦却侵袭在我的心上。

我夜夜感到一根针在体内游走。不同的只是，

友人，与他们的聚会，是对人的灵魂的再次确认，

肯定与质疑都存在，带来加速度，

把所有变化看作对告别的否定。我否定岁月

　　不饶人。

否定街道的扩张和意识形态的善。

没有善。只有欲望篡改理想。把乌托邦虚妄化。

剩下的唯一的是什么？是问题。

自我和集体的。中心，也被再次作为地理进

　　入意识。

得到的结论是：我在哪里，哪里就是中心。

我甚至感到我把洞背村带在身体里。

还有南澳半岛的海水，它们时时在我体内。

以致我望着窗外的银杏树，树叶摇曳就是海
　　水摇曳。

这，是不是矫情？矫情就矫情。

我甚至认为我早已是上天入地的人。在什么
　　地方

都是在云端。我早已能一眼望穿大地。

就像现在我眼里，海淀与通州，罗湖与溪涌，

都在晃动。如果我说：我是神行太保。

谁敢说不是？如果我说：我已经坐在云上，

那是告诉人们，我在这里，也不在这里。

（原载《北京文学》2023 年第 5 期）

暮落樱花

◎谈雅丽

湖水一直后退，一条搁浅的蓝鲸

吞吐出薄暮的水雾

岸芷汀兰的湖岸，一朵朵樱花开放

香气炸开，发出清脆的响声

明朝的藏书楼至今留有今天的脚步

还藏了满室的香魂

一扇窗户抱着慈悲的念头

123

让我把所有的深情，都向湖水敞开

但暮色也在一步步后退

因为樱花树，因为暮色来袭

田野里的事物都飘起来

一到黑夜，所有的事物就开始发光

（原载《诗刊》2023 年第 13 期）

年轻的雪

◎铁　骨

十七岁那年

我在贵州的一个山上守炸药库

有天太冷

我早早就睡了

后半夜更冷

冷得超出了常态

我钻出草棚看咋回事

下雪了，那是怎样的雪啊

拥在一起前赴后继地往下砸

像信仰，更像仪式

天亮后，一切风平浪静

所有的雪花安静地睡在一块

像孩子

世界一尘不染

就剩我一个人守住这白茫茫的山峰

和禁止火种的炸药

（原载《三峡文学》2023 年第 8 期）

中　秋

◎王彻之

今夜月光照在我的脸上，

就像你的目光做过的那样。

我站在窗前，手倚着栏杆；

飘荡的衣柜气味让我思念

你的内衣，而挥发的消毒水

又使我过敏。过了这么多年，

搬到新家也仍然隐约可嗅。

从前我的心就像行李箱塞满

对我来说并不真正重要的事物，

由于超重，数次向魔鬼交费；

随意被不知道是谁的人搬出来，

声称里面有危险物品。后来

它仿佛名片走到哪儿都准备着，

却从来没有对熟悉的人展示过；

和别人交换之后就不再联系。

现在，它被用得太久了就像

一台到处是白色沉淀物的水壶，

自从你走后，每天还会使用，

但要过很长时间才能发出声响。

（原载《北京文学》2023 年第 7 期）

雪花落满麦子屯

◎王二冬

雪花还未飘落，噙在小孩子

熟睡的梦中，父亲还在忙碌

不停为货物插上名叫快递的翅膀

此刻的沈阳亚洲一号灯火通明

像一座巨大的孵化中心

无数只包裹将从此飞往千家万户

货车随着刚露头的朝阳驶出基地大门

一声汽笛喊醒崭新的一天，小孩子

一声喷嚏，大雪便纷纷扬落下来

雪花落在没有麦子的麦子屯

把钢筋、碎石捂热，捂出这个时代的

温情，轻轻抚慰蒙尘的农耕岁月

雪花落满麦子屯，拴马桩指引着

飘落的方向，落满彼此成全的

亚洲一号和麦子屯，落满古钟亭

落在时间中，在一代代人的心中化开

（原载《北方文学》2023 年第 8 期）

痛楚与存在

◎王夫刚

城市对面，刘公岛不仅仅是个岛

也不仅仅是一个 AAAAA 景区

享受旅游旺季的标配待遇——

游艇和浪花相得益彰

欢歌笑语下面埋葬着一百年前的炮声

和炮声失语后的痛楚

啊，请不要用战舰比喻它

请不要用不沉形容它

请不要用你旅游的心

回忆它理解它安慰它使用它

（原载《诗刊》2023 年第 11 期）

在这个孤寂的夜晚

◎王更登加

多么漫长的一段路程啊

一路走来

把太阳和月亮当成生活的左脚和右脚

把春风和秋风当成生活的左眼和右眼

献出了良知的黄金和仁慈的白银

左手一把寒霜

右手一把暖阳

心里噙满了伤口的鲜血和感恩的泪水……

是什么让我想起了这一切

在这个孤寂的夜晚？

在这个夜晚我还想到：

心灵的灯盏

不是随着生活的脚步一盏一盏地亮起

而是随着生活的脚步一盏一盏地熄灭

在身后淤积成了这无边的黑暗

（原载《飞天》2023 年第 4 期）

请 原 谅

◎王计兵

请原谅，这些呼啸的风

原谅我们的穿街过巷，见缝插针

就像原谅一道闪电

原谅天空闪光的伤口

请原谅，这些走失的秒针

原谅我们争分夺秒

就像原谅浩浩荡荡的蚂蚁

在大地的裂缝搬运着粮食和水

请原谅这些善于道歉的人吧

人一出生，骨头都是软的

像一块被母体烧红的铁

我们不是软骨头

我们只是带着母体最初的温度和柔韧

请原谅夜晚

伸手不见五指时仍有星星在闪耀

生活之重从不重于生命本身

（原载《草原》2023 年第 6 期）

图书馆之焚

◎王可田

图书馆的阴影

在扩张，梦魇

压迫地平线

雪白或泛黄的书

压缩的词语

集体喧哗，日夜

争辩，警报拉响——

"图书馆在发烧……"①

酿出火的叛乱

挣脱锁链的字符

如秃鹫升天

留下什么好呢

留下也是

对时间的冒犯

注：见博尔赫斯小说《通天塔图书馆》。

（原载"铜城文学"微信公众号 2023-07-05）

发　生

◎王山林

一只鸟在山中的

清晨的微雪里叫唤

我不能确定是只什么鸟

它没在山坡的草丛里

一直在叫。不知道发生了什么

有一刻我停下脚

凝神细听，还是无法听清

但那叫声已带着雪屑

传遍山谷

（原载《作品》2023 年第 7 期）

旋转木马

◎王太贵

嘴巴因为唠叨而活着，而我的耳朵

是一个偏执的喻体，喧嚣只能左耳进

右耳出，唯独你的声音，有时石破天惊

有时似潺潺流水。以茶代酒，以富贵竹

代替昂贵的玫瑰，以陋室外的月亮

代替一纸契约，犹记那年夏夜

灯光璀璨，人声喧嚣

缤纷的游乐场，花两块钱人民币

我和你并排坐在木马上

世界第一次因为我们

而不停地旋转

（原载《特区文学》2023 年第 6 期）

萤火虫集市

◎王彤乐

那是怎样的夏夜？散落的光
在荷塘与石榴树上闪烁
萤火虫集市正热闹，你拉着我的手
穿过闹哄哄的人群，姐姐

我吃着你用两枚硬币换来的
脆皮油糕，香香甜甜
隔壁的婶婶在卖塑料凉鞋
与宽大的裙子，玩具狗狗在地上转圈

姐姐，你张开手心，一些光
轻飘飘就飞了出来。我多爱这样的时刻
我们把所有的玻璃瓶都扔到大海里
那些离去的人，从未远去

后来我在最温柔的风里，想念过
一些事情。想到那个夜晚
外婆在小院门口，被月色轻染
等我们回家。而我从此不再害怕黑夜

（原载《星星·诗歌原创》2023 年第 6 期）

春花的赛事已停办多年

◎韦　锦

今年的绢花比赛已下发通知，

通过报纸、电视、广告牌、网络精心部署。

三月来，一层层筛选有条不紊，

确保了决赛那天如期而至。

专家们按照比真花美比真花逼真的原则，

从上千个决赛者中选出了冠军。

举手表决的方式郑重严肃。

对结果的称赏高度一致。

全场人众用心服口服的掌声，

邀请获奖者上台领奖。

管弦乐队跟着指挥棒起伏，

歌唱家唱起德利伯的花之二重唱。

气氛典雅隔代的望厚也满意。

当颁奖者被引到舞台正中，

顶灯开始眨眼，空气出现锯齿。

台上台下所有鼻孔忽然受到刺激。

获得殊荣的花朵再憋不住自己的芳香。

"啊，它是假的。它不是绢花。它是真花。"

"可惜它多么逼真，多么漂亮。"

"呸，它当然比假花逼真。可是，

133

它竟然比假花还漂亮。"

"剥夺它的获奖资格。把它撕碎。"

"把骗子赶出大厅。"

"让管理部门把罚单贴在他脑门上。"

众声喧噪。没人听那个可怜的家伙狡辩。

他捧着花，大口喘息像一头老牛。

他用头颈和胸口护住手。

"不怪我。真不怪我。

种下多年，近来她突然开了花。

她为得奖开的。看她多美。

我走错了地方。我没想惹怒你们。

都怪我，我忘了，

春花的赛事已停办多年。"

（原载"鹤轩的世界1"2023 年 8 月 27 日）

山中寂静

◎韦 忍

你身后的黄昏有多大
我所在的这个山头，就有多大

整整一个傍晚，我就这样默默走着
微凉的晚风越吹

萧瑟的林叶，似乎就要掩住远方汹涌的尘世

——我爱着的庙宇在山中，松树林在山中
绿色的鸟鸣也在山中
而天边的暮色在飘散，夕阳在缓缓下沉

小路上，为什么我遇到的每一个人都像你
但都不是你

（原载"早上好读首诗"微信公众号 2023-08-29）

下 尾 岛

◎韦廷信

也许大海有尾巴
当我踏上下尾岛的那一刻
大海发出了一声尖叫
海蚀洞留有一个洞口
像是大海留给陆地的一道窄门
站在洞门，海风一遍遍刷着我的眼睛
这一刻，我可能是被什么打动了
仿佛我的眼睛里住着的是一片大海
海水就要夺眶而出
我用力挥舞着手臂

向漂浮不定的海草

向偏航的鸥鸟

向大海中一切弱小无助的生命

分发我的所有

（原载《诗刊》2023 年第 11 期）

格林娜太太

◎乌鸦丁

我曾深深爱过

一本书里的情节。一对男女在偏僻小镇

拥抱，接吻，结婚。

跟我那么相似。

后来，战争迫使他们分离，天各一方。

跟我

也那么相似。

我得找到他——

他仿佛，和我一起生活过——

这是格林娜太太的叙述。

我遍访镇上的人

他们说：从不知道她结过婚，有过心爱之人。

而这里，也从没发生过战争。

他们甚至可以对我起誓

做证：她的一生，从没有离开小镇

死时，像一本书，

有不曾打开过的整洁。

（原载《诗潮》2023 年第 8 期）

坛 子

◎巫 昂

我有一个痛苦的坛子

不会拿出来给你看

它紧紧地合着盖子

里面就像是空空如也

假如我向你比画着

痛苦的模样

约莫这么长，这么宽，这么高

你听完想必将陷入沉默

我有一个痛苦是关于你的

但我不会告诉你

你也曾不小心坐在那上面

压扁了它

但你并未察觉

也许，你也正装作

若无其事

（原载《广州文艺》2023 年第 8 期）

我不想把最好的给你

◎巫　昂

我不想把最好的给你

要把次要的、零星的、乱糟糟的

给你，把破灭、宽恕给予你

要把成堆的给你

不要单个单个地给你

要把结局给你，而非故事的缘起

把剥开到只剩下核的

自己给予你

请你吞下它吧，如果它是柔软的

我的心，带着与你相依为命

的贪图

而把它的跳动

给予你

（原载《广州文艺》2023 年第 8 期）

只有最古老的陶罐才有如此安静的心

◎吴玉垒

你看，我们已不是第一次谈到大海

也不是第一次，面对大海了

这么多年，你还是不能相信

大海，她有一颗多么安静的心么？

哪怕，这安静里装着万千沉船

累累沉冤，自始至终的浩瀚、不朽

可我又怎能向你证明

那无数探求者、逃亡者和殉道者不死的亡魂

在暗黑中的寂寂遨游？

无论与风同狂，无论与雷共电

纵然硝烟滚滚，纵然大浪滔天

这不正是大海，成为大海的原因？

这来自远古的容器，早已盛满

太多互不相容的水：生者与死者的血

从前和现在的泪，以及你的

和我的梦，这难道不是源于

她有一颗亘古不变的心，在沉浸？

卧在这最古老的陶罐里，是不是

你要装下所有不公、不堪，无常、无奈

可有、可无，才会相信

这永无止息的大海，到底有一颗

多么恒定的心，如此坦荡而沉寂？

（原载《幸存者诗刊》电子诗刊 2023 年第 1 期）

旅　行

◎西　凉

你进站了

你的影子还在广场上

吸烟

看来往的行人

看塔楼上坏掉的钟

看越来越淡的离别

看一只被主人遗弃的狗

舔着空气

看一张张票

在空中排队

（原载《草原》2023 年第 8 期）

雨　后

◎小　引

雨终于停了，爸爸

明月登场

雨后的邮局像栋新建筑

令人吃惊的过去

世界忽然变大了

分出了先后

我用粉笔在地上画个圈

燃烧的纸钱，被风吹散

灰烬上升

爸爸，你在天上眨眼了吗？

万物叮当作响

终将与你同步

雨参加了雨的葬礼

分开的乌云下

永恒的火星

还有墙角那簇新鲜的矢车菊

（原载"无限事"微信公众号 2023-06-08）

外　婆

◎晓　角

我走在她的一条条山路上

从春到夏

用指头敲响每个

遇到的石头

和那些

村庄们赶来收留我的时间

我走得很安分

一步一步

尽量不回看那些

过去的

田野

露水，和母亲的耳朵

只是我每长大一点时

天空就会

下起雪来

（原载"无限事"微信公众号 2023-06-20）

石　匠

◎谢克强

叮当的凿石声突然停了

他用目光抚过粗糙的石头

然后　朝手心吐了一口唾沫

又继续挥锤敲打

一上一下　或轻或重

一高一低　均匀沉稳

汗水从他粗犷的额头渗出

催他起落有致的手臂

用锤子錾子深刻的思想

与岁月深情对话

（瞧他布满皱纹的额头

仿佛一块嶙峋峥嵘的石头

不知被谁凿雕）

更令太阳震颤的

是他深凿灵魂的声音

当他那布满皱纹的脸颊

亲昵地贴近嶙峋峥嵘的石头

那石头便在他的锤凿里

复活了生命

待到最后一块石头

被他铿锵的锤凿声沉沉穿透

他也硬成一块沉默的石头

（原载《诗歌月刊》2023 年第 1 期）

阶段性的

◎ 熊　曼

随时随地敞开是一种美德

但也是不幸的开始

年轻时，我也拥有过

阶段性的甜美与天真

但终究浪费掉了

生活教会我们保留的艺术

真实有时并不意味着美

我阶段性地仰慕过你

在你完全袒露以前

（原载《诗刊》2023 年第 13 期）

镜中的人

◎ 熊　焱

自照镜子时，我总想走进去

安慰一下那个鬓角霜白的人

那个独自抱紧孤独的人

世界日新月异，他还守着肉身的废墟

有时生活的谜底就隐藏在玻璃背面

正是镜中的人告诉了我，憔悴时

脸上是干涸的沼泽地

悲痛时，眼里是发红的钨丝

忧伤时眉宇间云山雾水，秋风翻卷如哭泣

我哀愁于镜中的人一日日老去

他哀愁于镜子是时间的磨刀石——

在那里，一把磨得雪亮的锋刃

正白茫茫地指着我的背脊

（原载《十月》2023 年第 4 期）

忏 悔 录

◎徐　源

一只蜻蜓，停在我肩上
我曾把童年的翅膀撕下，丢在抢食的鸡群中
长大后，成家立业，生儿育女
知理明事，我耻于那段残忍的岁月
它有阳光一样透明的翅膀，以安静的小憩
慰藉我羞愧的内心

我是多么的无耻，我曾欠世界一双翅膀

（原载《文学港》2023年第8期）

西卡子村

◎薛　菲

西卡子村，紧挨一座沙漠
这里的人，是不是都有流沙的作息时间
疯狂、浪漫、无序，时有温柔

这里的女人们是不是都有

沙丘般的身体，迷人、柔软，是天生的

母亲和情人

不知道，此时，天空阴暗，我只看到

和别处无异的院落，街巷

贴着鲜红的对联，门窗紧闭，似乎处于

休憩期，不见有人进或出

不见有人，灰扑扑看着我

像一粒沙子对另一粒沙子

打声招呼，抬头，看看远处的天色

（原载《北方文学》2023 年第 6 期）

豹子头林冲

◎闫海育

怒气对你来说

至少有五种写法

第一种，捏炸了拳头

却用瞪粗的目光去戳人

第二种，打砸不够爽快

持一把尖刀，守在

人家门口，扬言要杀人

第三种，踩着白灰

走进圈套，天大的委屈

都只能叫作憋屈

第四种，避讳林里行凶

就把草场铺作宣纸，雪已经

写好，独缺一个"耻"字

山神也在庙堂里响起掌声

第五种，被记录为斑鸠

抢占喜鹊窝，不值一提

本来还有第六种，高俅上山

可惜现场效果不佳，依然是

怒发顶掉了帽子，我只能

忍痛割爱，将其归回第一种

（原载《山西文学》2023 年第 6 期）

有时把月亮偷走

◎燕　七

每天都有扬帆的人回来

把船靠在岸边

深夜的街道

杂货店的灯光亮着

和世上大多数人一样

148

杂草野花般活着

坐在河边

坐在深海般的黑暗

我有时把月亮偷走

但经常还回来

（原载《长江文艺》2023 年第 6 期）

母亲的白马

◎杨　隐

一匹绝对干净漂亮的白马。

眉清目秀，气宇轩昂

脖子上戴着一圈铃铛。

它站着，一动不动

它的眼神透着一股子习以为常的冷峻。

它的四蹄修长

浸染着一层土色，这是长久圈养它的栅栏

带给它的。

它的背上，一条深红的

印有美丽花纹的彩缎垂挂下米。

它就这样站在白色的水泥路上

两边是一垄垄菜畦

身后错落几间矮矮的平房，再远处

是郁郁葱葱的山坡。

一个年轻的女人骑着它。

她的脸上笑容僵硬，带着不熟练的青涩。

因为紧张，她的两只手各执一端

把那条红色的缰绳拽得笔直。

我抚摸着它，这张泛黄的老照片。

我永远无法再见到那匹白马。

它在照片的景深里嘶鸣、踢踏

然后转过身奔跑，消失得无影无踪。

（原载《扬子江诗刊》2023 年第 2 期）

松针在落

◎杨　隐

松针在落

像这个下午表盘里

所有的秒针在落。

一个下午

在松针的坠落中逝去。

然后是一整个白天

一整个黑夜。

在林中

远近都是这样的松树，一个人

如果静止不动

看起来也就像一棵树。

这么多年

我早应该察觉，那些从身上

不断掉落的松针。

它们多么纤细，纤细到让你忘了

失去的，其实是一片片落叶。

它们带着所有光芒的记忆俯身向下

它们堆积起来足以将你掩埋。

（原载《扬子江诗刊》2023 年第 2 期）

哎哟妈妈

◎杨碧薇

站也不对，坐也不对，万般作为都不对

从湿淋淋的梦里惊醒，他还贴着我的泳衣

两个人，靠在水上乐园的滑梯边，静止

晨起拨窗帘，满院子阳光恍如乱剑

新鲜的生活就在门外，扭开锁

谁知道谁会向谁扑来

哎哟妈妈，女孩子怎么可以

一次又一次犯糊涂

怎么可以坐上狂想的火车

看车窗外田野浩荡，细雪粉金，每一粒

都裹藏着春天的信息

哎哟妈妈，春光是个什么东西

让人热得头发里是汗，领口里是汗的

是个什么东西

（原载"杨碧薇 Brier"微信公众号 2023-07-13)

夜 读 书

◎杨不寒

这里有太多故事。绝望的爱

深山的灯盏。锈掉的剑

多少人穷极一生，在流水尽头

也没有找到生活的答案

每本书的封底，都是凉薄的墓碑

镇压着词语和意义的不甘心

夜色已深，我也合上了书

重新走进那些日复一日的梦

所有被尘封的魂灵，不被谅解的后悔

趁着人们睡去，才纷纷从书脊飞出

化作我床头的千纸鹤，越来越多

直到满屋子都是白色的声音

（原载"长江诗歌出版中心"微信公众号 2023-08-16）

芦　花

◎杨柒柒

她们需要习惯，从一个村庄

飘落到另一个村庄

从一条河流汇入另一条河流

还要习惯在黄昏时接受橘黄色夕光

和逐渐涌起的

来自生命右侧的秋风

习惯一个人

待在院子里或者房间里

把棉花垫子裹上双腿。黑暗会慢慢降临

她们也要习惯

将这些藏进眼睛，期待一个模糊

而又年轻的身形出现——

153

在刘庄，那些白色漂浮在河荡

年轻的姑娘们

需要从中穿过去寻找出自己的母亲

（原载《星星·诗歌原创》2023 年第 7 期）

观　山

◎杨思兴

像厚厚的一封信件，写满

葳蕤的内容，从昨夜的远方寄来

挂在我黎明的落地窗前

寄信者为何人

信封上粘着彩霞新鲜的飘带

内容涉及的像旧事

天空若鱼肚，我仿佛回到最初的年少

那时，秋天的满山遍野

我花掉青春

提前买回青年

而今日黎明，站在窗口

突然在满山的秋色中

看见自己辜负过的，又被谁从远方寄来

（原载《飞天》2023 年第 7 期）

过老县城

◎杨晓芸

街道如退潮的河床

比过去宽大。几乎是方的

寂寞就是这形状，坚固

像衰老的身体内，永不妥协的脊椎

路遇老同学，旧同事

路遇可能的，另一个我

他们大都体态臃肿

一副跑不动的样子，仿佛体内

的齿轮卡住了增生的骨头。怎么动

都疼痛难忍

几年不见的表哥也体态臃肿

电器铺扩成了三家

我在主店与他闲聊，认识了他

衰老的丈母娘和学步的孩子

城关小学依然是这里最热闹的场所

孩子们从四面八方赶来

会聚成新的集体

在操场交叉跑动。或一分为二

进行拔河游戏

我曾经是他们年轻的班主任

那时我有饱满的热情

对生命一知半解，现在也是

（原载"诗与画"微信公众号 2023-08-20）

劈 柴

◎杨泽西

每到冬天来临之际

祖父都会在院子里劈柴

明亮的斧头砍在木头上

需要好几下才能把它劈成几段

他已经迷恋上了这种简单重复的劳作

只有在劳作中祖父才能感受和确定他自己

我庆幸祖父尚有力气劈开这些结实的木头

劈开的柴火用来烧火做饭，或者取暖

我的祖母常常在屋子里擦拭祭祀的香炉

曾经她跪在那里为住院的祖父祈祷

为贫困的生活和苦难的亲人们祈祷

或许我应该感谢这些虚构的神灵

尽管它并没有对祖母的祷告有所回应

但它让我的祖母一直怀有一份希望

有时活下去需要一些虚无的东西

它像一束光，在黑夜里牵引着你

我的写作，同样也是一种虚无

或者是对抗虚无的一种形式

沉默中反复抡起文字的斧头

向麻木的生活砍去

（原载《大象文艺周刊》2023 年第 60 期）

安静的多瑙河

◎洋中冰

对面是鲁塞，保加利亚的楼房和

烟囱立起来切换着云

时不时望望这边

我在船上酒吧坐了一小时二十分钟

河水滔滔不绝地从身边流着

一年会流过去很多，海也没见长大

水鸟藏进蓝色。过一会儿露头看看

战机飞走了。知道是演习

黑海那边可是真的

（原载《三峡文学》2023 年第 6 期）

风 中

◎姚　彬

几张纸片在风中纠缠

像水平相当的摔跤手

互相搀扶着某种精神在上升。

纸片之间只有单纯的身体在纠缠

纸片上的内容已完成了自身的使命——

一道小学生的算术题，一封情书

一份作废的合同，或者是某个会议的记录

很多事物，哪怕它承载过重要的使命

最后的命运

只留下一具干枯的尸体。

而那些抽象的，譬如冥想

会长存下去。

卖火柴的小女孩已不在了

而那场寒冷的风暴

时不时在头脑中卷起。

（原载《安徽文学》2023 年第 7 期）

小学纪事

◎叶　飙

那时，我们贫穷，

没有电脑、手机。

我们玩弹珠，目送它入洞。

布鞋黏上泥巴与灰尘。

我们的衣袖不会长长，

被手臂超越，一日重复着一日。

那时，父亲在城里读书。

电话的一头，我说道，

要像母猪一样吃饭。

春风里，我说完去玩棍子。

燕子飞过门槛，

在厅堂的门梁旁边筑巢。

哎，往事是雨后的春笋疯长，

可楼下的桃树多么瘦小。

我也该喝完杯中酒。

日日耷拉的凉鞋面对着

一堵高高的洁白的空墙。

（原载"长江诗歌出版中心"微信公众号 2023-08-14）

大英博物馆的中国佛像

◎叶　辉

没有人

会在博物馆下跪

失去了供品、香案

它像个楼梯间里站着的

神秘侍者，对每个人

微笑。或者是一个

遗失护照的外国游客

不知自己为何来到

此处。语言不通，憨实

高大、微胖，平时很少出门

女性但不绝对

她本该正在使馆安静的办公室

签字。年龄不详，名字常见

容易混淆

籍贯：一个消失的村庄

旁边有河。火把、绳索

还有滚木，让它

在地上像神灵那样平移

先是马，有很多

然后轮船，火车和其他

旅行社、导游

记不清了。中介人是本地的

曾是匍匐在它脚下

众生中的一个。他的脸

很虔诚，有点像

那个打量着自己的学者

也酷似另一展区的

肖像画。不，不是那幅古埃及的

然后是沉默

是晚上，休息

旅客散去，灯光熄灭

泰晤士河闪着微光

看来它早已脱离了大雾的魔咒

水鸟低鸣，一艘游船

莲叶般缓缓移动

仿佛在过去，仿佛

在来世

（原载《诗潮》2023 年第 6 期）

草堂的赞美诗
（公元 760 年）

◎叶　梓

背郭堂成荫白茅，缘江路熟俯青郊

——录自杜甫《堂成》

浣花溪畔

万里桥西

一朵洁白的云彩下面

有人弯腰认真栽下了一株青青的竹子

——哦，安居的梦里

渐次出现了果苗、树木以及不知名的小花

大邑的烧瓷坚硬又清脆

一路奔走的杜甫时时不忘对美学的不懈追求

"桃可果腹

花可娱人"

缺少睡眠的他

做了一夜香甜的梦

梦的深处

风含翠筱，雨激红蕖

清丽的形容词领着草木虫鱼跑进他的诗行

写完诗的杜甫

终于可以坐在一把老式藤椅上数一数星星

（原载《草堂》2023 年第 6 卷）

猫 耳 朵

◎荫丽娟

以一种情怀给它重新命名
心上旧事,依旧热浪翻滚。

光阴被轻揉细捻开来
祖母盘坐炕头,她有把水与面交融的生活

翻出更多花样的能力。
爽滑感——不止停在童年的舌尖

但我一生都没有向祖母学会
制造幸福的秘诀。是一种面食

让我想起命运在我们身上摘走的
和它热气腾腾送还给我们的……

(原载"晋兰亭"微信公众号 2023-08-19)

多么迷人的一天

◎余　真

多么迷人的一天，我回到这里。

那些属于我的声音，低低呼唤我的名字。

猫在一天之中变换睡眠的姿势，

我的心情是晴雨表随你起伏。

动物世界里的每一个角色都那么可爱，

虽然我分不清楚企鹅的差别。

熊猫的眼睛总是隐形。臭鼬的名字，

在你面前抖动暖烘烘的香气，小蛇每一件

衣服的花色都俏皮至极。你可能不相信，

你的名字，始终能散发出一种魔力。

你是让我这棵野蒲公英迫降的一小块，

难看的礁石。你是汉语所能表述的极致。

你是恶劣的极端天气，总能激发

一种叫难过的灾难。你是一块夜晚。

因为你是我的失眠，也是我的入睡

重复的一个梦魇。多么迷人的一天，

极夜来临，海在我身上盛开，

命运向我传递一种唏嘘不已的温柔。

（原载"长江诗歌出版中心"微信公众号 2023-08-14）

菩　萨

◎余冰燕

我从寺庙走过

梨花开了，又落

虔诚的善男信女

都热衷于烧香、拜佛

只有寺庙西北门那个

为儿筹钱治病的老头

见谁都

扑通一声

跪下

见谁都叫

好心的

菩萨

（原载《扬子江诗刊》2023 年第 3 期）

终有一天

◎余洁玉

终有一天，时间会慢下来

我在公园里漫步，沿着落叶

踩出新的小径

那里通向绿色的湖边，一座小木屋

已等待多年

幽深的窗口，忽然亮起明灯

在那些深沉的寂静里

我仍然爱着

枝头的果实，草间的虫子

爱着短促的一生中，每一个早晨

阳光拨开窗帘时的暖

倦鸟归林，我也将躺下来

嘴里咬着一根枯草

仿佛那就是我，最后的尊严

（原载《草堂》2023 年第 8 卷）

画猫的人

◎余洁玉

他画过很多只猫

纯白的、橘黄色的、灰白相间的……

但没有一只

存活在现实中

占据他的座椅、床铺、写字桌

在他下班的时候

跳上他的腿，占据他的膝盖

这多少有些遗憾。有一阵子，他被猫叫

吵醒了

他怀疑，是他画中的猫

成了精

当他跟我说起

关于猫的事，我竟然相信了

他的忧郁，也是一只等待在夜晚中的

黑色的猫

（原载《星星·诗歌原创》2023 年第 7 期）

遗忘的天井

◎余洁玉

过去老房子里的天井是个好地方

四四方方的天空，几朵白云飘过

曾经我追着它们，跑过玉米地

在泥泞小路上摔跤

曾经我的心里，有两只灰雀
扑闪着，落在瓦片上

若是下雨，雨丝为帘
像围着一方小小的世界
石缝中长草，地砖上结青苔
听着雨声，我感到身体
充满了鸟鸣

我从未有过如许的寂静
像某个被遗忘的角落

（原载《草堂》2023 年第 8 期）

白　鹭

◎余笑忠

我之所见只是一个轮廓
在浅滩，一个白色身影
一边涉水，一边觅食
只能远观，或蹑手蹑脚尾随其后
它可以兀自叫唤，不知是嘀咕
还是提问
我只能屏息静气

从未见过那美禽的双眼

机敏的它，远远就能感知

身后有一笨人，像它撇下的一截枯木

在我们之间，流淌的河水

像外婆眼中的童子尿

在我们之间，拉大的鸿沟

令魔术师跃跃欲试

如果驾着农机在草泽开垦

那就会反过来，白鹭摇身一变

像脱去了伪装，追随着那器械

不顾机声隆隆，不顾泥浆四溅

全然如痴如醉

而今是冬天

我们相会于各自的边缘

它之所在非我能及

我之所在非我所属，在故乡

我也只是匆匆过客

但我乐于将这一片刻

视为我们共处的时刻

相安无事，一同目送流水

是的，总有一天

你爱过的一切将变成白鹭

先是一只，然后是

飞舞的一群，穿梭于上游和下游

此岸和彼岸

所谓宽慰不过如此：

你将坦然接受自己的衰败，只要它们

依然悠游于这风水宝地

——田畴、荒野、长滩……

（原载《十月》2023 年第 4 期）

我不知道如何爱你

◎余秀华

我不知道如何爱你，茉莉凋零在枝头

它们蜷缩的样子像拔完了身体里的刺

午后的阳光真好，像老虎吐出的呼啸

遇见你以后，我一块块拼凑自己

我想从碎瓷还原成瓷罐

我想那一黑一白的两条鱼回到我身上

雨停后，麻雀的翅膀里有蓝色的风声

你不会忘记那个血肉模糊的夜晚

你不会忘记满天星宿倒灌，鱼渴死在水里

你总是试图触碰那根刺，那道疤，那个图腾

有时候我把他放到你手里

让你鞭打我

我把哭泣都化成了笑声，化成了烈酒

当晚霞升起

我以为有一个未来在等

等你年暮，等你走不动路

等你看不清万物，看不清我

等我忘记了他，也忘记我怎样毫无保留地爱过

（原载"余秀华"微信公众号 2023-07-15）

不 喜 欢

◎余幼幼

我不喜欢打湿衣裳

接下来理所当然打上肥皂泡

我不喜欢住在这般泡影里

接受一日三餐的归类

做梦都觉得神奇

我不喜欢穿针引线

密密麻麻地排列一些乌有

我不喜欢

在我没有同意之前

一个女人争着做了我的妈

我不喜欢擦拭厨具

满手洗洁剂，外加粗俗的老茧

男人不喜欢这样的女人

他们拨开外表去寻找内层的尤物

我不喜欢菜市场

不喜欢游荡在里面

用零钱都可以换取的臃肿体态

我不喜欢捶打她的背

不喜欢她叫疼

我不喜欢她拐走我最爱的男人

放在自己的床上

我不喜欢她的一举一动

都透出露骨的衰老

让我潜下心来研究每根细纹

潜下心来只做她的女儿

（原载《三峡文学》2023 年第 6 期）

水乡的晨早

◎鱼小玄

水乡是一块碧玉，摇桨的人
打磨它的棱角。蚕茧铺在竹匾里
玉兰花只未醒，还是昨夜的月白色

哗……笃笃……先来了小船
哗……笃笃……又来了大船

河面的驳船发出浑浊声响
河边的木楼，烧饭的老婆子
提了旧式煤炉，用咸菜炖河蚌

那时，他从北方来看我，我在清晨
醒来，水乡升起河雾，河雾如绸
布店的人家，一块块卸下门板

我的心，一块块卸下门板
此起彼伏的，喊卖声，吆喝声
一条街全都热闹了起来

卖桑葚的农妇，提篮拦住我

我像一片新鲜的桑叶，或者是小蚕

在他的茧子里，那么柔软，那么贪眠

（原载《浙江诗人》2023 年第 3 期）

九十六岁的祖母

◎榆　木

有时候，我会把你推在院子的屋檐下

有时候，我会把你推到院外的树荫下

有时候，我会轻轻地喊你几声

有时候，几只麻雀落在你的轮椅上

它们会替我轻轻地，喊你几声。我知道

未来的日子，只有它们能在泥土中把你叫醒

（原载《山西文学》2023 年第 8 期）

双 山 岛

◎育　邦

我从长江南岸，去江中的双山岛

躲到乌桕的彩色帘幕后

夕阳点燃戴胜的王冠

薄暮为祈祷的江水献上棱镜

干涸河滩上，尘世的父亲

站在黑淤泥中，寻觅红色的蚰蜒

黑羊的眼眸在梦中明灭

忧伤的犄角直抵我的心窝

白色的空气里，醉酒的人

满岛奔跑，捕捉那只并不存在的猛虎

（原载《草原》2023 年第 8 期）

山　羊

◎袁馨怡

天变得阴暗

一场悲伤的大雨降落之前

我想到你，山羊

世界小到只剩悬崖的石头

你是唯一留下来的

出生时就有一张暮年的脸

胡须纠缠的秘密，皱成一团
你用漆黑的眼
注视人世灰色的图景
将不懂的寂寞掩藏

"一生是短暂的"你说
就像偶然见过的人群
围在艳红或凄凉白光中饮酒
然后，很快恢复寂静

人们的命运在轰轰烈烈后
骤然远逝；你站在高处的
某个角落，承接风中的叹息

山羊。仅有一次
我们遥遥相望
而后年岁推移
在回忆中认出你

（原载《西湖》2023 年第 7 期）

母　亲

◎袁永苹

我不能理解我母亲的嬗变：

她像一个被施了魔法的水晶球。

这个意思要细细说，我想要问的是：

母亲是同一个人吗？当然，这个问题

也同样可以指向自我。

我们的自我曾是同一个人吗？但是，母亲，当她

睡在我身边时，发出细小的呼噜声，

这个女性是谁？为什么躺在我身边？

我充满疑惑。也许，那种被叫作记忆

或者理性的东西会告诉我，这个人的身体

和气味你都很熟悉，她就是你的母亲。

但她真的变了，不但是她的外形，还有

她的本质——如果细细地清算

她的嬗变，也许有四次：

被电击倒那次；

在医院做子宫肌瘤切除手术那次；

帮我抚育孩子那次；躺在我身边睡眠

并刚刚登上火车的这次。但我真的

觉得这个人已经变了。我有一种

深深的感受——在她生下我

之前，在她还是一个孩子的时候，

我就已经认识了她，看着她长大、相亲、

结婚、生下两个孩子……并且与我相识。

（原载《十月》2023 年第 4 期）

黑 帐 篷

◎扎西才让

孤零零的黑帐篷，在草地中央，不发出一点声音。
草色渐黄，远山染病，
一种难以言说的伤感，就浮上了心头。

黄昏时，会有小男孩陪着白色牛犊，从牧场那边走过来。
这时，他的目光将在山影那里逗留一会儿，
直到他的母亲掀开厚重的门帘，喊他吃饭。

他走进帐篷，他的耳朵却留在了帐篷外：
当摩托车的吼叫声远远地穿透暮色，
他那小小的心脏，就剧烈地跳动起来。

守望和期盼，让黑帐篷真正拥有了
家的感觉，即使很多时候，
那去了远方的粗糙男子，还未回来。

（原载《星星诗刊·诗歌原创》2023 年第 7 期）

白　鹭

◎张　野

常常是在黄昏或黎明

沉睡的肉体突然警醒：

白鹭在河边起落

绿色的林梢在风中摇晃

十年之间，田野已被修整为园林

审美的法官多么严谨

有时步行，偶尔会想起路边

已被红枫整齐置换的高耸的白杨

让人意识到美并非永恒

多数时候　我们隔着密封的车窗致意

一层防碎玻璃

成为生活中最大的安全保障

1889 年，梵高平静地走进精神病院

如暴风之于雨燕，河流使白鹭优雅而安详

（原载《山花》2023 年第 6 期）

一座老城

◎张　毅

老城有许多里院，二层民居、青砖红瓦。

这里户户相邻、房间狭窄、空间逼仄。

每座楼顶都有只猫，幽深的眼睛像在下雪。

门前有座码头，几条旧船

被乌黑的麻绳拴着，在水面晃晃悠悠。

老城有许多石阶，一直延伸到上世纪末。

那些建筑由欧洲设计师和中国工匠

共同完成。房子窗户幽暗、走廊狭窄，

有的房子在拆迁，有的一直空着。

一个老人在拆一封地址不详的信。

那个外乡人到处打听一个陌生人名。

大海明静，海风日日刮过我家楼顶。

一艘船泊在沙滩，我不知道它的来历。

渔人反复修补那张破网。另一艘船

正在启航，船上装满大雪和月光。

某日，我在沙滩捡到遗失多年的口琴，

它一直在平行宇宙中穿行。

口琴锈迹斑驳，仍能吹出风暴的声音。

（原载《草堂》2023 年第 7 卷）

卡 祖 笛

◎张　随

我能发出的微弱声响
本可以无限放大。但被它破坏了。
在放大我的嘶哑的同时
它也限制了想象的分贝。
这么说吧：在寒冬，大地含着石头
发出了声响

儿子说，"最简单的乐器。成全
你懒惰又想要掌握一种乐器
的愿望。"大地本身就是乐器
但不是一种，也许比一万种还多。
在世上，还有更多的事物发出声音
它们和卡祖笛和大地和儿子和我
都是这世界所能发出的声音
的一部分……

（原载《山西文学》2023 年第 8 期）

银簪子

◎张 侗

童年的月光下
一只萤火虫落在母亲头上
像发亮的银簪子
母亲说你爹没给我买过
你长大后要给我买
今晚的月光
照着病床上的母亲
银簪子插在满头白发中
像萤火虫不再发光

（原载"十行诗"微信公众号 2023-07-28）

妈 妈

◎张伯翼

妈妈
我的觉越来越少了
梦却越来越长了

妈妈

岁月在我的心脏上

挂上了一口夜半的钟

我从你那里获得的躯体和骨血

正在滚烫发出沸腾的声

妈妈　我一想到你就醉了

妈妈　我要睡了

妈妈　我想你了

（原载"ANTONY 版画星空"微信公众号 2023-08-24）

僻　壤

◎张二棍

依然有人自井取水，于炉火上

温酒。不求甚解的读书人

在白炽灯下，蹈手舞足

捧着粗瓷大碗的人，像捧起

一道圣旨。而黄昏中

砍柴归来的人，仿佛背着

一座光芒四射的金山。原野里

四散着热气腾腾的骒马，而庭院中

悠闲的鸡犬，昂首挺胸

这是一方僻壤，假如你路过此地

讨一碗水，就会得到一碗酒

你向谁，轻轻道一声谢

他就会红着脸

向你，深深鞠一个躬

（原载《草堂》2023 年第 8 卷）

多 像 我

◎张光杰

窗外孤零零的银杏树

多像我，一个人守在父亲的病床前

秋风起，金黄的树叶随风飘零

多像我，扯下一页页揪心的日子

寒流滚滚，途经我们。满树的银杏叶子

大片大片落下，多像我

一次次在伤口上撒上盐巴

如今的银杏树，只剩下光秃秃的枝丫

在寒风中，一次次发出尖厉的啸叫

多像我，在医院的走廊里晃动着

抓狂的身影。寒风仍在呼呼地

吹着，那棵无助的银杏树啊

多像我，已不屑与医生哗啦哗啦的争执

不屑与亲人沙沙地，沙沙地倾诉

此刻，它只想把撕心裂肺的痛

从满身的伤疤里，嚎出来

（原载《文学港》2023 年第 6 期）

仅仅是记忆

◎张敏华

在砂石路的尽头

一扇虚掩的铁门，将尘世和墓园

隔开

鲜花枯萎，塑料藤凌乱

黑白，或彩色头像露出贪生的眼神

是逝者的绝望，还是

生者的无奈

转过身，或俯下身——

仅仅是记忆，是声音，是意识

会有那么一天

生死不再那么怜悯

（原载《飞天》2023 年第 7 期）

料峭之夜

◎张小末

雨水连绵，樱花残旧
迅速从枝头跌落

日式小酒馆里
我们饮梅子酒，一杯加了冰块
另一杯保持常温

我们品尝火锅与刺身
感受着沸腾与冰冷
常常是如此。热闹、孤独、遗忘
是共存的质感

万物美而矛盾
当我把对生活的异见埋入身体
有时是因为热爱
有时是因为绝望

（原载《诗刊》2023 年第 16 期）

漫 游 记

◎张小末

一个地处三区交界的古镇。

一座桥，一座牌坊

祠堂、故居、纪念馆。有关

抗争。粮食。一个氏族的荣辱

但没有爱情

但这或许符合历史的

另一种解读

要塞之地，耕读传家，节俭维风

雕梁画栋今犹在，黑白影像里

她的眼神微光闪烁

呵，这被打开的一截旧时光

我们所窥见的侧面：水墨、古琴

画院，人体雕像

"细十番"婉转千余年的笙箫笛琴之音

老式剃头店里衰老的面孔

在修葺后的楼塔，风吹过

三十条弄堂

也吹过洲口溪的潋滟波光

时间煮雨。不朽的

恰恰是缓慢的事物——

（原载《北京文学》2023 年第 8 期）

贰 厂

◎张远伦

有人专程来贰厂寻找消失的时光

找不到才有感觉

而我一直在心里印制银币，微微发黑

和自身的韧劲保持一致

有一瞬我觉得最好的币纸是晨曦

而我取出汉语的印版，它已一片蔚蓝

我们要找的都没找到

如此甚合我意，一切都在，一切都不在

我的身骨越来越重了

像是碎银子终于有了智慧

（原载《边疆文学》2023 年第 8 期）

花 冠

◎张作梗

多么无常！我早年敬献给

无常的花冠，现在竟戴在了我

自个儿的脑袋上

——这荆棘的花冠

我编它的时候曾扎破我的手

现在它像咒语一样

扎着我的头

然而锥心的疼痛是一样的

就像痛苦无须保养，永远新鲜如初

——我独自承接自我馈赠的命运

犹如享受着花冠沉重的击打

无常的命运。无常的冠冕

没有火，月光却时常在我身上自燃

而一只没有边界的鸟儿

将翅膀编成了笼子

不止一次，在导航精确的

指引下我丢失了目的地

现在，漫游成了我叩拜大地的唯一方式

我胯下的坐骑不叫马，叫时光

我信奉的烟火不叫生活

而叫无常。

（原载《诗潮》2023 年第 5 期）

钟楼广场

◎赵　琳

钟楼壁画上，一头成年雄鹿

折断鹿角，尊贵的头顶

飘着大雪，白桦林一点点

扑灭橘红色的夕阳

挖空树冠的风确信

安静是这样短暂：乌鸦归巢

黑影中的建筑仿佛回到从前

傍晚，马和毛驴返回乡村

屋子披上一层灰外衣，融化的雪

化为湿冷的水珠，滴答滴答

天空远没有大海颜色丰富

烟囱越过邻家界线，吐着烟圈

归乡人带回台风、数据、元宇宙……

那些涨潮的喧哗与返璞的落寞

像电影一幕幕演绎结束前

我们坐在钟楼广场不谈论熄灭的落日

（原载《草堂》2023 年第 6 卷）

夜晚的河边

◎赵亚东

芸豆匍匐着

田间小路刚好容得下一个人

侧身走过

荒草滩缓缓升起

里面藏着生锈的独轮车

月亮的眼睑，和盐

此时不需要隐喻

我们忙着捡回枯树枝

雨燕不经意间收拢了翅膀

——在夜晚的河边

没有一束火焰照亮它们

（原载《诗刊》2023 年第 13 期）

一块石头，一匹马

◎郑　春

我坐的这块石头

肯定还歇过很多人

清风不停来去

周围绿潮汹涌

多好的一片草场啊

肯定有很多羊来过

去年的，前年的，千百年前的

仿佛都是同一群

肯定有很多马来过

不同年代的很多马其实

只是一匹马

一匹马总是在饱食之后

一甩头，就向远方飞驰而去

如今我不见它的踪影

如今它肯定已尸骨无存

而刚刚那阵风里

我分明听到了

这块沉默已久的石头

发出了咴咴啸叫和得得蹄声

（原载《海燕》2023 年第 7 期）

给 表 兄

◎郑小琼

跟着一辆空荡荡的车厢挺进黑夜

我们像尖刀，剖开它柔软的身体

它像波浪覆盖我们，死亡是另一张面孔

压着表兄肥硕的身体，等待复苏的心脏

带他朝天空飞翔，火车穿过南方的身体

我们还在童年的河流，下水嬉戏

有时他向我诉说野芹菜般的下午

甜糯的夜晚里桦树林中的河流

月亮穿行每一条河，在山冈那边

枕木在夜晚静静倾听回忆的旅程

镜中花树，远方是一个女人的宇宙

我倾听火车碾过铁轨时的沉闷

仿佛宿命在我们身体经过

我在黑暗的车厢里寻找晦暗之夜的黎明

列车将我带入一片时间茂密的丛林

列车员坚硬的时钟扭动着晚点的行程

我用列车穿过溺水般的时空

像童年的我们，用身体划开淹没我们的波浪

（原载《福建文学》2023 年第 3 期）

夜　祷

◎周　鱼

你啄我。

我请求你啄我。

在疲累砸出的重音里，

在快要破碎的镜子里，

我请求你

放心啄我吧，啄我的

表皮，啄我的肉，

如果你要。啄我的爱，

啄我的誓言，让我的核

被夜晚看见，赠给夜晚，

而夜晚将自己赠给你。

无论音符多重，音乐

都沉默，无论裂痕多少，

镜子都不会碎，

只有你，将在

这样的方式中越来越清晰。

将你啄出。

（原载《江南诗》2023 年第 4 期）

小号的面孔

◎周　鱼

你见过那个存在吗？在一个

混乱失序的送葬队伍中，一个个乐器

疲惫得耷拉下脑袋，唯独一个小号

扬起脸，它的洞朝向背阴的方向，

那个黑色的洞，你体会过吗？

它敞开着，当它藏匿着什么，像人的

一部分，像人的一张嘴，或

一只耳朵。多少舞池中脚步的斡旋

在其中。像人无助的恶习，因为

彼此的自我的恐惧而错失的爱的机会？

躲起来的渴望，节省下来的

牺牲，或直接掐掉，仿佛不留痕迹。

小号的声音在铜管乐器中显得明亮，它唱的

却少于它的面孔所意味着的，只有那个洞

是一个无解的真相。

是的，我不再说死亡，

不再说灾难，不再说任何重大新闻，

我不再说一个像巨幅广告牌

即将砸下来的令人震惊的词汇。

只是它甚至带着美感的高音令我心痛：

那些没有失态的，

那些平静的，却需要忍受的日子。

（原载《广西文学》2023 年第 6 期）

浪　花

◎周西西

是谁在汹涌的海面上开垦，植草种花

比昙花更短暂的绽放是什么？

浪花是一个半透明的词语，是大海

挤出体内多余的水分

是拥挤的水向高处无声的呈现

是脱离了枝、茎、叶，植物园的废墟

有人说，浪花是卸掉骨头的水

是凌空舞蹈的盐

也有人告诉我，浪花开而即谢，但从不枯萎

可用作白日梦的解药

时间这个伟大的园丁，催开着美

也摧毁着美。当我

置身于这片庞大的花海之中

人世的悲喜与沉浮，已经不用再提起

（原载《星火》2023 年第 4 期）

坊茨小镇的音乐节

◎朱建霞

一百多年的风吹了又吹

还是没撼动激越的音符

浸在百年的血泪中

即便一片叶子

也有了铁的重量

此刻，不要谈什么诗意

也许只有那些嘶哑的呐喊

才能拯救历史的沉重

（原载《白银诗刊》2023 年第 5 期）

梦境片段

◎朱山坡

父亲端坐在堂屋的门槛上

沉默寡言。我递给他刚取回来的成绩单

四周寂静，葵花开在墙角里

母亲已经三年不见身影

父亲说，她扮乞丐讨饭去了北方

但我还记得她的葬礼

简朴而哀伤，我们都哭得像猴子

父亲将成绩单还给我

说这些都不重要了

母亲也说过类似的话

我很伤感，因为他们都没目睹过

我怀揣成绩单狂奔回家的样子

（原载《山花》2023 年第 6 期）

东葛路偶遇

◎朱山坡

那一刹那，我有些惊喜

她的面庞，依然姣好
像不轻易被损坏的壁画
那光亮的眼神
一下翻开了沉睡多年的往事

我正要给她一个拥抱
才发现她的身后躲藏着一个孩子
他的爸爸，在马路的对面招手
像极一则活广告

彼时，东葛路刚刚下过一场雨
南方的雨，来得快，去得也快
经常是，一根烟的工夫
便经历了一场雨

（原载《山花》2023 年第 6 期）

故乡的火塘

◎子　空

在我的家乡，很多人都是围着火塘长大
围着火塘变老，又围着火塘守灵
但总有一个秘密说不出口，被带进坟墓

恍惚中，其中一根柴变成了我的骨头

199

或者我的一根骨头，像其中一根柴火

人间最珍贵的珍贵，仿佛就在昨日
而从昨日到今夜的火塘，已是大半人生

原来世界上最大的秘密，就是自己发现了自己的真相
一些过往，在欢乐中被遗忘，在痛苦中被铭记

（原载《中国校园文学》2023 年 6 月上旬刊）

图书在版编目（CIP）数据

新诗选. 2023. 秋卷 / 《诗探索》编委会编 ; 陈亮
主编. -- 北京 : 中国文史出版社，2023.12
　　ISBN 978-7-5205-4486-3

　　Ⅰ. ①新… Ⅱ. ①诗… ②陈… Ⅲ. ①诗集－中国－
当代 Ⅳ. ① I227

中国国家版本馆 CIP 数据核字（2023）第 227689 号

责任编辑：全秋生

出版发行：中国文史出版社
地　　址：北京市海淀区西八里庄路 69 号　　　邮编：100142
电　　话：010 － 81136602　　81136603　　81136606 （发行部）
传　　真：010 － 81136655
印　　装：廊坊市海涛印刷有限公司
经　　销：全国新华书店
开　　本：787 毫米 ×1092 毫米　　　1/16
印　　张：56.25
字　　数：880 千字
版　　次：2024 年 1 月北京第 1 版
印　　次：2024 年 1 月第 1 次印刷
定　　价：240.00 元（全 4 册）

冬卷

新诗选

2023

陈　亮◎主编

《诗探索》编委会◎编

中国文史出版社

编 委 会

目录
CONTENTS

新诗选 2023 年

冬

新诗选

2023年

冬

新诗选

2023年

冬

新诗选

2023年

冬

新诗选 2023年 冬

慢 者

◎阿 门

一枚硬币长成纸币，过去很慢
现在快了，但也不值钱了；方言
长成了普通话；一大片老房子
的记忆，更被"旧貌换新颜"

近处的一座跃龙禅寺
在闹市区安静下来。人到半百
我也该安静下来：对黑白世界
观棋不语，对财和色
不再称兄道妹

疾步声，被旧时光收回
晨服药，提醒我缓慢中
必须找到散步的节奏
找到，讨好余生的方法
找到，大隐隐于市的妙趣

后半生，要缓慢，不要停滞
不要像我父亲，第一次出远门

就到了天堂

（原载《当代·诗歌》试刊号第 1 期）

嘛呢石墙

◎阿　信

一个人是有局限的。一个人的信仰
也不能搬山填海。

集万人之力，在无尽岁月中
垒砌一堵低于寺庙但高过草原的长墙
是有可能的。

穷人的悲伤短暂，欢乐也是。
石墙基座，一块阴刻经文彩绘度母的
石块，是他亲手搁上去的。

他长年蒙面山中
剥离岩石。他的父亲拙于言辞
却精于雕刻。他的儿子，师从盲眼大师
在另一个州，学习彩绘……

（原载《江南诗》2023 年第 5 期）

我真的明明看见

◎阿　民

"砰"的一声，是一个人
在我的视野以内
甚至听到头撞地的声音

人群突然就散开了
仿佛谁踩到了一颗地雷

我怀疑这是在拍电影
俯拍出来的效果
是那么地震撼——
大大的人圈里孤零零地躺着一个人
身体抽搐而扭曲
用血画出一个大大的问号

我怀疑这是在梦中
救护车的声音若隐若现
却一直没有来到这里

（原载"雄安文学"微信公众号 2023-10-18）

在万格梁子山之上的雪

◎阿西壹布

把爱放在万格山上从此不再遥远

想起冷伍百芝、阿卓罗文的一生与婚姻

我冒失地谴问了万格上一棵雪松

山腰的树林可否把他们两个种在那里

在雨热同季的万格梁子看一缕光

一块叫乡愁的伤口在我的胸里发炎

雪白的积雪从山脊一滴滴流成溪水

试着从那山谷流入父亲粗糙的掌心

万格山的云像一群羊被赶往一个地方

每一只羊骨子里都刻着迁徙的地名

在草地上觅食的鸟，把头低入松土

一朵云与一朵对话成雨落在万格梁子

把万格山的雪山留下，不要带走

雪花挂在叶子和山上的坚果一起凋落

山风轻轻地，抚摸着村庄的人额头

每当有人离世一场雨把一场雨弄哭了

（原载《边疆文学》2023 年第 9 期）

所有的有

◎艾　泥

大地无须悲悯
本来就有

牛背上加持了一群
欢快的喜鹊。牛粪多么新鲜
消化不尽的苞米
冒着热气

历来就有啊
从那历朝历代的小时候

坐在地埂上嚼蛤蟆叶
劳累也历来就有
苦荞地里，妈妈弯腰
刨到了水洋芋

所有的有
应该有一棵槐树记住了

别忘了龙潭水

一直那么有

关照大大小小的村子

永远不断流

（原载《人民文学》2023 年第 10 期）

清晨之歌

◎白月霞

我听到明日的风打开今日的清晨

春天的台阶自远方向你脚下延伸

我看见你拖着一棵枯树回家

它因泉水在冬天断流悲伤而死

不久之后，词语将把它遗忘

一种深深的无力感占据了你的心

我想描述你心脏的形状

以确定我在你心里的位置

我想和你一起在古泉边手植一棵新树

我想再一次为爱赴死

我想在复活的泉水中洗濯双足

再没有别处可安放我的心灵

离你越远，我越爱你

请还给我爱上你之前的无辜的日子

（原载《飞天》2023 年第 10 期）

元旦时间

◎笨　水

妻子去书房加班

我入厨房，炖骨头汤

妻子加班认错

不是真错了，而是被迫

把别人的错，认作自己的错

我在厨房，给骨头化冻

一刀一刀改成小块

隔着墙壁

我们俩，一个在跟骨头较劲

一个分身出一个自己，在跟自己争辩

我用两个小时将骨头炖成浓汤

她用同样的时间

劝服自己

在陷阱里，接过别人落下的石头

垫在自己脚下

我的汤好了

妻子也将自己变成了错误的人

这是从未经历的一天

我们依然赞美

碗底沉淀的骨头，汤面漂浮的葱花

承认人心仍是问题

也坚信

万物陈旧，时间崭新

（原载《当代·诗歌》2023 年试刊号第 1 期）

无 事 歌

◎笨　水

荒原有谁懂

草木上的露水

潜伏在下面，小兽的眼睛

有谁能懂

除了人造卫星

荒原上的星空

有谁懂

有人说那里可建宫殿

有人去开垦

或圈成动物园

红墙寺庙建在远山上

更多人走进去

撒了泡尿，然后

出来

再没人像雷霆从荒原滚过

没人像河流将它分开

没有大事发生

只有巨星无声陨落

（原载《当代·诗歌》2023 年试刊号第 1 期）

斯卡布罗集市

◎布非步

你和我并肩

出现在海边小镇

一直幻想这样的场景：

我们看望被装上车去赶集的

芫荽、鼠尾草、百里香

和野百合；

看望拜占庭的日常生活进入

另一种琐碎的日常生活

我们来来回回地走

穿过每一滴咸水和大海之间

给每一座教堂和荆棘重新命名

包括，中世纪黑死病里逃生的

矮子骑士与他心上的姑娘

穿过絮絮叨叨提前来到的更年期

夏日的玫瑰湮灭了波罗的海

神色迟疑的黄昏部分

像往常一样，我为你摘掉

头上正在结籽的胡椒，你轻轻握住我

农妇一样操劳一生的

粗粝的双手：

"亲爱的，我需要你

织一件亚麻衬衫，就像此刻

我需要收割芫荽、鼠尾草、

百里香和野百合——"

（原载"中诗瞭望"微信公众号 2020-11-06）

荆 棘 鸟

◎曹 兵

此刻，我愿意称你为红色精灵

你的背景，是庄稼地，是无垠的绿色

你身披红色风衣，耀眼、夺目

你时而跳跃，时而奔跑

像是有无限喜悦要和大地分享

你有轻度抑郁症，吃黛力新

而现在，完全看不出

你经历过的磨难远比抑郁症可怕

那些童年、少年、青年时代

都有让你失语的症结

为此，你整夜失眠，整夜写诗

以毒攻毒

现在，落日就要西沉

我站在一座山的边缘，踩着夕光最后的尾巴

你是最后的荆棘鸟，跳着最后的舞蹈

黑夜就要来临，尘世将收合希望之光

我张开双臂，在暮色中等着你

最后一跃——

黑夜就要陷入黑暗，我们就要合为一体

明天太阳照常升起

天长和地久的祈祷，也会

随时发生

（原载《当代人》2023 年第 10 期）

蚂 蚁

◎曹　兵

我在院子里，等雨来

吸引我的，不是大朵翻滚的乌云

是一堆奔跑的蚂蚁

它们密密麻麻，有成千上万只

我捻起一片树叶在它们中间，就是一道鸿沟

我如果放下一块更大的土坷垃

无疑会是一座无法翻越的大山。

它们太小了——

我抬头看天，在这暴雨将来的天地间

我也太小了——

而对于一群蚂蚁，我是巨大

在大和小的对比中

暴雨就要来了，我就要离开了

我清除了蚂蚁身边的一切障碍

包括土坷垃和一片落叶

可对于从天而降的

暴雨，我又有什么办法

让它们安然度过一场天灾呢

没有办法

我是真的没有办法啊——

（原载《当代人》2023 年第 10 期）

拔 剑 记

◎曹　东

剑从鞘中拔出后，还需用力继续拔

从一块铁里，拔出它的知觉

从睡眠，拔出醒

从沉默，拔出一场小面积的嘶鸣

就像，两位友人握手

哗的一声

拔掉了远山近水

而我，只是一个满身斑驳的人

拔去孤独的疾病

已经所剩无几

那就拔掉，围拢的时代影像吧

在阔野

我们像两蓬，生长剑刺的黑荆棘

（原载《星星》2023 年 8 月上旬刊）

道　歉

◎曹　东

我的脸颊抄袭父亲

我的胃疼抄袭母亲

我的第一封情书，抄袭星空的孤独

第一次用指头牵你的手

抄袭鸟儿出壳，轻柔的

那一下磕碰

对不起，我必须道歉

原谅我活得没有尊严

我活着，每天抄袭你们的活

我死时

也不得不复制别人

完全用过的方式，去死

（原载"一见之地"微信公众号 2023-10-24）

布兰卡和弹吉他的人

◎曹　东

一边是崩溃的大海，一边是春天的贫民窟

盲人移动手推车，车上坐着布兰卡

盲人弹奏吉他

弹奏眼里的黑暗

小女孩布兰卡，只想用唱歌所获

买一个自己的妈妈

"橙色是热心肠的颜色，也是落日的颜色。"

坐在锈蚀的船头

故乡的影子席卷而来

吉他声高过海浪，高过电影胶片的战栗

布兰卡，泪水是歌声的尾巴

你举起盲人爷爷遗下的胶鞋

你急促地跑过广场，把孤儿院留在画框外

注：《布兰卡和弹吉他的人》系菲律宾、意大利电影，长谷井宏纪编剧、导演。

（原载《星星》诗刊 2023 年 8 月上旬刊）

地 铁

◎陈　亮

天还黑着，我们背着背包戴上口罩
各自找到那个熟悉的洞口
乘电梯下潜、安检、排队候车
然后相互推搡着进入车厢

有人一落座便戴上眼罩、耳塞
暂时进入另外的世界
车厢内很挤，有人的脸在车窗上
被挤成猴子，发出吱吱的响声

很多人在看手机，表情无波
更多的人站着，跟随地铁摇摇晃晃
仿佛风中无声起伏的麦子
等待远处的收割机朝这里走来

我们拒绝成为那些被收割的麦子

我们从小便天赋异禀

有着别人所羡慕的翅膀

可以轻易飞到这座最大的城

而在这里，翅膀并不稀罕

那么多人正在集市上批发着翅膀

到站，我们从地底爬出来

天已经大亮，眼睛还不适应

手机绅士般导好了方向

带领我们开始走向那个要去的地方

（原载《朔方》2023 年第 9 期）

大 月 亮

◎陈 亮

那天我喝了点酒，心情很糟糕

仿佛谁欠了我很多什么

又不知道是谁欠了我什么

也不知道谁是谁，就气呼呼地

闷闷地背着手，勾着头

走在两旁停满车辆的大街上

当我抬起头来，猛然看见一轮

巨大的月亮从高楼间升起来

我从来没见过这么大的月亮

它的巨大几乎吓到我了，让我以为

它是那些巨无霸的高楼结出的果实

不，肯定是它孵化出了那些高楼

我呆呆地望着它

它从矮的楼慢慢爬到高的楼

又升到了天空的中心

孵化出了整个世界

直到远处的影子蜷缩到

我的脚下，像一只受伤的小狗

它嗷呜嗷呜低吟着

说不清楚自己受的是什么伤

（原载《朔方》2023 年第 9 期）

镜　语

◎陈　墨

一开始就住进玻璃的内心，

一开始就住进透明的灵魂。

那是你身体唯一的居所，

它供养你的青春和衰老。

早晨是自来水曲线的流淌，
流淌能替代修辞和语法。
他们之间裸露无遗，如同
树木和藤蔓的纠缠不已。

中午把火柴投入壁炉，
燃烧是他们的现在进行时。
他们虚拟的体温在上升，
在装置爱恋的器官中。

夜晚要与梳妆台对话，
把分离的背影交给它。
如果只有短暂的一天，
那此生也不枉虚度。

（原载"十月杂志"微信公众号 2023-10-02）

冬日偶作

◎陈德根

前二十年看到雪景，心中
雀跃，后二十年看到雪景

我满眼都是雪，我的心
正独自将它们运来

但我终究无法将它们运到这里
辜负了空荡荡的森林
辜负了安静下来的原野
辜负了低下头颅的山群

抱歉了，我说，雪下在了
多年前。而我
白茫茫的心，仍默默地
从遥远的地方将它们运来

（原载《当代·诗歌》试刊号第 1 期）

慢 火 车

◎陈巨飞

每次回乡，
我钟爱夜间行驶的慢火车。
卧铺里的交谈像是梦境，
一个邻县的老人来北京探亲——
"我看见的鸟巢体育馆，
比电视里的要旧一些。"

我为死去的父亲感到幸运，
因为他的鸟巢还很新。

车厢里，逐渐只剩下鼾声，
铁轨在歌唱。
月亮追了过来，
恰好是童年时，
割我耳朵的那一只。

此刻，
孤独的星球里有一列火车，
火车里有我的伤口，
在隐隐作痛。
这些年，语言变成了快递，
而我的表达，
尚需剥去重重包裹的松塔。

清晨，在熟悉的地名里洗脸，
陌生人在镜中，
偷去一张逆时针的车票。
我无法补票，
也无法下车，
在越来越新的故乡，
我成为越来越旧的异乡人。

（原载《北京文学》2023 年第 9 期）

锔　碗

◎陈丽伟

锔碗的吆喝响彻童年的乡村时
童年的乡村就聚起儿童的欢笑

细小的金刚钻打出细小的眼
细小的锤子敲进细小的钉子

从家里拿出来是摔裂的瓷片
拿回家时已是滴水不漏的碗

锔碗的匠人就是童年心中的英雄
走南闯北的背影写满童年的崇拜

如今我走南闯北已经很多年
童年的心灵已变成摔裂的碗

多想让锔碗的吆喝带回旧日的乡村
也想让锔碗的匠人锔好我碎裂的心

（原载《诗刊》2023 年第 17 期）

忆芦浦时光

◎陈庆票

山顶明亮，躺在山上的外公
渐渐取代了那些石头和树木

在芦浦，我是整座山最幼小的部分
甚至不及一棵草芽。外公牵着我，许多年前
一缕眩晕的光线从山坳里斜射过来

要是山再陡峭些
我会在山路的一个转折处停下来——
狭窄的山路，我的外公，顶着一身露珠……

（原载《西湖》2023 年第 10 期）

与萧红书

◎陈衍强

为什么我要幻想
在天上飞来飞去

生逢乱世饥寒交迫

依然把浪漫当食物

就像风吹寒冬旅馆

陷入去年的大雪

在冰冷的世界你用孤独

留住我的孤独

我和你相互取暖日久生情

火焰从东北一路向南蔓延

命中注定我和你的纠缠

是文字与枪是挣扎和绽放

因为像酒鬼饮酒一样饮你

我可以改名与你同姓

然而爱情和婚姻

不是两人合写一部小说

生活破碎现实残忍

那通往黄金时代的幸福

比远方更远比嚎叫更绝望

大敌当前书生也是英雄

亲爱的就算你用仇恨

从我身上撕裂所有的恩爱

我也要为祖国擦枪走火

直到躺在呼兰河的涛声中

脸上覆盖你的萧萧落红

（原载"诗与画"微信公众号 2023-10-12）

丝状编织

◎陈雨潇

那些丝线，一再编织我。

眉心是一根，喉咙是一根，

不安的掌心一根，心脏一根。

这些线，有的由棉质与玻璃交织而成，

有的是萤火虫忽闪忽闪的金线。

它们穿过我时，

我的身体充满了蓝色泡泡，

膨胀着、撕扯着、疼痛着，

将我刺破，编织进一个庞大的丝状结构，

在一片颤动的蝶翼上，纵横交错，

覆盖向凌乱的人世和大海。

我将世界向它们倾斜，

带着正在生成的巨大惊异，

无数根线弯曲，从更多的身体中升起，

通往天空的臂膀，这纤长的羽翼

在疼痛中交织、起伏。

它们隐藏情绪的暗物质纤维，

将百万个闪过的念头束缚在一起，

聚集成明亮的，可以被看见的地图。

记忆沿着丝状的轨迹闪耀。它们

有的闪耀着往日中的溃败，

有的被封印起来，在日光中战栗，

有的倒映万物的伤口，如时日的未解之谜。

（原载《草堂》2023 年第 9 期）

碎　片

◎城　西

爱一座城市

法国梧桐遮蔽着它所有的街道

这些狭窄的光影隧道

每一条，都通向故事深处

爱它青砖、红砖的老房子

它幽暗的楼道

和围着铜栏的阳台

在红丝绒窗帘和废弃的壁炉旁

老式留声机，正传出沙沙的歌声

爱它生意清淡的咖啡馆

和柜台后，穿着士林蓝短袖旗袍的女子

——在一个下着蒙蒙细雨的午后

告诉她：为了找到这里，我几乎

放弃了所有的地址

（原载《安徽文学》2023 年第 9 期）

秋 分

◎窗 户

早晨的细雨和迷雾，把日夜分成两半

我在操场上散步。记不起的梦

浮在四周有点湿润、有点重。孩子们在教室早读

哐当哐当的声音

一大早就从隔壁厂房传来

远山和山顶的大风车，看不见了

但我知道：它们在那儿

就像我知道刚过去的夏天，平铺在时间长河中

但除了在梦中，我们再也无法返回

就像载着青春岁月的列车，离我们越来越远

（原载"送信的人走了"微信公众号 2023-10-03）

早 晨

◎代 薇

在乡间醒来是多么美妙的事情

阳光照射进来

像一杯刚刚挤出来的泛着泡沫的牛奶

还带着牛棚和干草的气味

睡衣的颜色

身体像镂空的花边一般单纯

正如我对你的想念

它已没有欲望

我会想念你

但我不再爱你

（原载"现代诗公园"微信公众号 2023-09-01）

失去便是归还

◎代 薇

天黑下来以前

还有一段时间

这时，尘世的加冕已显得多余

此时的荣誉属于落日

属于随风而逝的悲喜

世间的每样东西

都是要还的

包括生命

失去便是归还

你把此生拿起来

——又轻轻放下了

（原载"现代诗公园"微信公众号 2023-09-01）

脸　谱

◎灯　灯

无数扇门，我坐在花香的门口。

我就在花香的门口，看出入的云朵，生死

看晃动的人心、人脸……

——我就在所有脸中

寻找我的脸

琴声中，颠沛流离的山色，一次又一次

把脸谱安在我脸上

有时虞姬，有时项王，有时布衣……

有时，我的脸上聚集了无数人

一样说不清来处

一样不知道

为什么死了还会再死，再生

再轮回

——多少次了。几千年了

没有一个是我。我就站在我的对面

我知道：

——这也不是我

（原载"一见之地"微信公众号 2023-09-23）

紫藤花下

◎段若兮

是暮色让光朦胧，温润。并让花香

都沉淀于庭院深处。紫藤花兀自开着，香息纤细

你默坐于花下，有人在身后唤你

你不应

遗忘光阴之后你眉目淡然，呈现出超然于世的沉静

无觉，不辨悲喜。只是默坐于花下
久久无语，让这一生只停留在这一刻

岁月酝酿的那杯浓酒，反复啜饮后早已变淡
如月色般清白。只是舍不得放下酒杯的人在你面前欢笑
而在深夜里默默流泪

风拂过，紫花飘坠，落在你依旧梳拢成髻的银发上
有几朵滑落在披肩上，又掉下来
散落在你的轮椅旁

（原载"送信的人走了"微信公众号 2023-09-08）

在喀尔墩村

◎飞　廉

离开塔里木大学，
我们去看行洪的塔里木河，
傍晚，来到托喀依乡
喀尔墩村一户农家小院。
葡萄架下，我们吃羊肉，
望星空，喝托木尔峰和慕萨莱思。
酒，在我脸上写满吐火罗文，
酒把我带向后院盛开的向日葵，

酒后，我现了原形：

一位摩揭陀国那烂陀寺的僧侣，

以说服突厥人

信奉佛教为毕生愿望。

"波罗颇迦罗蜜多罗"，

远处有人喊我的名字，

远处，是耗尽我一生的

浩瀚沙漠。

今夜的喀尔墩村

是塔克拉玛干沙漠中的一滴雨水。

（原载《诗刊》2023 年第 19 期）

凉 秋

◎风 荷

燥热缓慢下沉

有时感觉也就那么一瞬间的事

天地捧出清凉

不见闪电和雷霆

万物迅速做着减法

流水泛着波光，露出更多的河床

树木脱下戎装，身体放走

千百只飞蝶

然生活的负荷，从未卸下
夜晚，生锈的水龙头
滴答、滴答……
白天，路过果园，正好瞥见那一树
干瘪的果子
想起它那开花的春天
心头是沉甸甸的遗憾

人间薄凉，秋风写诗
愿不迷失远方，愿诗句里永远住着一个人
深情如火

（原载《湛江文学》2023 年第 8 期）

在这个房间
——记首师大 17 楼 1 号 514 房

◎冯　娜

在这个房间，住过至少十位诗人
我坐在桌前，还能感到
他们在这里抽烟、发烧、养绿萝
有人遗留了信笺，有人落下了病历卡
有的人和我一样，喜欢在冰箱上贴些小昆虫

他们当中的大多数都喜欢窗外的白杨

最喜欢它落叶，和对楼的人一样

喜欢黄金的嗓音

我没有见过他们当中的大多数

他们也一样

有时候，我感到他们熟悉的凝视

北风吹醒的早晨，某处会有一个致命的形象

我错过的花期，有人沉醉

我去过的山麓，他们还穿越了谷底

他们写下的诗篇，有些将会不朽

大多数将和这一首一样，成为谎言

（原载"诗与画"微信公众号 2023-10-19）

下 雨 天

◎千海兵

下雨天老父亲还在山上

雨点又急又大

整个春天都在云雾中闪烁

下雨天老父亲又忘了带雨衣

他会在哪棵树下躲一躲呢

雪白的李花会不会

落在他四十岁的肩头

我记得的都是他四十岁的样子
雷雨中笑呵呵的
一把推开房门，把哗哗的
雨水牵到闪电照亮的墙上

桌子上的菜有些青绿
冒着雨雾一样的热气
四十岁的父亲再不回来
母亲又要到柴火熊熊的灶上
蒸一遍

一晃三年有余了
母亲一遍一遍跑到厨房里
而每一次门都是被风吹开的
而每一次李花落下来
变白的只是她的头发

（原载《人民文学》2023 年第 10 期）

温暖的事物

◎高　坚

大叶杨的枯枝

突然掉了下来

砸痛了冬眠的紫花地丁

树林的背阴处，还有三分之二的雪没有融化

它们坚持着

等春风最后的嫁妆，远嫁他乡

我的三弟，拾捡大叶杨的枯枝往家背

夕阳下，三弟肩上扛着枯枝

枯枝的影子压着三弟的影子

大叶杨的枯枝燃烧在蒙古包的炉膛里

蒙古包外，炊烟袅袅

贴着河堤，迎接晚归的我

远远地，我就听到两个月大的儿子的啼哭

离我越来越近，离春天越来越近

（原载《草原》2023 年第 9 期）

上云龙山

◎高春林

我喜欢上山时间的隐逸。喜欢

在大石佛明明之眼下不再有时间的坡度。

"一个漫游者，多半是一个孤独的人"，

这时的孤独迥异于深居城市。

诗在风口。所有疑云不到眉间已散，

一个人也是一种松针木。这时不需要尖锐，

向上走，身后的假象就将逃离。

我喜欢我的眼睛不再有霾。我不给这片

石比喻，醉卧其上的是苏东坡，

《放鹤亭记》在"风雨晦明之间"记下了

鹤飞来时，穿草鞋披葛麻的人，耕在

自由中。一个人的超然在于晦暗时

他拥有一个虚无的词。尺度不是酒度数，

天太黑，是任性识出了一个酒石头。

我喜欢醒着的林子，收容了时间的哀恸。

迁移的仅是时间，他的词也是

一张嘴。这样走着，风似乎又紧了，

坐在一个井沿边，我只会感到渴，

我从混沌中回到直视，驼峰这时即骆驼之慢，

除了山明亮，我无理由慢如斯。

一个人向我走来，抑或我向一个人走去。

（原载《诗歌月刊》2023 年第 9 期）

大雁之诗

◎高鹏程

作为修饰和点缀

它们往往在形容季节变化时出现

这在秋天湛蓝天宇中飞翔的汉字

或者金色苇塘中栖息的生灵

早年的相遇来自童年的谣曲和蒙古人的长调

这流亡者的队伍，教会了我人生中最初的两个汉字

"人"以及"一"

前者让我意识到，人与万物生灵有着相似的行状

而后者，也让后来的我明白

"所有伟大的征程，都有一个微不足道的起点。"

如果说还有什么教益

那就是它用来栖息的苇丛和练习飞翔的天宇

让同样浪迹天涯的我，

懂得了珍惜人间最后的暖以及如何面对

命运最初的凛冽……

（原载《人民文学》2023 年第 9 期）

薜荔之诗

◎高鹏程

一种荒凉的植物。

往往，在人去楼空之后，才会爬满石墙和院门

越荒凉，越茂盛。

这种奇异的植物，还会结出一种名叫木莲的果子

用它研磨的果胶

将会被制成一种褐色果冻

它软糯、甘甜，有一种

沁到骨缝内的清凉

能够抚慰夏日酷热的暑意。

如果你不曾见过薜荔，如果你不曾

品尝过这种奇异的果冻

请你读读这首诗

你将能感受到时间

一种荒凉中的平静

请你继续读读这首诗，你将会看到

薜荔和它环绕的荒凉的院门

你将会看到一个守在其中的

荒凉的人

在耐心研磨一碗清凉的木莲果冻。

（原载《人民文学》2023 年第 9 期）

星空和粮食

◎葛希建

从梦中醒来，星空下

是地面上摊平的粮食。

厨房里的灯还亮着，窗格里的人影

在有限的空间腾挪

灶膛里的火光，映照着劈柴的衰朽

一条黄鼠狼从鸡圈旁闪过。

睡梦中，爸爸的鼾声

仿佛是童年时的一个梦境

那是一个遥远的夜晚，麦子刚刚收割

星空无限

日子还没有尽头。

（原载《诗刊》2023 年第 18 期）

灰 瓦

◎龚学明

青瓦是一个雅词

其实是灰蓝瓦，我更愿意叫灰瓦

粉墙黛瓦，指的即是这瓦

我年少时，家里是三间瓦房

灰瓦与灰瓦挤挤挨挨

是有序的：或俯卧或仰躺，头靠头，手脚相连

就像所有的祖先：遥远的亲人都来了

"一起做一件事"

——庇护他们的孩子们，一个活在人世的

家庭，遮风挡雨

我们在屋底下唱歌、喝粥、哭泣

快乐不是没有，只是太少

屋内的暗和室外的亮

像燕子进出，春天很快长大

母亲只在哼唱民歌时放松

父亲不说话，烟头替他燃烧窘迫的滋味

贫穷像一只陌生的兽，看不见而摸得到

米缸里的空让生活见底

这些灰瓦总是湿的，晴天时

也眼泪汪汪，"有比风雨更残酷的"

那夜它们没有睡——

他们的孩子，我们的父亲多么害羞

他犹豫着不得不外出去借米

很晚很晚，他提着

一小袋米和沉重的脚步回来……

（原载《诗歌月刊》2023 年第 10 期）

相 似 性

◎古　马

针尖明亮

缝纫机连续不断的走线声中

有蝴蝶，自母亲手下翩翩飞出

附身在缝纫机上

仿佛踩着一台脚踏风琴

双手在黑白琴键上弹奏

多么相似的一刻
春天的二重唱
由母亲用沉默的背影完成教学

缝纫机已成舍不得放弃的收藏
机头上留有母亲的手温
沉寂的只是死亡，母亲啊
你还在上一堂音乐课
蝴蝶每年还在故乡飞来飞去

（原载《草堂》2023 年第 9 期）

存在之杯

◎海　城

以生命的名义
热爱一只"存在"的杯子
旋转的白昼和黑夜
不停地掰手腕
我警告自己，永远不要摔碎这只杯子
哪怕大难临头，哪怕无常的命运
一次次跑来碰瓷

但我不知道这信念

能在一块冷铁上燃烧多久

（原载《海淀文艺》2023 年第 3 期）

桌布上的花瓶

◎海　男

桌布上的花瓶，也是另一种存在

陪伴我穿过了半个世纪

在之前，它在另一个地方，是尘土中的

尘土，当它未遇见火时

作为尘土，总要有植物生长

有一天，作为旅人行走时

我眼里吹进去不明物，泪光闪闪中

一个挖土豆的女人走来，靠近我眼睛

只吹了一口气，就像来了一阵风

将那不明物吹走了。女人去挖土豆了

我继续往前走，看见了一座土窑

浓郁的黑烟飞逝于头顶上空

像一轮轮涡流旋转于脚步声中

有尘烟之地，必有生的走向

有秘密之地，必有灵息周转

几十分钟，就走到了土窑前

几个男人满身尘土，仿佛刚钻出窑洞

这方圆几里都是尘封的，像巨大的

信袋，装满了天书。感觉告诉我

几个男人，从生下来，就来到了这里

从生下来，脚底下都是黏土

我走过去，他们用手拍落了身上的土

像是在迎接我。一个男人说，要出炉了

里边有花瓶。我的眼神亮了起来

一个人的眼神在什么时间中最亮

为什么眼睛会亮起来？天啊

如果你看到天，碧空万里

变幻无穷；如果你的胸针扣住了褶皱

转眼之间，邮差已按响门铃

你的眼睛是否会转动，刹那间亮起来

我带走了刚出炉的热乎乎的花瓶

我走出了高低不平的山冈离开了土窑

我怀抱那只花瓶回家并放在桌布上

我插上了康乃馨、百合、秋菊、向日葵

（原载《山花》2023 年第 10 期）

理想生活

◎韩其桐

不过是

一座临水的小房子

檐下长草，屋顶开花

不过是

行人断断续续

从对面的石桥上走过来

再走过去

不过是天亮了，鸟鸣似翻书

不过是天黑了

心爱的人

搬来两把木头小椅子

月亮一把，我一把

（原载《山西文学》2023 年第 10 期）

自题：秋天的小花絮

◎韩少君

秋天，他回到出生地

太阳照耀他的后背

前胸依然有些凉气

勃勃野心早已熄灭

在田野转动身子，小跑几步

四周的稻茬、水洼有点晃眼睛

一只昆虫还能蹦跶

落在了他的衬衣袖口

趁睡意还没到来

透过两棵朴树的阴影

和一截矮篱笆

他安静地看着老邻居——

一对伐木的夫妻

在林子里晃动

一个手持电锯

一个在拖曳树枝

他们这样，干了大半天了

（原载《朔方》（2023 年第 3 期）

我经历的每个瞬间

◎韩文戈

我经历的每个瞬间，万物都在呈现各自的辉煌

清晨打开门，树下一条小狗也在看我

起早的人纷纷走向田地

一只鸡会在傍晚跟着鸭群跨进家门

落日有如古老与最新的知识照耀着东山顶

西侧山峦被它镀上一层金辉

冀东的河流闪烁着穿过村镇，陌生人心怀隐秘

这是多么偶然，这又是多么必然

我打开书，母亲给羊喂草

父亲弓身从河里担水浇灌菜地

就这样，世界从不停息

星罗棋布的事物相互吸引，自我即中心

然后我的父亲、母亲告别了这个世界

这是多么偶然，这是多么必然

我们不是凭空而来，哪怕来自虚无，那里恰是子宫

（原载《当代·诗歌》试刊号第 1 期）

露天电影

◎黑　枣

从没有一种时候像现在这样

我无比怀念一场乡村露天电影

那是在一座空旷的晒谷场上

谷物尽收，四处散发着

泥土、雨水和烈日搅拌一起的

复杂的气味……村民们吃好了晚饭

搬着一把椅子去占位子

比床单更大更白的电影幕布

此时是乡村即将盛放的璀璨星空

"来了！来了！"放映员提着

两只乌黑发亮的铁皮箱子来了……

那时候，有两种人是我崇拜的
一个是乡邮员，一个是放映员
他们打开了外面那座世界的大门

激动的村民慢慢安静下来了
我听见放映机"沙沙沙"响的声音
好像很多人踩着那道灯光的小路
跑上了电影屏幕……那是
来自另一个世界的人，长得好看
打扮漂亮，说话像唱歌一样迷人
就连干坏事的人也显得体面、亲切

时间越来越急躁无趣了
干什么都不加掩饰地简单粗暴
人们好像也不再做无谓的期待
但是他们把整个世界打扮得
比所有的电影都更加绚丽多姿
每天都在上演着一出出
喜剧、闹剧、无厘剧……

我突然明白了
人间就是一座露天电影放映场
荧幕里的人走下来
我们走上去……别人笑我痴
我笑众生皆疯癫

（原载《草堂》诗刊 2023 年第 9 期）

隐秘时刻

◎黑小白

邻居家的老人去世后
她的老伴儿就拄上了拐杖

我听过他在众人中歇斯底里地痛哭
像个无所顾忌的孩子
这让我担心另一个失去老伴儿的老人
他是我的亲人，我熟悉他的样子、声音
和他这一生的硬气

我多么希望，他能像邻居老人一样
把悲伤呈现给我们
但他，一个人烧炕、做饭
收拾花草和蔬菜
重复老伴儿生前每天的生活

直到有一天，我听见
他在茂密的李子树下长叹了口气
那一刻，他终于像一个失去伴侣的老人
露出了隐藏很久的伤痛

（原载《诗刊》2023 年第 18 期）

一 场 雨

◎鸿　莉

上天用一场雨抒情

我只能顺从

每点雨里，都携带一个神

我不能预料，哪滴雨

会把我的一生淋透

让我在迷茫中，醒悟

天，总会下雨

我的一生，总会被

当头浇下的雨

弄疼弄哭几次

在奔赴中

雨下雨的，我走我的

我淋雨的样子

像被命运，又赞美了一次

（原载"当代诗选"微信公众号 2023-08-23）

饮　酒

◎胡　弦

大寒。田野释放出更多空旷。
风一阵一阵吹，让那些
想落脚的事物继续其漂泊

餐桌上落下浑浊夕晖。老屋如父。
有种遗传的烈性在搀扶饮酒的人、踉跄着
去土墙外撒尿的人。
天宇中，灼焰涌动，
来历不明的燃烧让人不得安宁。

菊花残。不见土拨鼠，
它们藏身于黑暗地下，从不求救。
——也许就在今晚，一颗
陌生的星就会迎来大雪

（原载"早上好读首诗"微信公众号 2023-09-06）

烽火台下

◎胡　杨

在沙子里
在重重叠叠的黑暗里

050

一枚木简的胎心

在跳动

在沙子里

所有的语言都开始冰凉

只有它，把自己的命

续在了春风逃逸的木片上

在沙子里

有了它

每一粒沙子都是叮嘱

一把抓起它们

从手心里漏下来的

却是金子一般的诺言

（原载《诗刊》2023 年 17 期）

羊 井 子

◎胡　杨

一只羊叫了一声

一群羊跟了过来

一群羊一起叫

那口井

就藏下了

它们的叫声

在月色如银的夜晚

水，亮晶晶地

似乎要从井底溢出

宁静中

隐约有三五只羊的叫声

（原载《诗刊》2023 年 17 期）

阿 依 莎

◎冀　北

清晨的阿依莎

暮晚的阿依莎

总是走在她家羊群的最前面

从远处看，仿佛一只黑羊

领着一群绵羊，浩浩荡荡

在草原上漫步

母亲说，阿依莎

早已把自己活成了一只头羊

她走到哪里，羊群

"咩咩咩"地跟到哪儿

她死于一场暴风雪中，母亲说

找到她时

羊群正围着她打转

阿依莎一动不动地躺在那儿

羊儿们找不到回家的路了

很像是漫天的雪花

围着青海的天空打转

却找不到落脚之处

（原载《安徽文学》2023 年第 9 期）

山口的落日是一辆末班车

◎冀　北

西边窄窄的山口

隐约出现一个人影

仿佛是从落日中

刚刚走下来。

然后，又看见第二个、第三个……

这时候的落日

真像是停靠在山口的一辆末班车。

我和母亲站在院子外面

眺望着……
但看不清，哪一个
才是从矿区赶回来的
我的父亲。直到天黑下来
一颗星星出现在门外
我扑上去喊他：父亲。

（原载《安徽文学》2023 年第 9 期）

一切都明显地运动过

◎贾　想

要走了。
不过，距离真正的再见
还有足够的时间
甚至可以美美睡一觉。
但我只是眯着眼睛
保持耳朵的警觉
等待空间里
一颗终结的石子落水。
我能感到我的兴奋
只因一件漫长的事情
就要结束
我的身上，就要有被经过后的满足
被使用后的光滑。

所以离开我吧

亲密的、八月之手

我知你已将门外的一切

换作全新的。全新就是

一切都明显地运动过：

山楂树的果子运动过，由青色

来到鲜红

秋天的边缘运动过。

爱肯定也运动了：

当我终于上岸，那在通惠河边等候的

是我陌生的妻子

及她修剪的银河

(原载《北京文学》2023 年第 9 期)

秋日的集市

◎江 非

足够让人难忘啊

眼巴巴地望着

眼神里充满了懵懂和无助

我和外婆养的第一只小羊

在两年后的秋天

就要牵往集市

足够让人揪心

一路上，羊咩咩的叫声

空茫，悠长，节制

充满了离别的哀伤

足够让人想着心里就噙满了残忍的泪水

浑身带着浓浓的羊圈味

温顺、孱弱、瘦小的一种动物

永远不会去伤害人

好像已准备了好多年

一路跟着自己所爱的人

亦步亦趋，赶赴秋日的集市

足够让人糊涂啊

祖孙二人和一只羊，排成一队

在路上埋头无奈地走着

那样的画面，充满了生活的自然和爱的温馨

足够让人一想起来就要心碎

（原载《边疆文学》2023 年第 10 期）

秋　收

◎江　非

果园里飘荡着苹果腐烂的香气

随着风散播到附近的花生田

脸渴望着，一个贫穷的女孩

被和一只产后的奶羊拴在一起

我坐在高高的水闸上，打着瞌睡

脚垂向自由的一边

五里外的小镇上，烟囱

升起锅炉排出的浓浓黑烟

蚂蚱弹跳着，从一个叶片

到另一个叶片，不知道还有

多少生活被拦在成功的路上，从洞口

露出田鼠的半张脸，一闪

不见，再远一些，田垄的更远处

走着牛和它驮负的犁与谷物

（原载《边疆文学》2023 年第 10 期）

放学回家

◎江　非

母亲在树下淘洗麦子
一条狗在门旁独自走动
雾气还没有散尽

鸟鸣声很远

在秋日高高的云层上

但没有多少价值和意义

我又累又饿

放下书包，跑进屋门

一摞饼还是热的

父亲早上就去菜园修栅篱了

要把它们用绳子全部扎牢

才会归来

一头驴急速地叫了起来

在喊：来吧岁月，岁月来吧

已经到处都是秋天

即将离去的气味

日子就要一脚踏在冬日黑色的琴键上

（原载《边疆文学》2023 年第 10 期）

军 事 志

◎姜念光

大地之光照耀牲畜的躯体

脸膛炽热看着手上的铁器变形

颈项挑衅松树，眼睛逼视旋涡
半截原木在雪耻的石板上摔打懦夫

这些英俊的青年人，开始说脏话的青年人
有着钉子一下拍进掌心的奇怪表情

他们是一万头牛的苦肉计
要磨炼图穷匕首见的意志

他们也是一万匹烈马的思远道
要经过踏破铁鞋的雕琢

苦肉计得把虎牙咬碎
思远道也让山河蓬勃

而墓碑早早竖起，棺材砰的一声打开
破釜沉舟投下誓言和决心书

后来是排列整齐的标准炸药
每一天走到寂寞的尽头，安静地等待

巨石斑斓将脱离自身，歌唱着升起来
关山万里卷起危急的词语

（原载《十月》2023年第5期）

第 一 枪

◎姜念光

他听见阳光命令黄铜。黄铜首发命中

他有多么好的视力

几乎看见疾速的光斑钻进红土

几乎看见未来，犹如当胸一击

他证明了一块铁不会废弃，甚至

经历忍耐和锤炼，会有更多可能的铜

长林丰草，野心青翠

他梦想成为百万军中最好的那一个

但打出第一枪的他多么紧张

他是少年，少年的紧张是新婚的紧张

这隐秘的战栗，长久地延续下去

许多年他携带着凛冽而炫目的悲剧气息

出乎意料，又百步穿杨

许多年，他喜欢献身的果决

子弹从一个胸膛到另一个胸膛

他成为自己，同时成为敌人

许多年，他明白这才是构成命运的铁和铜

而这时在语言中

他又将一个人的扳机搂到少年时刻

（原载《十月》2023 年第 5 期）

那 时

◎蓝 蓝

还好，你从你的手中退走了。
你从你泄密的目光里隐去了。

总之，你已不在。现在你是一些词语，
是几本书，一部冒烟的诗集。

我曾是你手里躺着的星星和果子？
你目光里九月的山林？

现在，我是沉默的影子在行人脚下，
是沉默的伤口，不流血也不结痂。

当我想死的时候，我就会在
厚厚的鞋底重生，像被踩断的蚯蚓。

因为你手掌边缘就是地平线，我的脸
曾贴近它的惊颤：我歌唱它灾祸的真实。

我的双唇就在那时从下巴上
生长出来。我的脸也是。

但总之，你已不在。下雨时我想。

天晴时我想。你是一阵风在北面，在南面。

为你我撕裂过峡谷，溪水流过我们的额头，
石头如何打开自己，我就是那个模样。

再没有什么礼物可以赠送给你——
棉花和枣花都在开。一贫如洗的我。

我已年过半百，住在北京远郊，
和孤独躺在一起：
被你手心遗忘的一小片阴影里。

（原载《诗歌月刊》2023 年第 10 期）

别　离

◎蓝格子

回忆总是不请自来。一支烟
一段幽静的小路
同样的夜色，微风刮过树梢
和两个人消瘦的面庞
路灯下，他们的影子看起来有些陈旧
像两片挨在一起的枯树叶
低沉闷热的空气带给人窒息感

他们都知道，那些人生的小灾难

并没有合适的词语能够说出

如同遥远的星空

总是闪烁着难言的悲伤

后来，在匆忙走过的人流中

他用力抱了她一下

便松开了——

多少相似的场景被挪到眼前

雷电交加的夜晚已经过去

但一切的宿命中，没有人能全身而退

这么多年，他们也逐渐习惯了

这瞬间的爱，和持久的别离

（原载《飞天》2023 年第 9 期）

更 年 期

◎离 离

我经历的，各种疼痛

无缘无故的悲伤和绝望

我经历的，像病又像幻想中还在成长的

样子，多么难熬

我把头发剪短了，可我藏不了

那几根白头发

我做了一次又一次的手术

那些无声无息的黄昏，太安静了

我的身体像一支笛子，各个洞眼里藏着

好听又悲伤的声音

（原载《当代·诗歌》试刊号第 1 期）

这样的生活由来已久

◎李　点

蝉鸣撕咬的黄昏

我站在窗前等他下班

小径上走来穿白衬衣的不是他

便道上提着购物袋的男人不是他

一边走路一边打电话的那个人

不是他

我计算着他打电话的时间

此刻，他还在路上，比往日略晚

想到自己所经历的困顿和不幸

针扎一样的生活

我常常会在回忆时紧紧揪住胸前的衣襟

"我流泪，因为一切事物消逝、改变
又重返"

幸福抑或不幸
它们都由来已久
有时卵石一样遍布我经历的河床
有时又蚂蚁一样将我啃噬

此刻，它蜂蜜一样把我灌满

（原载"一见之地"微信公众号 2023-06-18）

那 么 好

◎李　南

虚拟一个你
日落时分写一封长长的信
思念是那么好。

对辜负过的人，犯过的错
说一声"对不起"
感觉是那么好。

瓢虫背上的花斑

两座山峰护送一条河流

江山是那么好。

我的工作，简单又快乐

只负责给大地上的事物押韵

——劳动是那么好！

抻出记忆中的线头：

离别时惆怅，重逢时狂喜

都是那么好。

当我路过新垒的坟头

猛然钻出一簇矢车菊

你看，连死亡也那么好。

（原载《诗潮》2023 年第 10 期）

赵 一 曼

◎李 琦

七岁时，烈士馆初见她的照片

容貌端正，肃穆，有超凡之气

一种隔世之美，好像生来

就和庄严的事情相关

她的传说，已近于神话

"密林女王"红枪白马

当年的报纸，称其为"女匪首"

清秀、文静、气度凛然

有人在马上、月在中天的震慑之威

没有自由，她自己就是自由

遍体鳞伤，气息奄奄的赵一曼

散发着奇异的气场

她能让那些对她用尽酷刑的人

面对她，也尊称：女士

如此出色的人，命运

给她的时间却太少。命悬一线

依然有一种光芒，让人相信

这乱世之上，确有携带翅膀之人

她以魅力，唤起崇高感

让身边的看守、护士，豁出性命

与她同上逃跑的马车

绝路之上，那辆飞奔的马车

变成悬念。风声紧，草木屏息

马蹄如笔墨，携带云烟，在大地上书写

生当作人杰。活着时

她坚贞、贵重，确立了一种尺度

关于自由、操守、大义和尊严

死亦为鬼雄。押赴刑场的车上

从容留下绝笔，穿越岁月的字迹

让后世的目睹者，为之动容

我是从女孩长成女人之后

才更为深知，那遗书里的隐痛

笔画之间，掩映多少惊心动魄

一位母亲，她的抉择

来自最辽阔的信念

而肝肠寸断、咬碎牙齿咽下

最深的不舍

这个来自四川宜宾

本和我一个姓氏的南方女子

从悄悄离家出走那天

就远远走在了时代的前面

总是会有这样的人

面目宁静，却在人群之中

一声不响，把自己变成远方

哈尔滨人念念不忘

以她名字命名的

街道、公园、学校

三十一岁的年轻女人

从尘世抽身，变成青铜，进入永恒

哈尔滨的冬天，年年大雪飘落
那些雪花，知道时间和历史
诸多隐秘的事物，也知道
小广场上，有一个终年远眺
再不能回家的女人

雪花簇拥着她，格外温柔
一片寂静之中，赵一曼身披四季
这位女士，永不过时
她望着又一轮风雪弥漫的人间
视线里不断加入一代代人的目光
悲怆之外，已是超拔和飘逸

（原载《十月》2023 年第 5 期）

萧　红

◎李　琦

"天才作家""文学洛神"
都是过世多年后的美誉
活着时，她处处碰壁，常黯然神伤
"都是因为我是一个女人"

"一生尽遭白眼，

身先死，不甘！不甘！"
她的遗言，笔落心碎
后世的演员，尽力了
却难能演出那如琴弦颤动的
对于事物微妙的敏感
弦断之后，彻骨的绝望

所谓铭记，有时也那么潦草
她在哈尔滨住过的欧罗巴旅馆
当年的二层小楼，已升级为五层
倒是有一块记录的标牌
寥寥几字，也把日期写错

敏感、倔强、有些任性
大眼睛、东北口音、算不上漂亮
却让那些爱过她的男子
铭心刻骨。回想起来，都难免愧疚

从北向南，仓皇和离乱
她的人间破碎不堪
一直在逃，终未逃出厄运
几乎每一次选择伴侣
都是出于急需

苦命者，断肠人
飞过绝境，才华的羽毛依旧斑斓

一盏灯，一支笔
北方的旷野，呼兰河的流水
就在她的手指下
呼吸粗重，延展奔腾

2023 年，萧红一百一十二岁了
没人见过她衰老的样子
盛名之荣或慈祥之态
长者的资历，年迈的尴尬
这些，都没有发生

风吹墓园，年轻的萧红
终于放下了自己
她再也不用慌张了
时光的另端，她神态淡然
从此陷入漫长的回忆

张家闺女，笔名萧红的东北女子
就是具有这样一种魅力
气息独具，不会轻易被后世遗忘
她的书，不畅销，却总有人阅读
有一位诗人告诉我
这么多年了，只要读到她
每次，都想伸出手去
把她从文字里，轻轻地，扶起来

（原载《十月》2023 年第 5 期）

战 车

◎李 樯

这是一辆古籍里的战车

将军一手抓紧缰绳

一手挥舞着宝剑

让战车和士兵一起冲向敌阵

战车因为奔波无度

已经破旧

两只轮子咯吱作响

战车本身没有故事

只是一味地

在历史的册页里飞奔，甚至

没有几个读者注意到它

更别谈它在阳光下的影子

或泥泞中的喘息

战车跑啊跑啊，不觉间

它离开了马儿、士兵和指挥官

在旷野里

独自奔跑

（原载《诗歌月刊》2023 年第 9 期）

小 时 候

◎李　唐

小时候——大概五六年级

每天最后一节课，他都能听见

从排练室传出鼓号队的演奏。

参差不齐，仿佛是那些生锈的乐器

自行发出的响动。但在某一刻

神奇的一刻，所有声响会忽然聚集

成为明确的节奏，来自某段进行曲里

令人激动的段落。那个时候

写作业的孩子们，自习的孩子们

被老师罚站的孩子们，都微微抬头

好像在寻找声音的来处。他们当然知道

排练室，平日紧锁的大门。还有那些

被选中的孩子，趾高气扬，穿着华丽的

乐队服装，如同一支军队。多少年后

军队早已溃败，音乐飘散在空中

他还记得那化腐朽为神奇的一刻

那时每个人都感受到了点儿什么

无法被命名的东西。那时他们似乎觉得

自己可以永生，永远在这段进行曲的

某个小小的节奏中。不断重复，在记忆中

乐器闪闪发亮，每个人都是被选中的孩子

（原载《草原》2023 年第 9 期）

公交车驶过劲松中街

◎李　唐

公交车驶过劲松中街

你像往常那样，挑了靠窗的座位。

那时雪已经落下，但还不算急促

像一个刚刚站在路口准备哭泣的人

白色的情绪有待酝酿。而夜晚

在灯光中总是幽蓝的，透过车窗

你接连看到麦当劳、半价影院、疫苗接种区

车子还没到站，还有时间睡一会儿。

靠在冰冷的玻璃上，额角感受震颤

一粒雪，仿佛就要打在你脸上

但它提前被拦截，在窗子上凝结。

怕坐过站，你不会任凭自己睡去

沉沦黝黑梦境。这时，路灯照耀的区域里

雪花正成群飞舞，如灯光豢养的飞蛾

无谓，易逝，但也是某种存在。

车上有人比你更早发现了雪——

那个孩子伸出手，指给他疲倦的母亲。

汽车靠站，开门，关门。

有人咳嗽，刷卡，下车。

一场初雪无法穿透夜色，它无关乎希望。

你最终还是坐过了站。你记得以前

还有售票员可将你唤醒。而现在

你跟随沉默的司机在雪中驶向终点站

那里，车辆并排停靠，仿佛彼此依偎。

（原载《草原》2023 年第 9 期）

初　见

◎李　庄

羊羔呼啦一下落地

湿漉漉的羊水

洇湿了一片尘土，草屑

母羊舔它

像舔一块黏糊糊的奶糖

羊羔站立，摇晃，蹦跳

我跑去告诉母亲时踉跄，跌倒

母亲微笑不语，伸手

抚摸我乌黑的头发

和膝盖上跌出的肿包

那块瘀紫渐渐变得乌青

那时，我看不见

尘世的刀子

还要等待时光慢慢磨得锋利

（原载《当代·诗歌》试刊号第 1 期）

父　亲

◎李麦花

一个男人

只爱一个女人是不够的

我父亲，就有一位相好

他们碰面，不说话，先递一支烟，彼此点上

一次她来我家

我悄悄地关上门，出去

一次，父亲深夜回来，小声敲门

我悄悄地去开

好几次

我在父亲坟前烧纸

悄悄地说，她现在过得挺好的

（原载《当代·诗歌》试刊号第 1 期）

满天星斗

◎李麦花

我住房子
爱选一楼，能看见树，
风是掠过地面而来的

我走路
喜欢有小花小草的路沿，拖泥带水

我爱一个人，喜欢他风尘仆仆到来，带着满天星斗

（原载《当代·诗歌》试刊号第 1 期）

月亮下的老扇车

◎李玫瑰

扇车的叶片
缓缓转动起来，我们在月亮下
扇谷子，母亲用木质耙子
把散落的谷粒聚拢起来

那些轻飘飘的糠皮

被扇出去老远老远……

三十年的时间

有时候，只有一毫米那么厚

我，算不算一架扇车的故人？

它呼呼转动着风扇

还认不认识我？

当我再一次走近它

我说：使劲吹吧

把那些不值钱的杂念都吹走

把那些糠皮般的虚妄

都扇走……

（原载《五台山》2023 年第 4 期）

丑小鸭的另一个版本

◎李玫瑰

他天生弱智

写不好字，学不会计算

当不了学霸。

但这并不妨碍他的母亲

用关节粗大的手，抚摸他的额头

将他搂得更紧些

也不妨碍他站在队伍之外

笑看他们听从单调的口令

迈着统一的步伐

也不妨碍他问候草棵里的蚂蚁

目送飞鸟

在天际隐身……

他的快乐那么小

但是一点都不少

（原载《现代青年》2023 年第 7 期）

水中落日

◎李木马

落日，顺着柳梢滑下来

在河面为一天画上了句号

我走出单位，沿着河边

忽然想表达

却欲言又止

落日，像蛋黄沉入碗底

水面如镜，照见

生活，一天的眉目与结局

是的，人和事、树影

走出出站口的旅客
和头顶上集体回家的云
都在慢慢靠近归宿

沿着河边，一如既往地走着
此刻，倦怠被幸福的光晕所包围
远处，有人看见我
和我长长的影子
像一列回库的火车
在变轻的脚步中慢慢趋于透明

（原载《诗刊》2023 年第 17 期）

光 雾 山

◎李欣蔓

溪流冲刷山间
像是阳光下飞来的玉带

水花溅开
清泉从石缝汩汩流出
与百灵鸟奏起交响曲

我走到半山腰
点燃一堆干牛粪

火焰越来越小

直到太阳和月亮停止回旋
流水和云朵长出翅膀
融化沟壑里堆积的阴影

身体青草般茂盛
心像云水一样轻柔

竹子、枫叶、映山红……
这喧嚣而至的深绿、金色、水红
重构出另一座山

（原载《巴中文学》2023 年第 3 期）

那些人，那些虚度一生的名字

◎黎启天

她叫四奶
他叫阿文爹
她叫六姑婆
他叫十二公
他叫么叔
她叫大姨娘

就这样被叫了一辈子

至于什么名字，孙儿们也说不清

只知道他们是

阿公、阿婆

外公、外婆

也曾以阿三阿四、阿猫阿狗

一块石头或一把锁

代替了童年的称谓

后来又被俚语俗言

锁在人生的角色里

他们的名字，极少被书写并唤起

从来到人间入口

到离开人间出口

仅为了接续那一点血脉和亲情

已耗尽了一生的脚力

就连他们自己

也不曾有多余的力气

去留意，如何书写，如何叫响

自己的名字

（原载"天天诗历"微信公众号 2023-08-13）

石 头 记

◎梁　平

裸露是很美好的词，

不能亵渎。只有心不藏污,

才能至死不渝地坦荡。

我喜欢石头,包括它的裂缝,

那些不流血的伤口。

石头无论在陆地还是海洋,

无论被抬举还是被抛弃,

都在用身体抵抗强加给它的表情,

即使伤痕累累。

我的前世就是一块石头,

让我今生还债。风雨、雷电,

不过是舒筋活血。

我不用面具,不会变脸,

所有身外之物生无可恋。

应该是已经习惯了被踩踏,

明明白白地垫底。

如果这样都有人被绊了脚,

那得检查自己的来路,

我一直在原地,赤裸裸。

（原载《诗潮》2023 年第 9 期）

裸　野

◎梁积林

高耸的土壁上

夕阳的光轮从一片碎草上噗噗碾过

这深堑，一匹马拧颈啃脊，然后长嘶
完全适合半壁上
一株冰草的渴望和孤独
适合臆造一个与迁徙有关的伤感故事

蹄铁与石头碰出的火花也是篝火
一只盘羊头顶上的圆角，也算是两盘古磨

透过蜃气，看远处发红的山坡上
一个踽踽而行的人
怎么就不是一个部落

山顶上的一小块备受磨损的冷月
完全就是被时间冲上岸的一枚贝壳

（原载《星星·诗歌原创》2023 年第 4 期）

祁连山中：黄昏

◎梁积林

雪水河边汲水
弓身，吃劲
"嗨呀"了一声

那牛犊，始终跟来跟去

晃响脖铃

在帐篷边站定

这是大河牧场的黄昏

那个叫卓尕的裕固族女子

手持搅杆

搅着奶桶

一只黄蝴蝶，落在了一株草穗尖上

翅膀闪动，分明一盏刚刚点亮的酥油灯

灯焰扑闪，忽暗忽明

——照耀着

一阵马蹄声

由远而近

(原载《星星·诗歌原创》2023 年第 4 期)

父亲的三轮车

◎梁久明

我来时，只看到了三轮车

它是蓝色的，停放在公路边上

装着镰刀、水叉、挂网

总是这样，父亲下地要一并带上几种农具

想着干完一个大活再顺便干点别的

看样子，今天父亲是想

割完池埂上的高草，再去沟子里

下网捕鱼，也可能去树林子捡点蘑菇

每次归家他都能带回点什么

树林里有几个手拿塑料袋

扒拉着草的人，我向他们打问

他们说，没看见还有谁来过

面向稻田，尽头是彩钢瓦的村庄

在一览无余的广阔里我没看见任何人影

玉米抱着粗大的棒子正在心满意足地晒米

它们的生长不再需要人的劳动

父亲，你去了哪里？

认出我的人把我领到甸子中的

一个荒冢前，我知道这个

土堆，它不是我找了 27 年的父亲

我回到三轮车上，继续思想

我相信父亲就在田野之中

在每株庄稼的根下，在每棵果树的枝头

像星星升起，像露水降下

父亲终究会聚拢成形，重新

骑上三轮车，像从前那样

拉我回家

（原载《原州》2023 年第 3 期）

孤独的猫

◎梁小兰

在人流中穿梭，我是孤独的

我来自哪儿？已想不起

我要去哪儿，心中还是茫然

我不拒绝任何馈赠

陌生的街道正在变窄

通往欲望之途的天空，充斥着腐烂的银杏果的气息

钟声鼓荡着未知的梦想

再一次，我蜷缩起来

狂躁的风始终不冷不热

跟随着我

周围是寂静的树木、摇晃的人影

暗淡的光斑落着灰尘

在生命的拐角处，我再三犹疑

试图脱离纯粹的物欲，试图

摆脱禁困我的思想意识

有谁注意我眼神涣散？

过度疲乏已使我睡意昏沉

在屋顶，我得到最好的疗愈方式

仰望星空，放弃辽阔的海和幻境

如果我悲伤，我也会快乐地悲伤。

（原载《北京文学》2023 年第 9 期）

鸿雁远去

◎林　珊

亲爱的鲁米先生

2023 年

很快就要过去了

究竟是什么

阻隔了

我与你之间的信笺

天气越来越寒冷

书桌也有了旷野之息

那盏马灯

默然于书桌一隅

只擦亮过黑夜一次

还记得那年隆冬吗

寒鸦孤寂

鸿雁远去

黄叶漫山遍野都是

我想这一生

我也难以忘记

那个黄昏

一枚落日，悬挂在

千山万壑之间

当落日隐没

黑夜涌出

你提着一盏昏黄的马灯

一闪一闪

走在我身边

亲爱的鲁米先生

每每忆及

我都会想起那日坡上

野菊花绽放

你的脸庞

辉映出无尽的光芒

（原载"我只是想要一朵蔷薇"微信公号 2023-12-02）

时光木马

◎林省吾

藏进木马里的时光
转瞬间，不知就被谁偷走了
一年，或者是许多年
从前的儿童乐园，现在几近荒芜
更多的青草下潜伏着夕阳

我只是胡乱地走走
却没有想到听见一匹木马在嘶鸣
旋转的木马，已经凝滞
褪去了漆之后，已无人饲养
在没有电流通过的身体里
它的目光落寞

令人惊奇的是只有我一个人听见
听见一匹木马的长啸
我童年遗留的伙伴，在这里死去
那个病恹恹的春天
柳树还没有吐绿，花朵未见开放
一切都在迟到

我目睹一个生命的消失

它在童年的木马上，旋转着远去

（原载《当代·诗歌》试刊号第 1 期）

父亲在旷野里唤我

◎林省吾

一声，高过一声

天黑之后，父亲在旷野里唤我

十四岁的平原，已浸透了

一个少年孤傲、决绝的诅咒

一株植物已高过我

在三个月的光阴里，它经历一生

以落寞的方式，匍匐倒地

此刻，父亲在旷野里喊我

大于祖父的喉咙，声律回荡

一个雨水浸泡的秋天，很快就结束了

旷野更加空旷

只剩下昨晚的呼喊声，如箭

找不到目标

多年后，我再次经过旷野

那片被反复耕种的土地，葱茏如旧

只是那个懵懂的少年

我已读不懂他的眼神

（原载《当代·诗歌》试刊号第 1 期）

父　子

◎林水文

一前一后，我在后，他在前

每走一步颤动着暮色的汗珠

小身影越来越像小时候的我

倔强，语气的旁边有着火药桶

刚刚我把他从一群玩耍的孩子中扯出来

谁能告诉我，当他越来越像我

我是该庆幸还是忧心忡忡？

暮色里走着走着就长大了

迷路的萤火虫，还有张望的目光

不紧不慢，他时不时悄无声息回首

望一望黑暗中黑着脸色的我

他看到的黑夜是有我的影子

他不哭，嘴唇紧闭

树枝在夜色里哗哗地响

他不再像从前惊异地问

"那是什么？叶子里藏着什么？"

（原载《诗歌月刊》2023 年第 9 期）

干 净 的

◎琳　子

什么时候才能一无所有

干净到像个死去多年的女人

没有财富像不曾真的有过

一分钱的交易

不曾伤害过任何一朵花和任何一个

雨滴。甚至

不曾哭喊过一次，没有让眼泪流给任何一个物种

什么时候才能干净到

真的不曾出生，真的不曾有过一滴血

和另外一滴血相遇坐胎

——我在天上哪也不去，我在天上

连云朵都不做

（原载《当代·诗歌》试刊号第 1 期）

秋 分 书

◎陵 少

秋风起于僻静之处
秋风起于睡梦之中
秋风帮你推开窗户
让你看到对面楼顶上
欢快打滚的小花猫

多像你的小时候
父亲带回来糖果
你和弟弟兴奋地
躺在床上

再没有那么单纯的快乐了！
我们被岁月吹老
像梧桐叶子一样
落在地上，被践踏、踩碎
归集到垃圾桶里
被集中焚烧、销毁
这不可逆转的命运
像一个巨大的轮回

有谁可以跳出这个轮回？

像那些麻雀一样

从树林深处，成群地涌向那片

被白云包裹着的湛蓝色天空

（原载"中国诗歌网"微信公众号 2023-10-15）

关于耳朵

◎刘　川

如果你曾经戴过锁链

便会对锁链碰击声有一对敏感的耳朵

——尼采曾经

这样说

是的，我们需要双重的耳朵

所以，我说

人的耳朵

成年后更会向回听、向内听

经验，扩大了听域

让耳朵有了双重朝向

倾听明天的声音

率先听见过去的声音

（原载《三峡文学》2023 年第 9 期）

在 镜 中

◎刘　莉

那是谁？一张被怀疑的面孔
在镜子前审视良久
她不敢相信这是真的

她的嘴唇动了动
却始终说不出那个名字
事实证明，她们都是
漏洞百出的陌生人

请允许一个下午安静的时光
让她在明亮的镜子中
确认自己

（原载"诗人类"微信公众号 2023-05-10）

谁也没有说出一句话

◎刘　莉

我们，就这样
和山峰一样保持沉默

多么寂静啊

没有一只鸟儿飞过

也没有一丝风吹草动

我们谁也没有说出一句话

偶尔，望一望

多少次走过的那条路

已被荒草淹没

（原载《飞天》2023 年第 2 期）

天凉了，星星更小了

◎刘　炜

天凉了，星星更小了

好像一只缩着身体，把头

埋进怀里的鸟

也像小时候

面对窗外巨大的黑夜

一边听着风吹草动

一边蒙着被子睡觉，躲着

大灰狼的我

而今年过半百，不管天有多黑

我都不再妥协

生活，是一条皮鞭

闪电与雷霆

即便缩着脖子，也没有

温暖的羽毛

秋天的杨树被风吹得

犹如千军万马

而我的溃败

从它的第一片落叶开始

就像风吹了一下手中

端着的灯盏

我是多么害怕它熄灭呵

就如同一切的生命

都害怕死亡，却掖着藏着

羞于说出

这个夜晚的天空，好高呵

星星宛若萤火虫

菩萨呵，请放下云梯

让人们都能在死亡之前

去参观一下自己将去的天堂

（原载《创作》2023 年第 5 期）

谢谢你用三种身份来爱我

◎刘棉朵

谢谢你用三种身份来爱我

用铁、铜，和手掌心里一块沉甸甸的黄金

谢谢你这些年给了我它们

泥土、水，和制造水的酿水器

谢谢你父亲，这些年你教会了我播种、锻造

在闪烁的金属上看见那些回家的词语

它们和坠落的陨石不同

谢谢你在我迷失的时候深情地凝望

你让时钟减缓，时间变软

让我看到事物的另一面，和你一起建造一座塔

谢谢你，我的父亲、我纯粹的孩子、我黄金一样的岁月和谈话人

谢谢那些新的梦、氧气，逆光中看见的幸福、平安

谢谢你让我做你的女儿、姐姐、母亲

爱上你，我也有三种身份，三重自己的光辉

你让我的骨头是活的，当我写诗时

当我在诗歌里写到了你，我的骨头

就会像一群孩子那样在铁轨上跳舞

当我写到了星，有人用手敲打着我的肋骨

写到了海水，他就用嘴唇吹奏着我的手骨

在一年又始，一岁又增的这个春日的清晨

我感谢你，感谢你给我的地图、望远镜和晨曦

也感谢高原上那岁月里的荒芜和天空的空旷

（原载"中国诗歌网"微信公众号 2023-10-18）

祖 父

◎刘崇周

我的祖父会说，咖啡像是没熬透的中药

涩味侵扰他不善用的形容词汇

他说，光碟里住着一个人，她在一直唱歌

他不敢去医院体检

怕体检明细单过于细致

还能撑就的身体又多添几丝补丁

他年轻的时候很健壮，是生产队

远近闻名割麦子的好手

后来他去了工厂，内敛如海水

多苦多累的事回到家没有说过一句

这个木讷的男人，只希望短暂休息后

获得充沛的体力，不竭地工作

多年前，他骑三轮车载回修房的砖和瓦

像老渔夫圣地亚哥带回大马林鱼的骨架

（原载《诗刊》2023 年第 20 期）

一　生

◎刘允泉

每天 4.5 公里，从我寄居的
小房子，到工作的大厦
根据心情，我会选择
不同颜色的公共自行车

每次骑行 25 分钟，从起点
到终点，相同的路线
无法绕开那些疲惫的红灯绿灯
无法绕开路旁高耸的银杏

这些可以摸着云端的大树
又一次在梦中黄了叶子
它们起舞、歌唱，再静静坠落
无法绕开它的轮回

相同的路，我已经走了
四十四年，除了两鬓
苍茫——也并不是一无所有

（原载《山东文学》2023 年第 10 期）

杉 树

◎柳 燕

一棵杉树站在故乡的某条路边

你看见了童年时你用镰刀削开的伤口

现在它越长越大，根本没有愈合可能

可以直接摸到杉树的骨头，甚至

那儿已经长出了雨水播种的青苔

你记起了一个模糊的少年，某种记忆

从你记忆的角落被唤醒，就像

你多年之后忽然从书柜的某处

找到了一本以为丢失了的书，然后

你看到杉树的另一边，一个

被你遗忘了多年的女人的名字

伤痕累累地长大成一种

你根本意想不到的尺寸

她还会继续长大，只要这棵杉树

没被砍伐，只要你还活在这世界

那些伤口和名字就会继续在雨中长大

就像你一直试图忘记

却徒劳无功的不堪过往

（原载《中国校园文学·青年号》2023 年第 9 期）

孕 女

◎柳　沄

在女人与母亲之间
她歪歪扭扭地
朝着下一刻走去
几缕从侧面照过来的余晖
使她的轮廓有些丑陋

丑陋使她暗自幸福
使那过于膨胀的腹部
比一只再也盛不下的米瓮
还要满足

但时候尚早
她怎样满足
就得怎样沉重

重要的是今天
是在成为母亲之前
用母亲的目光看待周围的一切
而命运的调音师
正将她的孕期从 C 调调到 B 调

之间是一道男人看不见的坡

并且越来越陡地通向

母子相见的时刻

她如此吃力地向上走着

使分娩如日出那样喷薄

（原载《当代·诗歌》试刊号第 1 期）

祷　告

◎柳小七

是时候了

我请求你

如我一样，毫无保留

黑暗压过我们

重新灌输鲜红的血液，炽烈的欲火

重新做一回自己

这一回啊！换你对我言听计从

请不要犹豫

请果断将天空的月置换成一颗更明亮的

我和月都是美丽的

足够把一切隐匿的事物唤醒

此时，万物无声

只有你的拐杖穿进大地的心脏

我希望你虔诚、健康、大方

像我爱你那样爱我枯萎的灵魂

放弃思考

放弃开垦荒原

和铲除遍布的荆棘

用心构造一个只有柳小七的未来

我们躺在大地上

大声宣布：爱是唯一的真理

（原载《山花》2023 年第 9 期）

再去一次石阡

◎柳小七

等到春天

等柳枝抽出新芽

我举着花朵

再去一次石阡

车子就在彩虹桥停住

有些罪，我们在那里犯下

有些爱，我们转身就忘记

春天是个好时节
不像冬季，有覆盖谎话的雪
我会选择在一个月夜
不光彩的我走在不光亮的老街
潜逃回你的故乡
亲口印证你朋友口中的谣言

石阡，请给予我一个完整的春天
等我走后再天亮吧
等午夜的风吹干关于我的蛛丝马迹
等我有和你一样衰老
一样残缺的身体
等那些被遗弃的、被淡忘的
从空旷天空落下的爱将这里砸得稀碎
这里就是我的墓地

（原载《山花》2023 年第 9 期）

梦想达成这一天

◎隆莺舞

草原上空无一人，有家医院

燎原的欲望

因为医生到来而沸腾。他独自坐在

医院门前，白大褂上印着父亲的头像

一个老中医，生下来是为了将

家族医术发扬光大。

但他死了

医院里空无一人，医生独自坐在

医院门口。

或许该等待一个病人

他满脑子想的是带她去荡

一个漂亮的、整个下午的秋千

（原载《诗收获》2023 年夏卷）

老 火 车

◎卢艳艳

旧铁轨温柔，老火车

有退役者的落寞

因它们而造的公园

是为隐居闹市

而虚构的一种筹码

让一颗心至死都安于同一个躯体

无缝成型，没有任何接口以供

逃脱，但太阳已长出毛边

消失感无处不在

一个站点就是一处缝隙

上去，下来

你非要在此停留的理由

是想在无聊的机械运送中

体会脚踏实地的存在

有时候，身体也需要疲惫不堪

那是给我们的安慰：离开比忍受更难

战役已经结束

没有更多筹码可输

多余的停留，虚构的逃离

明知出发的地方就是终点

却仍然沿着旧铁轨行走，听凭

刚载过你的老火车

转动一圈，又向你奔来

（原载《西湖》2023 年第 10 期）

山中岁月

◎洛 水

一间屋，两个人

冬天吹出蔚蓝的风。

三餐。插一枝两枝野荻花

也能白如雪。烹茶，对饮，像古人。

虚无的日子互相取暖。

天黑前坦白一个藏了很久的

秘密。醒来

读一首山外的诗。

诗中的立陶宛少女，正在

俄罗斯的炮口上

种下哭泣的玫瑰花。

（原载"早上好读首诗"微信公众号 2023-10-01）

寂静午后

◎绿　鱼

监控画面里

患老年痴呆的奶奶

一个人

坐在院子里

一待就是

三个多小时

手机里的奶奶

比一粒玉米

大不了多少

寂静无人的院子

麻雀也是猛禽

（原载"磨铁读诗会"微信公众号 2023-10-07）

北　风

◎马　累

北风已经狂刮几日，天空湛蓝，

父亲又开始去树林里拾柴。

从后面看他，俯身时状如一块黑炭。

捡拾完一捆枯柴后，

他会直身仰望一会儿天空。

他周围粗大的树干光亮而平实，

如同我苦苦追求的词语。

又一阵疾风吹过，

伴随着枯枝落地，

鸦群从树梢间散开。

之后不久，它们又像铁屑

被吸铁石吸回，落满整片树林。

父亲并未理会那些，只是站在那里，

仿佛在等待一场多少年来

如出一辙的风暴。

我知道，他所选择的生命形式

并不迷人，也不高雅，

但认真、简单。

我更知道，在时光浩大的

蠕动中，肯定存在一些秘密的

布道者，以狭小的力量

保存着故乡的宁静

（原载《人民文学》2023 年第 9 期）

我的花枯萎了

◎马　容

我从不养花

我的花开在原野上

无边无际，从古至今

我来，我们来

带着白天和黑夜

带着简朴的歌曲和情意

那么多花开着

阳光下灿烂，月亮下孤单

我们深陷在平原

骨骼也渐渐变得透明

肩头的花瓣纷纷飘落

仿佛放下了天地，想起从前

我们坐着，彼此不看一眼

天空那么荒凉，又那么明亮

你的歌声轻轻响起

不在耳畔，在远方

有一瞬间我生出错觉——

我的花枯萎了，我们摆脱了死亡

（原载《飞天》2023 年第 9 期）

面壁大海

◎马　兴

我常常回到迈特村

伫立海浪中，逆光、合十、向西

没有春暖花开的想法

只想站在浪子回头的岸

我的思绪随海浪涌动

需要面壁，悔过、思新

迈特村的海边没有退路了

我把大海当作面壁的墙

此刻，看浪涛拍岸，粉碎、升腾

云朵是一尾尾上天的鱼

只有遭遇下一场雷击

才能回到大海，得以新生

我也一样，任凭风沙淘洗

立足之处总是深渊

每时每刻，我和我的灵魂

都在背水作战

像落日沉入大海，又成新的日出

（原载"中国诗歌协会"视频号 2023-03-19）

癸卯年正月廿三晨

◎马越波

爱恋随着瘟疫消逝了

这个二月阴冷的早晨，她出门

路过红梅树白梅树

头发在细雨里打湿，没有什么令她心动

街道没有清辉

两边的店铺迟缓着打开

茶叶、绿豆、刚刚过去的元宵

整座城市沉浸往日里面

而春天滚滚向前

陈旧不堪的春天滚滚向前

西湖边那么多人缓缓移动

像是要第一次看见湖水，第一次看见群山

（原载《江南诗》2023 年第 5 期）

最初的时刻

◎马迟迟

我为什么又回到这里

回到这片水域

好像我回到这里就会找到一种平衡

这条河日夜流淌

像大地最初的时刻

这里的橡树巨大，高阔

这里的鸟栖在云上

我站在树下，不关心时辰

不关心你，你从哪里来？

要去向哪里？风在辽阔的枝丫上行走

我站在树下，望向星辰

忽然觉得，我与它们如此接近

就像现在我如此接近你

接近一个秘密。我在想

你现在会不会在另一个星球上看我

你对此从来都不作出回答。这没关系

我现在只想躲入一片树叶小小的阴影里

躲避那些命运的无常与苦痛

是不是这些对你来说都不构成意义？

你懂得万物存在一个启示

就像我回到这里，回到我们约定的地方

这里的花草、灌木

都闪烁着明亮的秩序

这里的阳光有一种奇迹的美

我身体里的每一个器官在这里都很好

你来不来，我都会感到满意

我来到这里，在这个思想般的时刻

我会觉得我所有的罪孽

都可以得到一个启示，因为此刻

曾在我幼年消逝的神明

正越来越靠近我……

（原载《创作》2023 年第 5 期）

在河泊潭，屈原跳江处

◎马启代

来到这里，我抱着天空就跳了下去

溅起一片惊呼和赞叹

掩过了两千多年前诗人落江的扑通声

死亡需谨慎地赞美

没有绝望到极点谁会跳江

没有那一声扑通谁的诗句能如此沉重

悲哀的是把悲歌唱成颂歌

把旷世的葬仪变成了一年一度的狂欢

其实我们一直活在另一条江水中

混浊、污秽、窒息，让人麻木顺从

它的名字叫生活

今天，我毅然跳入汨罗江

一是证明人是能飞的

二是为了找到那块叫忧患的大石头

重新放回人间

（原载《延河》2023 年第 8 期）

车过乌鞘岭

◎毛青豹

神用乌鞘岭给河西走廊扎了条腰带

流动的汽车

是腰带的挂配

——回首时

它俨然是已故的祖父正挑起两筐绿

喂着西风

（原载《江南诗》2022 年第 4 期）

如何保持天真

◎梅依然

我们的中年要远离爱情

不是害怕它把我们融化

而是忧愁它再不能让我们燃烧

我们爱谁

和被谁所爱

回忆就是一条充满不确定的路

我们遇到的每个问题

不一定都能找到与之对应的答案

矛盾是我们生活的绝对主题

一张快要变形的沙发

几本散落在餐桌上的书

土豆和雨伞出现在洁白的床上

安宁的家庭生活

理智和情感具有相等的分量

像空气一样被我们的自我需要

而我们的中年更需要热爱

热爱那一切"无用之物"①

就像热爱我们生命本身？！

辽阔的时间

会将一切聚拢在它的巨翼下

我，我们——一个永恒多变的世界

注：①来自齐奥朗的《对荒谬的激情》：只有通过与荒谬的联系，通过对绝对无用之物的热爱，热爱某种没有实际意义，却能模拟生活幻象的东西

（原载《诗刊》2023 年第 17 期）

寂　静

◎梅依然

我的肉体是片树叶

坠落在大地

我的心，凝望着天空

与星星一同呼吸

我的血液纯粹

我闻到来自夏天野薄荷的香气

月亮悬挂在杉树、房屋、河流……的头顶

像它们各自都戴着一顶纯白金王冠

那么多的月亮
那么多的纯白金王冠

流淌着纯真的光芒
属于那永恒的部分

一无所有的
我空空的手掌

它们想紧紧和爱日夜相守
它们渴望尖叫、闪耀和飞翔

没有开始也没有结束
"晚安，孤独……"

（原载"看不见的房间"微信公众号 2023-09-22）

八　月

◎莫卧儿

蛙鸣塞满了早晨阴暗的空气
雨水不断朝大脑灌注凉意

葳蕤的植物终于意识到
过度膨胀的身体，以及在这个夏天

经历过的种种冒险。有人的心
随之而收紧，像沙滩上

往回走的一串脚印，像雨后
长满青苔的墙角渗出的几声叹息

盛夏将尽，地球缓慢踱入帷幕后的阴影
世界开始删减枝叶，高烧和昼长

远方归来的人即将回到城堡
在水晶灯下细数带回的洁白贝壳

将它们存入岁月银行，连同
其上的眼泪、划痕、流星，还有死亡

（原载《诗林》2023 年第 5 期）

晚　绿

◎木槿子

看见不知名的杂草，迎着四季
展示蓬勃的生命
看见好大一群羊，在洒满阳光的山坡
玩耍、进食，低声欢叫

看见牧羊的那人，斜倚在树下

嘴里衔一株青草

看见世界空旷，人们被看得见

看不见的尘埃包围

风吹着，所有的事物，都安心做着自己

我们路过人间

在这里，走一程路，淋一阵雨，避一次风

说一些，想说和不想说的话

人间有味啊

我们捂紧钟表，却捂不住时间

（原载《哀牢山》2023 年春季刊）

我 爱

◎南 子

我爱花蕊间江河的流淌

爱冬季的山间树

紧缩的浆果

分泌从未面世的丰盈

我爱被微风吹拂的夏夜

以及睡梦中不可知的混沌

——春 夏 秋 冬

仿佛无尽的生生灭灭

我还爱着已经出现或永不出现的所有人

他们——

善于用自己的身体捂一块冰

对所有隐形的事物忏悔

我爱着　我还爱着——

这完全的爱

有如我的一生

是对美　及美德徒劳的尝试

——带着喜悦　愧疚　还有温柔的苦楚

爱着这世界慈悲的腰身

（原载"一见之地"微信公众号 2023-09-08）

你还敢看我吗

◎宁延达

你还敢看我吗

荒凉的人

我眼底藏着两个水塘

一个很浅　为你解渴

一个很深　为你解恨

（原载《山西文学》2023 年第 10 期）

拊　掌

◎牛梦牛

我有些悲哀。

古人的肢体语言很多我已不会了，

更别说继承古人的风骨了。

就说拊掌吧，其词条详细解释为：

"拍手，鼓掌。表示欢乐或愤激。"

而我只会鼓掌。"鼓掌是指两只手互拍，

表示认可和赞同的一种肢体反应。"

且"掌声的时间越长，就表示越热情越欢迎。"

与拊掌相比，鼓掌这个词，

似乎充满了正能量。

这些年，我的欢乐与愤激都日益稀薄，

我很少大笑，也很少义愤填膺，

我经常两手互拍，但那并非拊掌。

是的，为了向这个世界表示我是合群的，

表示我没有站到它的对立面，

我经常把两手拍得，啪啪作响，

就像一记记甩给自己的耳光。

（原载《诗潮》2023 年第 9 期）

苜蓿帖

◎牛庆国

新诗选

2023年

冬

一滴露水

刚好让蚂蚁全身渗透

在蚂蚁看来　苜蓿也是树

一直用叶子反光

直到一场大雪

收藏了阳光的碎片

那时　苜蓿的热量

传遍一个村子

被镰刀砍过

但第二年又发新芽

苜蓿的下辈子　还是苜蓿

那个背着苜蓿回家的人

苜蓿对他说　它认识回家的路

有一年　它把一个人背到了地里

有人在城里给苜蓿写诗

他写下　孤独并不是出类拔萃

他是一个吃过很多苜蓿的人

他姓牛

（原载《西部》2023 年第 4 期）

勒阿拾句之：火塘

◎诺布朗杰

那些围着火塘讲故事的人，大多已经不在了

我是听故事的人。我还好好地活着

我活着，就是他们活着。我又成了讲故事的人

火塘被填掉了，可火塘里的火还没有熄

我要给你们讲的，仍是火塘。执火的人不怕烫

那生生不息的火种，现在落在我手上

火塘已经不复存在。多年以后，我也不复存在

那时候，一定有另一个我，给你讲另一个火塘

（原载《诗刊》2023 年第 18 期）

第 二 天

◎裴福刚

拉开素色天鹅绒窗帘，底部的流苏

像昨天一样迅速收拢，并又一次

轻拂过脚面。她由此确定

昨天已彻底过去了，永不再回来

不同的是，她没有出门的打算

她忧伤地来回踱步，叹息

"谁是留下的，谁是被带走的？"

质问来自透明的清晨，而她年轻的丈夫

依然酣睡在梦境里

但她一夜未眠，她的眼圈明显黑了

这曾经是她绝对不允许发生的

她不洗漱，也不再化妆

整个屋子只有两个人的时候

她得了自言自语的病。不可抗拒的病

在某一次折返时，会让时间愣住

微弱的光线扫过婚纱照的一瞬

也正好切开黑白遗像里那张熟悉的脸

(原载《诗选刊》2023 年第 7 期)

长 跑 者

◎琴 匣

长跑者顺着南举西路一路跑来，
像一只大鸟在暮色里飞翔。
翅膀低低划过——
无人问津的旧码头、废煤渣场，和
街道两侧一路倒退的绿衫冲锋队员。
想起老式钟表店里长短不一的指针
和时光深处那些与他一起奔跑的
大汗淋漓的植物，令他难过。
六月是一只倦怠的发条橙，
被大街上的清洁工一点点擦亮。
临街玻璃窗一侧的咖啡椅照例空着，
拐过那个照相馆就是黎明了，
依旧会遇到一群上钢琴课的孩子，
像彩色的玻璃球滚满露水中的街口。
长跑者，我亲爱的兄弟，
你是否还会与去年夏天一样，
有泪光闪现，
并久久说不出一句话来？

（原载"诗人文摘"微信公众号 2023-02-17）

照 壁

◎任爱玲

梅花、竹子、祥云

奔跑的鹿，飞动的蝙蝠

这是谁家的老祖宗留给后人的遗产？

在冬季的冷光里

折射成通体的热烈和旺盛

远处，传来錾子与锤子交错锻打的声音

哦，这镂，这雕

这图案，这呼吸

这物件，这曾经活跃的人世间

（原载《都市》2023 年第 10 期）

光 线

◎荣 荣

那些被打散的光，隐入暗处，

有些带着私语，有些带着意识，

有些成为一帧帧影像。

有人徒劳地打捞，更多的人走过，

一声长叹。这世上多的是认命的人。

也可以再集聚，他在暗中，
一个努力的人向自我起誓，
不要放下！他的两手空空，
前些时光还盛满月色，
一些细密的草，被天外的风拂动。

我还留着些什么，不想与人分享？
就像私密的痛楚，置于将忘未忘的边缘。
我仍纠结于夜半时分，
一颗流星划过，会落在谁人的枕边。

现在是一间被分解的屋子，
主人不见了，那些桌椅、灯盏，
那些暖气片和乱飞的杯碟，
在消失前发出最后的幽光，
像所有已经走散的人。

（原载《草堂》诗刊 2023 年第 3 期）

红 围 巾

◎桑　地

从出租屋出来

夜已深了。城郊的麦田

积满了雪，皑皑的

像我们刚刚经历的

短暂的迷失

我们一前一后地走着

有时踩在冰碴上

有时踩着沉默的麦苗

脚下发出咯吱咯吱

或哗啦哗啦的声响

在这段并不陌生的路上

我们却不知道要去哪里

要走到什么时候

天地间弥漫着斑驳的寒意

多像许多年后我的心情

那些年，因为年轻

我们不懂珍惜

因为无知我们又一次错过

那晚，你说过什么我已忘了

后来有没有再见也不再记起

只记得雪

记得昏暗中你的红围巾

淡淡的，若有似无地飘

（原载《诗刊》2023 年 14 期）

春 夜

◎桑　地

春天的一个夜晚

我们从野外回家，走到汝水岸边时

天黑下来了。大地一片寂静

唯余天籁。暗蓝色的河水

迂回着，向山的另一边流去

渔人收起了网，推着铁制的小船

独自返回村里，农人扛着锄头

从下游的麦田慢慢走过来

说话声模模糊糊，如同他们的脸

几只红嘴蓝鹊托着长长的尾羽

飞往林间，窸窣着，不再穿梭跳跃

我们并不说话，只是匆匆赶路

仿佛听得见思想的平原上喃喃的低语

这时，不知谁喊了一下

抬头看时，只见前面坡地上

一大片一大片的油菜花开了

清冽而富有生气，在涵澹的水声里

在轻吟的微风中，像穹顶的繁星

闪耀着，拦住了我们的脚步

（原载《诗刊》2023 年 14 期）

惊蛰三候

◎桑　眉

春风似马蹄

吹送急

去尖山；去龙泉；去姚渡……

去掀一片桃叶的衣襟

露出少女粉

桃树下的妇人想站到桃树上

掏出红纱巾

像掏出一颗年代久远的芳心

过五日

春风会派遣邮差

把加盖火漆的信札送至丛林

夜莺在林间吟唱

她要把胸膛献给玫瑰与尖刺

月光沐照

把她最后一个音符最后一滴血融成诗

寄给好青年

再五日

春风会将软柳赠予天空

天色古蓝，空气透明

白云充满禅机——

雏鹰"喙尚柔"未生杀戮相

大地披挂一袭绿袖

四处流传"布谷"之歌

（原载《剑南文学》2023 年第 4 期）

夜宿林居

◎商　略

黄昏，集中于门前桃林。

它们结出的细绒青果，

像少年喉结，在风里练习颤音。

拉开窗帘，光柱斜搁窗台。

像我们上船前，

放下的一块木踏板。

而我们并不准备离开。

这是一天里最干净的时候，

晚风拖着大河，

自西边来，经过土豆地。

你讲到土豆时，声音很轻，

担心惊动了土豆的发育。

河边还有一棵野樱桃树，
但我们已经错过。
我们曾错过很多，但都是必然。

我们的愿望微乎其微，
上帝不会因此满足你。
这么说的时候，好像真有一个上帝。

在我们身边，确切地说
在落日的光柱里，
我们在倾斜，棱角模糊。

很多年，我们已改变很多。
这时候，需要用一盏灯，
来看清自己。

（原载《当代·诗歌》试刊号第 1 期）

大　地

◎尚仲敏

有多少伟大的天才，被你喂养，又被你埋葬
给予他们的，你最终都要收回

新诗选

2023 年

冬

我没有一刻离开过你，你的宽大
使我踏实，并且时刻保持镇静
当我跌跌撞撞，或者有人从后面推我一把
只有你能够把我稳住

你负载一切，大地，我宁愿把你当作我的母亲
如今她已满头白雪，但仍然硬朗、饱满
亲切而又渊博

你的言辞，如果不是随处可见的石头、树木和
 庄稼
难道会是别的？
会是脆弱的花朵、高高的桅杆上隐藏的风暴？
就像我那美丽的妻子，终日沉默的嘴唇
沾满了苦涩的滋味、昂贵的热情
警告那些志大才疏的败类
让他们从地上来，还是回到地上去

（原载《诗潮》2023 年第 9 期）

另一个我

◎邵纯生

这世上某个不为人知的角落

应该还生存着另一个我

我说出来的每一句话，他都会

分毫不差地做出准确回应

譬如清明时节，我去野外上坟

发热的眼睛还没流泪

天空已落下绵密的忧伤

岸边有鱼搁浅，我把它放回大海

深处就涌来一排细碎的波浪

尤其令我深信不疑的是

有天深夜，我从梦中消失

在一个遥远的地方，有人起身

与我同步离开了地球

默契地维系着时空的平衡

（原载《桃花源》2023 年第 2 期）

当年在明永

◎石蕉·扎史农布

当年，二十多年前在牧场

我几乎是头牲畜，混在牛群里

牛犊一样长大，学会蹦跳和喊叫

那时日子很长，从日出到日落

共有三场雨，分别落在牛角的左右

雨前会起风，雨后总有彩虹落地

那时地广人稀，风是自由的

大雪、森林和禽兽，没有躲起来

人也没有藏着心事，像盛开的野花

在二十多年前的明永，我是头牲畜

春夏吃野果，秋冬堆雪人

没有人的心思，仿佛生性单纯的神灵

（原载《都市》2023 年第 9 期）

白房子之歌

◎思不群

一座白房子，时而倾斜

时而飘动

加速地球的旋转

而有时，在黄昏的床第上

她忽然燃烧起来

大理石墙面，划伤的内壁中

烧制瓷器的火窑

有什么从内部爆裂出来

一座白房子，随时都会燃烧
随时会有一场哭泣
拥抱燃烧
现在可以看到，长长的倾斜的台阶
通向同样倾斜的天空
但空无一人

一座白房子，造在一个女人的地基上
那些血肉，比木块和油漆
更易燃
你走过她，总会听到里面的火
在说话

而在深夜里，她从门窗和瓦楞开始
重新建造
这是早上，现在，这是一座完整的白房子
一个完整的女人

不要靠近白房子，不要学捣蛋的小学生
向她扔石子
甚至一首诗，一句话也不行
因为你无从知道，她的内部
已先于你的到来而烧成了灰烬

（原载《诗歌月刊》2023 年第 10 期）

禁　忌

◎宋　琳

在高山上，如果一个牧羊人
坐在石头上吸竹筒烟，远眺着峡谷，
不要打扰他，他和怒江有话要说。
它懂他的心事，他也懂它的。

在伞状的树蕨或董棕树下，一把佩着
竹圈的挎刀，像是某人遗忘在了那里，
不要碰它，更不要把它挎在身上，
烙铁头嗅得出它的气味。

夺鸡鸟①的怪叫从林中传来，
别模仿它，而要加快下山的步伐，
因为天空马上要变颜色，
石头雨将要给莽撞的人灌顶。

如果你来时恰好是饥饿月，
山木瓜青青，黑鹇蹲在厚朴地里挖蚯蚓。
且在夜里你梦见了新鬼，你要去找
尼古扒②，并还给他一只公鸡。

注：①夺鸡鸟，独龙族语音译，是独龙江地区的一种鸟类。

②尼古扒，又称"尼扒"，傈僳族祭师。

（原载《山花》2023 年第 9 期）

溜 索 人

◎宋　琳

蛇形的影子抖动，抽打着江面，
漩涡像无数陀螺在江心急转。
回头浪，马戏团里厌倦的狮子，
退下时抱住黑卵石绣球不放。
钢丝索磨得锃亮，绷在江面上空，
两头嵌入角闪岩的肌肉。

那不语生的妇人一边笑着
一边将一麻袋秧苗（从上江买回的）
在身下捆紧。绳头，在溜梆①的挂钩上打结，系牢，
滑轮朝上，双手抓紧绳扣
（手知道：最薄弱的环节容易松脱）。
哟，说时迟，那时快，
身子朝后一仰，人飞了起来，
等不得你惊出一身冷汗，
那移动物体已安抵对岸。

没有桥梁和渡船的地方，总有一条这样的索道

——人、牲畜、必需品，来回滑动。

一封原始的鸡毛信，眨眼间

就从对岸递过来

几秒钟穿越了一千年。

下面，江水一如既往地汹涌，

遇到什么就吞噬什么。

她的羞涩，她汗沁的眼窝和飞过江面时

被风撩起的头发我是记得的。

我伸手去摸钢丝索，它滚烫得像

从淬火的水里夹出锻铁的火钳。

注：①溜梆，又称溜板，江河之上，钢丝索固定于两岸大树、木桩或石崖上，辅助人沿着从空中滑过。

（原载《山花》2023 年第 9 期）

秋天放羊，冬天牧雪

◎苏　黎

秋天，放羊到南山下

养着一群白羊

十万亩田地已为你们备下过冬的粮草

秋风打更，野猫巡夜

鹰，是一把劈木材的老斧头

劈着一堆取暖的柴火

夕阳，是饮水的一匹马

嘴里嚼出了两根虎骨头

乌鸦的红喙亮在黄昏里

三尺厚的寒冷，九丈深的严冬

一场西北风，带来万顷白雪

白雪、白雪，爱情爬上了山坡

大地的心脏上安放着

两个守夜的人

两个人，两座空空的羊圈

守着一只低垂的月亮

看着一群星星，悄悄发芽

两朵伤感的花

开在石头上

（原载《星星·诗歌原创》2023 年第 3 期）

扎 尕 那

◎苏　颜

我不能把她描述得那么美

关于美，一定有谁做了安排

只能说，我遇见了水果姑娘
为她丢失的围裙有点可惜，甚至伤心

还有水果摊旁边，和我一样对答如流的小孩
为他忘得差不多的祖母的话语，我伤心地想哭

我也不能把石头描述为一种传说
除了冷，还有如何抱着苦寒坚硬地歌唱

只能说，神冷了，神也看不下去了
把哈达盖在了山顶，顺便把一水滴、一把青稞撒给了牛羊

（原载"藏人文化网"2023 年 9 月文学频道）

小　镇

◎苏笑嫣

你没有如约到来，电话里告知仍在工地
青山填在丁字路的豁口，如我手足无措
孤立在校门口：一块肮脏的补丁。
这场景数次浮现在我成年的梦境
在我十七岁的小镇
熏鸭店和五金店每日攀爬山体的升势。
你时常在挤进街道的某个小店里

从油腻的货架上取下红油榨菜和花生米。

无数个夜晚，暗淡的灯光细数我们的债务

劣质白酒分摊重压和废墟。

父亲，那时我尚有青春的狂妄

还不懂得向失败和脆弱致敬，未曾凝视

你爬得愈发蹒跚、佝偻且费力的身影

在松动的岁月和板楼中阴暗的窄梯。

细雨曾擦亮宿舍楼下的羊蹄甲

我在试题纸里寻找明亮的秩序和闪光的鳍。

嗐，父亲，我们终其一生地忙碌

也只是打转在墙体的外围

且陌生于终年退席的至亲。

什么能原谅我们的孤寂

更多的雨，严酷的远方，还是视频中

越来越难以启齿的话语。

父亲，尘土其实不必清洗

我接过你卸下的卡其布外套

它附着生活全部倦怠的意义。

（原载《诗潮》2023 年第 10 期）

大雪深处

◎孙殿英

秋收冬藏之后

平原上干净得只剩下一场雪

封住了大地，封住了河

封住了孙庄所有出村的路

在大雪深处，在整个冬天

我都在做梦

和那些鸡、狗、牛、马一样

说着奇怪的梦话

做着梦里才可能做成的事情

整个冬天

我蛰伏在低矮的房子里

听着外面呼呼的风声

成了一枚不急于孵化的蛋

（原载《人生文学报》2023-10-15）

静 物

——思念猫咪的时候写的诗

◎孙苜苜

桌面上，橘子泛着白色光斑

梨子不，它身体大部分守住阴影

在浅色阴影里重塑着新鲜时光

不锈钢暖瓶浑身上下反射着不同强度

亮度，方向的光

光线、光柱、光斑、光棱、光影、聚光点

这些任性的光的家族成员——

它从不让影子发表意见

一个白瓷杯吸饱了光源

白的饱满，充满瓷的质感和自恋成分

阴影是它的过去——

我确信，静物都在我视线里飞

光斑在燃烧，光线在呐喊

远方一无所知，你不在身边

孤独和想念是两条平行线，我还确信

爱如钟表，它用时间搁置了你我

（原载《山东文学》2023 年第 10 期）

好 了 歌

◎孙晓杰

好了。就是一颗螺丝松了

也许它也想出来看看

外面究竟发生了什么

好了。他终于醒了。拒绝我们

把他葬进一篇哀伤的颂词

好了。我会离开这里

我不会为了记住

一句谎言而毁坏我的耳朵

好了。既然你是这里的一片雪

就不能说，与这里的任何雪崩无关

好了。水了解石头就像天空

了解星星：他的脸像狮子

手像狐狸，小腿像兔子

好了。我的骨头里没有屈从的泡沫

谁不说他所想谁就是一片废墟

好了。快走吧。如果树林里

挤满了人，你就无法找到

藏在露珠里的葡萄

好了。亲吻大地之后，我们也不能

坐遍世界上所有的椅子

好了。让雨在泥泞的荣誉里尖叫

"最终他们是自私的。他们

比你更虚荣，因为他们永生。"

好了。睡眠的铁锚已沉入海底

我们经受的也许

是最后一阵热浪，除了

陨落的夕阳，我们没有晚上

好了。用手帕或纸巾接住泪水

以免它落在地上被尘土践踏

（原载《延河·诗歌专号》2023 年第 1 期）

惆怅颂

◎汤养宗

读了几页史书，稀里糊涂就当了
宋朝的宰相。背几首
汤头歌诀，便认定自己就是最大的那块病
掏过树丫上的鸟窝，以为
也掏到了天空的老底
你不要的命，被我捡起来继续用个没完没了
谁来分清你的手心我的掌背
许多惆怅都偏偏有个长在反向的罪名
遍地都是一呼百应的顽疾
我从热爱别人出发，又转个弯骂向自己

（原载"一见之地"微信公众号 2023-09-06）

唢呐说

◎汤养宗

把那送不走的魂都交给唢呐。兴冲冲
又来人间的，也帮他吹响唢呐一晌，
不是为逝去就是又有人登场

来来去去的，唢呐都在催着走

致生疑为致死，绝境或者坦途，细听中

常常有堵着的慌

天堂在左边，右边宰猪场

唢呐只说三件事：出生，拜堂，升天

唢呐愁，唢呐笑，吹不哭的人正穿红衣裳

妖的琵琶。魔的笙。唢呐一响，来了大王

（原载"一见之地"微信公众号 2023-09-06）

南 浦 溪

◎田　禾

一滴水放大成的南浦溪

从远天星河上涌流过来的

南浦溪，日夜流淌

在白天打鱼人的桨声中流淌

在夜晚灯火的缝隙里流淌

顺着浦城人的目光流淌

永不疲倦地流淌

整个水面波光粼粼

时刻涌起翻腾的浪花

历史在浪谷中沉浮

岁月在波峰中颠簸

风吹弯了沿途的水岸

每到傍晚，桥洞的旁边

弯着夜泊的渔船

岸上来来往往的行人

像流水一样匆忙

他们在生活的轮回里

每天在一条河流中相遇

与一些流水失之交臂

那时我在黄昏的岸边散步

白天下了一场雨，南浦溪

水位有所抬高

一只鸟贴着水面飞翔

月亮是挂在星宿上的灯盏

心中的涟漪那么轻柔

水流向一个无法停留的夜晚

和一个未知的远方

（原载《诗刊》2023 年第 16 期）

彻底报废

◎ 汪　抒

它确实孤独

这艘拖轮

不拖一艘货船

独自拐进这条岔河

它一路经过汪湾村、网章村、周董村

还有薛滩村

村与村之间还有弯弯曲曲的

空荡荡的河堤

实在太过孤独

没有一个船员上到船面上来

待在驾驶室和深深的机舱之中

仿佛是无人驾驶

路程不是太远，应该就到前方的小镇

但这艘拖轮

一直在停不下来的行驶中

直到自己所有的部件彻底报废

（原载《诗歌月刊》2023 年第 10 期）

在 人 间

◎汪再兴

手牵手，散步

我想我前世，一定

做过水里游的、天上飞的、地上跑的

诸如：虫、鱼、禽、兽这些动物

就像前面那条流浪的黄毛癞皮野狗

被驱逐、捕获、鞭打、驯服

被抽筋剥皮、剜心割腐

煮过肉熬过骨，炼过阿胶泡过药酒

——走过那些售卖特产的商铺

再以此类推，前世的前世

一定是首乌、石斛、肉桂、柑橘等植物

贡献过根、皮、枝、叶、花、果

……全部的全部

所以今生，才有机会披皮穿衣

被甄别、遴选、提拔和重用

做成了一撇一捺的众生之一：人

和你相遇，并，准备来生

（原载《中国诗界》2023 年秋季卷）

芒 草

◎王 妃

芒草看起来有些茫然

仿佛低眉顺眼才是它该有的样子

风吹浮世

芒草有时点头，有时摇头

其实都是风在表达

只有多情的诗人喜欢揣摩

芒草的心思

谁不是忙活一生最后白了头

芒草不想替任何人买单

星空寥廓

芒草如老僧端坐于月夜

没有想法就是它最真的想法

不像诗人们

有露水般的伤感

有笤帚一样的疲惫

（原载《诗刊》2023 年第 18 期）

别　后

◎王　晖

我爱驯鹿

它不仅仅是只驯鹿

不过碰巧长成了鹿的模样

我爱小狗
它只是碰巧成了一条狗

我爱天空
它只是更高了，更蓝了

我爱大地
它让天空、驯鹿、小狗和你
与我相遇

我爱从未见过
又仿佛
在哪里见过的你

我们一定见过面
只是我们都忘记了久远的过去

（原载"新疆诗歌"微信公众号 2023-06-19）

兔子的小鞋子

◎王　晖

兔子看见栅栏外的小孩

跑得比兔子还快

兔子趴在笼子里看见
推车的小贩学着它的姿势前行

暮色里，兔子看见有人兔子一样站着
似乎找不到家在何方

兔子看见锦衣夜行的高跟鞋
踩痛了大地的胸脯

兔子看见两个亲密的恋人
如同两只兔子夜半私语

兔子看见黑夜中的万家灯火
比天上的星宿明亮百倍

兔子敲起小鼓却踏不到地面
兔子从四面八方寻找世界的出口

兔子，是谁偷走了你的小鞋子
连同这世间所有的道路

（原载"新疆诗歌"微信公众号 2023-06-19）

加拉尕玛的黄昏

◎王单单

今晚的月亮有点小，像天上的孤村

只住得下一个人。她能否下来

陪我在加拉尕玛的草原上走走啊

我刚刚离开人群，也是一个人

我翻越了很多山丘，担心

返回时，身后的城市已经熄灯

（原载《诗刊》2023 年第 19 期）

苹果树和少年

◎王可田

苹果树绿色的言语，被一个

在星光下做梦的孩子听见

翻越一道道土梁和沟壑

他从远方赤脚赶来

沙漠般干渴的眼睛流动着忧郁

高高土坡上一株奔涌的苹果树

就像梦中一样的矫健和热情

绿荫贴上双眼，红果馈予心脏

就像梦中一样的洒脱和明亮

他也相信这就是他梦魂牵绊的前生

缀满枝头、清香四溢的苹果花

模仿他盛大而感伤的爱情

苹果树下的少年，幼小的行者

蜜汁的鸟儿在树上鸣响，他还要去远方

一棵绿焰披覆的苹果树

已在他的胸中无限生长

（原载"送信的人走了"微信公众号 2023-10-09）

愿

◎王志国

群峰无序

秋风有寒凉

星星是冷霜打到天上

飞溅出的火花

每个人都在水深火热地煎熬

逐渐暗淡的光芒

早已被生活逼至绝境

我们仰头

询问天空和烈焰

光芒不语，用一朵云

将阴影移出人间

愿天地明亮

人心慈悲

愿白昼明净，夜晚宁静

东西南北有星月相伴

烟火有余温，尘世有深情

（原载《作品》2023 年第 5 期）

寒风吹彻

◎王志国

癸卯年，癸丑月，壬午日

晴，大风不息……

这是父亲身在尘世停留的最后一天

寒风刺骨，吹彻萨萨孤的每一个角落

毫不避讳死别之哀

风吹挽联："田中遍布脚迹，身上汗湿衣襟"

风用吹拂复述一个老人辛劳的一生

风吹幡旗、长明灯、诵经人沧桑的面容

风吹度亡的桑烟、出殡的长龙

风吹灵前草棵一样起起伏伏的子孙

风吹着光阴里的一抔新土……

这一天，悲伤是一场四面漏风的团聚

雪花一样聚拢而来的亲人

白茫茫一大片

像是一场新雪掩埋旧梦

寒风吹彻的人间

生者眼含热泪，逝者随风飘散

（原载《作品》2023 年第 5 期）

七月初二：暑中忆

◎王志国

翻看日历，突然一惊

十一年光阴竟然过得如此之快

仿佛，刀锋闪过

曾经痛失母爱的悲痛哀伤，已悄然结痂

触摸不到任何痕迹

除了农历中的这一天

让我想起您……

和您每年都被遗忘的生辰

我很愧疚，从未为您准备过礼物

却牢记着那一年的夏日

您从木桶里舀起一瓢清水递给我

"我就是在背水路上生的……"

那时，您的年华似水，目光清澈

仿佛前生，看着来世

我尚年幼，不知生离转眼就会成死别

更不懂得一个人离开久了，空出来的地方

慢慢就会有沧桑来填满

那些从记忆中抽离的部分

那些从念想中逐渐清晰的影子

因为经历了悲欢

最终会获得泪水的原谅

（原载《草堂》2023 年第 8 期）

一只鸟在夜空叫了两声

◎苇青青

一只鸟在夜空叫了两声
它吱吱的叫声短促而弱小
稍一疏忽就会听不到

它的叫声像利爪刺进我耳膜
立时有一幅巨大的空旷覆盖一切
循着它的声音和方向寻找
它黑色的身影早已被夜色淹没

这开在夜幕上的灵芝啊
命运就这样迷茫和无着

（原载《诗选刊》2023年第1期）

邮　差

◎夕　夏

我们重返故乡，做同样的梦
过去的日子

从电影院寄送的邀请函
藏在白鸽的羽毛中

我们整夜失眠，像两个孩子
夜晚的悄悄话
仿佛是比星光安静的乐器
数着一堆旧信封
——那时，有一种信件叫绝望

在白天，你看见穿军绿色的初恋
在乡间骑着自行车
那时真好，在看不见人的地方
我们戴上花环和草戒指

——爱情要低于神灵
却比大地高
故乡小于梦想
却胜过所有喜爱的事物

（原载《诗刊》2023 年第 20 期）

纸 角

◎肖瑞淳

我从小就是这样，
在课堂上紧张不安时

会叠书页的角，
把平面折成立体，再压回平面
使其成为一个更锐利的角，
然后刺痛指腹，让自己以为
害怕的汗是因为疼痛而流。

后来我对一切纸片都有了依赖：
电影票，纸币或是机票，
我开始追求线条的对称和纸张的平整。
我像设计建筑一样严肃认真，
因为我逐渐深信，被我折过的
每一张纸都充满美和力量，
正是它们让我忘却了慌张。

而此刻，我在这座城市里的默默一角，
天幕笼罩，城市静得像一张空白的纸。
冥冥中，我感到有一双大手在折叠它，
仿佛在掩盖内心的恐惧。

（原载《星星·诗歌原创》2023 年第 9 期）

年轻的画家

◎小　西

一个年轻的画家
穿粗布衣衫，吃简单的饭菜

只画工笔花鸟。

一从兰花依着山石
两只雀鸟嘴里衔着白雪。
时间如墨，滴在细枝末节里
案头几方旧砚台
笔尖上停着半阕诗词
四五竿竹子，半掩着雕花木窗

因了这些，我突然觉得
生活似乎没那么沉重
春风正撼动着蝴蝶的翅膀

（原载《诗刊》2023 年第 4 期）

黄 公 望

◎小　西

他始终无法从山水中脱身
小舟比大船，更容易留白。
以及群山，看起来敦厚
却难以登顶。

还有年轻的亭台楼阁

画到最后，只剩下茅草的屋顶

却足以让一场路过的雪，暂时栖身。

他知世人多狭隘，所以下笔辽阔

将其一生诉诸笔墨

但并未说尽

从他仅存的几幅作品中

几乎看不到飞鸟的影子

也许在历经世间深寒之后

他早已将内心的惊弓之鸟

隐藏于这破旧的衣袍中了

（原载《诗刊》2023 年第 4 期）

渔夫与海

◎晓　告

午餐，我清蒸一盘鲳鱼

试图为家人烹调出海的味道

当蒸气缭绕

忆起多年前舟山岛渔村

作为食客，我们大快朵颐

除心生一丝满足

新诗选 2023年 冬

及对一桌残羹冷炙的倦意

从未对大海有所表示

而那时，渔夫正在三十海里外

光着黝黑脊背，将网一次次

撒向汹涌且多变的波涛

死神坐在船舷观望

傍晚。渔夫从容起锚、收网、归航

从落日余晖硕大的臂弯里，再次

挑回两箩筐沉甸甸的欢喜

基于奖励——

大海馈赠他：缆绳，码头

和堤岸上，怀抱幼儿迎面奔来的女子

（原载"诗人文摘"微信公众号 2023-08-27）

罐子之家

◎谢　君

作为一个物理量，它们在积累，

装满了母亲的房子，

又堆到敞露的后门廊。罐子上

搁着麦草扇、旧报纸、雨伞，

万年历、绿瓶子，以及一本我曾

通宵阅读的小说，关于一个

失踪的人或者说一桩悬而

未决的罪案，一把沉入桥底

淤泥之中的锈蚀匕首，

一个充满罐子的家。罐子里

放了些什么只有罐子知道。

我不清楚，母亲也忘了。我的母亲

孤身一人，臀部广大如俄罗斯，

看她那个样子，艰难而深情地

拖动自己的两条长腿，也是

一个罐子，装满了会唱歌的大黄蜂。

（原载《诗潮》2023 年第 10 期）

午夜电影

◎辛泊平

此时，白色的银幕覆盖世界

尘埃落在别处

此时，一个人可以坦然地接受

凌乱不堪的人世

从故乡到故乡的距离

没有捷径，所有的路口都有人催促

不是所有的死者都可以原谅

而在历史的漩涡中，你必须学会原谅

从虚构开始，被错过的和被辜负的时光

都是最好的时光

（原载《青海湖》2023 年 8 月上半月刊）

专　注

◎熊　曼

她有她的宿命，海有海的

她厌倦了重复的生活

一心想着逃离

但大海一再重复

大海没有生命，但蓄养生命

它养大的那些鱼虾，贝类

被人类一网网捕获

它只好继续蓄养，永无止息

整个清晨，她在海边等日出

那些波浪就聚集在她的脚下

一遍遍摔向礁石

又一遍遍地破碎

再摔，再碎，永无止息

仿佛世间只剩下这一件事情

（原载《创作》2023 年第 1 期）

梦　境

◎秀　水

雨下得那么认真

母亲的蜜蜂牌缝纫机卡嗒卡嗒

针脚绵密，走得那么认真

雨下得那么认真

父亲的大手攥住我的小手

慢慢写下一撇，又写下一捺

方格纸上，一个人之初的人

站得那么认真

雨下得那么认真、耐心、均匀

低矮的瓦檐，黝黑的榆木水缸盖

鸡窝顶上的牛筋草

南墙根正在攀援的牵牛花

连同我的童年

都被雨水洗亮了

（原载《绿风》2023 年第 4 期）

小路：致幸福

◎徐俊国

晨遇怀孕的母兔浅眠于斜坡之斜。

通往荷塘的小路，

引导我，蜿蜒前行。

幸福并非今日得到了什么，

而是昨天拒绝过多少。

薄雾撤退，鸟落肩头，

即可荣获一颗孤迥之心。

我有蝼蚁之悲，抬头看见绶草。

这蓬勃生长的惊喜，

近乎治愈。

因为瑕疵在身，

更要克服这四处漏风的世界。

螺旋攀升的小花哦，

足可视为自救的阶梯。

美好时光，永不歇脚。

荷塘暗示的这条小路，

我愿它一直这样延伸下去。

（原载《诗潮》2023 年第 9 期）

爱 着

◎徐琳婕

还是喜欢花，这春天的囚徒

从不曾背叛。

当我快速奔上山坡，折下那枝

映山红，一半的春色就交付在了

我的手里

阳光填满小城的每个角落

仿佛在驱赶着什么。涌动的车流

嘈杂的人群，是人间该有的样子

"奔波"原来是

如此快乐的词。

这些日子，我把恨过的重新爱了一遍

把爱着的加倍地爱着

像一棵开在荒野的桃花，纷纷落下后

又忍不住回到枝头

（原载《山西文学》2023 年第 9 期）

一个人沿着山路往前走，像在写封长长的信

◎许　承

风吹着他海胆状胡须，后又吹向

磨损的山峦。而山峦间隙，仰躺着几条小路

朝密林深处轻微延伸。此刻

他站在小路尽头，宛若受惊的黑鸟

在树枝上发呆。黄昏下

一片金色扑向山谷，也扑向他微红的面颊

酒后，一个人沿着山路往前走

像在写一封长长的信。

此刻，他站在信的末尾，俯望曾走过的文字

这前半生，横七竖八，还算工整。

眼下这小城，遥远而清晰，他甚至看见

过世的祖母，在很远的小巷里晒太阳

他甚至看见，父辈们清晰的一生

从东头到西头，日出而作，日落而息

在这片长满高楼前的土地上，将粮食

换成货币，再将货币换成，久累成疾的药。

此刻，他回头看，风吹动着头发

吹动着眼前缓缓下沉的日落，和日落下

归去来兮的两只乌鸫。

（原载《星星·诗歌原创》2023 年第 9 期）

读茨维塔耶娃

◎颜梅玖

她拿出了自己亲手编织的绳套。她看了一眼乌云下的叶拉布加镇

"我可以动用祖国给我的唯一权利"。她想

她把脖子伸进了绳套。卡马河依然平静地流淌

而俄罗斯整个儿滑进了她的阴影里

（原载《诗潮》2023 年第 10 期）

冬日农家

◎晏　晴

吃过早饭，老奶奶拎一袋白萝卜

走进对塘的瘸子家

说一会儿来借豆腐机磨豆腐

十点，瘸子在堂屋用湿布一遍遍擦着豆腐机

十一点，豆浆倒进两口大锅，劈柴开始燃起

十二点，瘸子揣着二十元，和老爷爷抬走了
    豆腐机

这时，静悄悄的堂屋走来邻村老妇人

火塘里的炉火哗哗地欢笑

下午一点，老妇人捧着滚烫的猪肉汤

吊锅里的肉糕、豆腐、鱼块

一律拨拉到老妇人一边

天地善良如白豆腐

人间安静如土吊锅

——每个人，都要好好活着

即使村庄只剩下我们

三两棵不多的稗草

（原载"鹿鸣文学"微信公众号 2023-04-26）

在燕山与友人对床夜话

◎杨不寒

车轮向南碾至燕山跟前。暮色里

群峰横眉，仿佛命运突然起了皱褶

是什么让我们驱驰到了此地

奔波到了今天？在这城市的边缘

李白的如席大雪都已融尽，草木

稀松而风尘满面。夜晚的秩序

从群山内部升起，沿着一架松木梯子

先生，此刻还关心新闻有何用

谈诗文有何用，我们铺在设想中的前程

又有何用？当星宿浮现之时，地球开始

飞速转动，时间像一些银白色粉末

飘进梦的漩涡。难道所有的努力

只够完成一个笑话，或者在回味时

你也觉出了寒意？当金属色的早晨

轻轻掀动窗帘，我们也推开酒店房门

一位白裙少女正站在走廊尽头与人通话

你看这白蝶的幻象，又带着意义卷土重来

（原载《当代·诗歌》试刊号第 1 期）

石　狮

◎杨森君

草木不侵之躯

也会斑驳

我在一只石狮身上

看到了时光的磨痕

不管雕刻者
出于何种心愿

他把石头雕刻成一头狮子
这块石头就拥有了狮子的命运

（原载《当代·诗歌》试刊号第 1 期）

断 崖 石

◎杨森君

石头古老得
已经不像是一块石头了

它比人
看上去更慈悲

这是白天
若是在黑夜

不排除
从它的里面

走出来一位提灯的僧人

（原载"十行诗"微信公众号 2023-10-08）

船还没有来

◎叶申仕

时间早就过了
船还没有来
码头上灰蒙的天空
落下黑雨滴一样的旅客
像一群不被祝福的人

在彼岸，属于他们的位置
空着。这是一个事件
在计划外的现场
在灯塔倾斜的海岸线

没有汽笛声和被犁开的浪花
本该被停泊的海面
一团阴影在起伏
是无名的灰鸟在飞翔
还是水妖在潜行？

滩涂上，一条搁浅的

177

小鲨鱼等待被大潮冲刷

而船，依然没有来

（原载《十月》2023 年第 4 期）

苦味入心

◎叶燕兰

她坐在清晨的光中剥苦笋

早春的风，透着一股湿泥土好闻的轻腥味

这是在四月，光照着她，风吹着她

让她看起来仿佛还是那个坐在小木凳上

埋头剥苦笋子的女孩

她一边剥，一边向记忆处深嗅……这乡间野味

这土壤深处不曾止息的

"未经驯服的青莽之气"

曾经她多么渴望生活，苦后回甘

此刻想象一顿未来的晚餐就有多平静

（原载《江南诗》2023 年第 4 期）

脑海中的葬礼

◎叶燕兰

在故乡的某个春天，我曾用一截枯枝

与油菜花编织成的花环

为一只死去的小鸟立了个

仿佛风雨一吹就不复存在的碑

那年我大约九岁，内心似有什么正在形成

像土壤表层开始微微松动

摸着躺在沥青路面刚失去体温的麻雀

突然想为这弱小生命举办一个葬礼

于是寻遍油菜花田找了一丛开得最好的

刨土、挖坑、填埋

十个指甲缝塞满湿黑的泥

春光晃得人眼眶发涩，我感到好像必须因此流泪

这场无声的告别才够完整、柔软

（原载《江南诗》2023 年第 4 期）

小叶女贞的叹息

◎叶燕兰

如果你也曾在蓬勃的五月

漫无目的走进一片

空阔的山野——带着少年时独有的

蒙昧的躁动，与模糊的渴望

你尚未浸染过多色彩的眼

也为那倏然出现的，小

而密实的，野生的白

紧紧吸附、茫然颤动

像一只黑脉蛱蝶。以直觉的棒状触角

感知，萌发着柔韧生命力的香

你就能远远地站在故事之外，仍听见

被年轻的爱碰落的，小叶女贞的叹息

（原载《江南诗》2023 年第 4 期）

抱布贸丝的人就是我们的祖先

◎一　如

氓之蚩蚩，抱布贸丝。

——《卫风·氓》

那年秋天的寂寥，黄叶纷纷
才让我看见爱的孤独和流逝……

上溯千年，上推二十年，直到今天
人情淡薄，商品泛滥
但爱的故事没有变。

这个春天，我又看到那个抱布的氓在超市里转悠
他的眼睛里仍然流转着偷来的珠子。
他嗤嗤地窃笑，就像蚯蚓疏松的土壤里欢快奔跑的土拨鼠。

而河面上流着女子的发丝，
一片乌云也暂时笼罩了河水的光与影。
闪电从劳动者的田地上升起，
开创一望无际生命和爱情的比喻——

朋友们，我是诗人

181

我笑得放浪形骸，

我的脸就像是阳光中的簇簇新叶哗哗振翼。

我知道那个抱布贸丝的氓是我们的祖先，

河水般的爱情里有一点鬼胎的蜜。

（原载《万松浦》2023 年第 5 期）

池　塘

◎衣米一

曾经我在一个水库的库堤上

与一个年轻男孩谈恋爱

或许是在一个池塘边

夜晚是确定的

在水边也是确定的

当一个手电筒的光晃过来

就要照到我们身体

一个严厉的男声传过来

问"你们在干什么"时

男孩大声答"我们在恋爱"

接着是，一片寂静

接着，他触碰着我的胸

还不满十九岁

还不懂用"夜色中的月色"

来隐喻喜爱的神秘之物

也不敢占有，否则

生活将会把我们带向哪里

（原载《山西文学》2023 年第 8 期）

贾科梅蒂

◎衣米一

第二次世界大战后

贾科梅蒂说

他创作的东西

都比他确信所见到的要小。

"我再也不能把人像

恢复到本来的大小了。"

极瘦长的人

极瘦长的狗

脂肪和肌肉都被拿走了

只剩下骨骼。

声音被拿走了，只剩下喉管。

（原载"一见之地"微信公众号 2023-09-12）

在 镜 湖

◎于海棠

迎春花输送着香气，右侧的
悬铃木却荒僻着，在动用枯枝

它的荒僻并没有带来什么
金光抚慰万物，湖水让人沁凉
我们共享着午间的一切
也分享着沉默带来的短暂安宁

穿过斜坡的凉风，递给我们
一些松香，也递来尘世之外
朴素的善意

我们绕过寂静的椴木，和栾树
在光线交替的明亮里
一种珍贵的获得
仿似幸福，缓慢在
我们周围浸染。

（原载《长江文艺》2023 年第 9 期）

深巷少年

◎鱼小玄

河雾涌浸小城，豆腐花与云霭
皆浮晃在阿嬷的瓷碗里

"淅淅哗哗哗……"
小城为阵雨推醒了，也推醒了
我的深巷少年，他的长睫毛沾着星星

竹器店的伙计将日子削成竹篾
阿公端茶缸走过修车铺、酱油店、象棋摊
纤纤丝瓜藤也走，走往两侧巷墙上

我的深巷少年，他的白衬衫挂在长竹篙
晨风吹掀起他的书桌，他的母亲在院子里
摘早熟的杨梅，小杨梅涩涩初红

"我家的杨梅涩涩初红……"
"你像夏天，也像小杨梅……"

我的深巷少年，他那天骑自行车
鹅卵石所铺的老巷深深，文科班少女的我

收到的那封信这么写了两句两行

（原载《诗刊》2023 年第 18 期）

不 够 用

◎宇　萍

起初我不喜欢燕子

在草原安家那天

你问我

——叫"燕燕"好不好？

——好！

哪只燕子，你没有说

在书里

找到《诗经》的玄鸟，东晋的堂前燕

却没有找到你给我的这只

时间的河里，它们只短暂飞过

不曾停驻

前些年，你也走了

带走檐下最后一只

家燕。今春有燕飞来

我做了一个梦

小时候的燕子在梦里写

——妈妈

我的眼泪不够用

每次想你，都省着哭

（原载《草原》2023 年第 9 期）

交　换

◎宇　萍

爬到楼的最高处

离天和云近一点，我们要在楼顶签协议

我们交换。

用我的一些重交换轻，用冷交换不冷

用白发交换黑，用黑夜交换白

用我路上的苦行，交换最高处的宁静

云的对岸，一条我看不见的河流

云朵在那里不停奔涌

严冬到来之前，我请求天空

——我要和云朵交换身体

我必须从身体里牵出受困的白马

去流水旁走一走

河流飞溅的数万朵浪花，让流水在我的马蹄下

一次又一次挥手。告别

说起告别。每次

都会有浪花坠进深渊

有冷和更冷，有重和失重

都会有黑和黑暗

——我把白马，从黑暗里牵出

（原载《草原》2023 年第 9 期）

东和南的风从我这里经过

◎宇　萍

并不需要多少力气

从东吹来的风就能把树枝折断

昨夜那哎呀一声叫喊

是杨树发出的

随后是呼呼的风

从东，奔向任何地方

春天已经苏醒

先从一棵树，再到一声鸟鸣

东和南的风吹进时间深处

还在吹。春天有些不知所措

春天的无措，不止于风

还有天空，云朵

还有两只斑鸠和成群结队的麻雀

这些无法触及的深远和热闹

像打翻的颜料盒

蓝有蓝的惊心，白有白的疼痛

东和南的风，大于树木和鸟鸣

大于我对天空的仰望

春天

让断裂的伤口生出叶芽

让犁开的冻土长出庄稼

让草绿，让花开

让一个中年男人骑上马匹，去远方的小镇

为生病的女人找寻医生

让一个驼背的泥瓦工，算着时间出门

就像风在他身上数着肋骨和病痛

也数着孩子上学的费用

（原载《草原》2023 年第 9 期）

我的小学

◎玉　珍

我听见牛在菜地偷甘蔗吃，风吹着面糊味的土
飞到学前班附近的木屋里。我们孩子中有个老大
带同学穿过田野，疯了似朝尖叫的铃声狂奔
我站在河边，附近是芦苇和甘蔗，还有青色的
野麦叶软得像浪，总有黑瘦的小孩彷徨地坐着
被烦人的风吹着细头发
那时就有些小毛病
在地上蔓延成黑团伙，就像后来的古惑仔帮派
扭动在牛屎色天空下
只在那铁质的铃声中我们是一路人
在门口挤着，移动到座位
空气在背诵伟大的古诗句
手指比画着，算命一样算数学
我还记得用泡泡糖
放映了几块白云，它在我嘴上炸开，
然后开始下雨，我在田字格中开始疯狂地想象
我的心大得能把我撑破，就因为一切太小了，
放学后，我见过我忧愁的父亲
流眼泪。他对着黑暗的屋子祈祷，
倒霉透顶的生活快结束，我没有感觉

或许是故意不去感觉

人有时为什么没法流泪呢

第多少回我忘记了，我小心地走出那间屋子

去井边喝了几口水，水实在太清了

我忍不住用手去打它

（原载"一见之地"微信公众号 2023-08-18）

我曾经仰慕那些登临巅峰的人

◎喻 言

他们站在绝顶

伸手就可把天捅破

他们站在 8848 米的海拔上

俯瞰世界

我们很小

小得可以忽略

后来，我攀上山腰

不再继续

我看他们时

他们也很小

小得像一只只爬虫

我往下

下到平地

191

坐在一块石头上

他们也开始往下

下山的路更加凶险

有人坠落

有人惊呼

有人在中途再也下不来

最后回到平地的

只有其中几个

每一个都面色如土

浑身虚脱

（原载《三峡文学》2023 年第 9 期）

人生旅程

◎岳　西

我是一路站着过来的，妈妈

我很享受一个人那样站着

我是一路站着过来的，阎王爷

我看见的比他们都多

想得也比他们都多

他们全都有座

老老实实

最坏的也看不出他们坏过

我是一路站着过来的

咣里咣当这趟破车

把我心里那点不怕死的匹夫之勇

差一点点全晃了出来

（原载《当代·诗歌》试刊号第 1 期）

花 园

◎张 鲤

在后山，他筑起花园，一座乌托邦

屹立在菜地之中，几滴雨落下

给这个花园点睛，但时间未在他那边

黄昏夺回一些美，他蹲在那里

像一个纵火犯，俯视杰作。后来

他又蹦又跳，骨节脆响，踏平野草

像在祖母的床上，迫使电压忽高忽低

天空一闪一闪，他并未受到责备

祖母仍叼麻利地端着黑黢黢的食物

从糊满报纸的厨房出来，带着笑意

那时是八岁，花园和食物都是一首诗

（原载《三峡文学》2023 年第 9 期）

梦

◎张　烨

喝醉了酒我摇摇晃晃入睡了
在一座哥特式大教堂
我无意中看见上帝吩咐他的侍从
将自由藏进一个玫瑰色宝箱
接着
又被搬进他随行的旅车

顿时我的心中
萌发起一个念头
去问上帝要，不然
做小偷！当强盗！
做一次血色的冒险！这样的机会
一生中再难逢着
做一次血色的冒险！这样的机会
一生中再难逢着
做一次血色的冒险！这样的机会
一生中再难逢着

（原载"国际诗歌翻译研究中心"微信公众号 2023-08-06）

雨中塔尔寺

◎张　烨

从空中抽出无限思绪

洇湿四山，萦绕塔尔寺

灵迹闪动，梵塔群愈加洁白

在每双眼里肃穆和澄明

他们来自东西南北

他们与我之前所见的朝圣者不一样

心象祈福？还是满怀罪咎？我无从知晓

他们五体投地，趴出一汪汪水花

像鱼那样在浪中颠簸

朝向广大无量，朝向无色界

从自我走出来，我也学着

转钟、摸石头、点灯、莫名地绕圈

争盼活佛摸一摸前额

佛说：把沉重放卜

　　　把烦恼抛开

我一直在追寻某种意义

任何意义都伴随痛苦的过程

无异于勇敢的探险

混乱和欲望在世上蔓延
放纵嘲笑节制
污浊驱赶纯洁
这个世界倘若没有了敬畏与信仰
会是怎样？

远望塔尔寺
雨丝依旧。更粗放了些
塔尔寺，又增添了什么？

（原载"国际诗歌翻译研究中心"微信公众号 2023-08-06）

见　君

◎张常美

这么大一轮月亮
作为见面礼
去投奔谁，应该也足够了
况且，光亮还携带着
一大片鸟语花香的领土
还有我一路积蓄的家眷、辎重……
就这样，我高高擎着它

缓慢而坚毅

哪怕遇到了应该遇见的人

也绝不会停下来

不去打招呼。我有一个目的地

我发过誓——

要把这轮月亮挂在

那位高士失明的窗户外

我会一边拍打着满身灰尘

一边假装轻松地说，只是个小玩意儿

（原载"诗探索"微信公众号 2023-10-17）

胎 教

◎张二棍

我确信自己，没有受过一丁点

胎教。母亲太忙了

怀胎十月，依然要下田、担水

做饭、喂猪……永恒的劳作

让她无暇，对腹中人嘱托什么

期待什么。更没有空闲，为我讲述

一个闪光的童话，一则深刻的寓言

在她汗流浃背的劳累中，我默默

幻化为人形。深知那缺失的胎教

已无法弥补，但我终生

都在一遍遍虚构着母亲，对一团

未知血肉，耐心地劝谕与抚慰

于是在灯火茫茫中，我成了

渺小的子嗣

于是在众口铄金里，我充当起

善良的慈母

（原载《创作》2023 年第 2 期）

遗　传

◎张二棍

他们抽过的烟土，注定还会有

丝丝缕缕的遗毒，残存在我的体内

无法消散。她们裹过的小脚

依然会给我留下，不忍直视的

畸形，与不能远行的悲伤

他们一遍遍点头哈腰，自称为

奴才与小人，我也在无数场合沿用着

她们以有生之年，煮着无米之炊

而我此生面有菜色，像极了

前世的饿殍，投胎而来。我的先人们

有人夭折，有人为匪，有人不知所终

而我遗传了，最懦弱的那个

——他不事稼穑，屡试无果

终为，无用的书痴

……诸先人，对不起。我不该一遍遍

历数你们，来释怀自己

我不该以遗传的名义

挪用你们不为人知的一生，来宽恕

这个无足挂齿的自己

（原载《创作》2023 年第 2 期）

登幽州台歌

◎张光杰

登上幽州台，我已经老了

远远望去

在黄河边炼石的人，都去了天上

只有风，替他们捎回了汗水

阳光普照，有人衣不蔽体

在土里刨着黄金

还有一位老者，在击壤而歌

一转眼，便化成了云朵

我不敢逗留，我知道

后来者将出现在登山的途中，人群里

肯定还有一个我在催我上路

可我暂时还没有找到隐居的地方

也没有一座山

愿意接纳我这悲苦的一生

天地空旷，我四顾茫然

在莫名的风中，像一个走投无路的人

（原载《文学港》2023 年第 6 期）

角　色

◎张光杰

既不能身处庙堂，替君王，指点江山

也不能僻居草野，安心做一个隐者

我跌跌撞撞来到人间，只配

做自己的国王。胆怯、激动、兴奋

愤怒、羞惭、惶恐……形形色色的我

生活在同一个村庄里，晨起耕田的

是我，早朝归来的也是我

一会，我假传圣旨，是救民于水火的钦差

一会，我啸聚山林，是占山为王的强盗

一会，我苟延残喘，是病入膏肓的垂死者

一会，我沿街乞讨，是受人斥骂的盲流

我是我的主，也是我的客，铁了心

和自己过不去，不停地变换面具

在噩梦里，扮演着一个个小角色

一边不屑接受，人们奴颜婢膝地

追捧、谄媚、朝拜，一边又偏偏遭遇

市井的白眼、耻笑、唾弃、嘲讽

就像那个，堆起的雪人

在焰火和赞美声里，安安静静地

经历着一次次，内心的雪崩

（原载《文学港》2023 年第 6 期）

我 爱

◎张光杰

我爱这样的清晨：晨曦在山顶乍现

从高处走来的一溜儿肩膀

仿佛是神的孩子。我也爱

春天的原野，与蝴蝶恋爱的少年

看到天堂，正从旷野的

荒凉里、尘埃中，一寸寸长出来

春风缭绕，从露珠深处归来的人

已找不到了自己

我从春雨里走过，甚至爱上了

昨夜失恋的女孩，我知道

这爱里有救赎、自愈和重生的力量

亲爱的，爱情多么美好

当我们十指环扣、合十

我知道，菩萨也许并不在生活的高处

她就在我们彼此的身体里

——当我们拥抱在一起，菩萨

就回到了人间

（原载《三峡文学》2023 年第 10 期）

我爱这寻常的一幕

◎张巧慧

曦光，波光。山农，竹篙

他的妻子坐在尾端，打捞一只空瓶

她晃了晃对日子的失望——

而我想起昨日在龙川湾，司机小刘跳下栅栏，

帮年幼的野鸭翻了个身，它往对岸游去

身后拖着生的希望……

给美好以更多的实笔，总有一些温暖的细节

让人感动。这个平凡的清晨，江水把微微的漾动

分一些给水草，分一些给飞鸟

不论一条江曾经历了什么

此刻，她朴素、宁静，缓缓往下游而去，

交出干净的自己。几只白鹭飞过，

轻盈、舒展，触动你困于沙洲的脚

……诗意的最高境界是白描，生活的最高境界是日常

日复一日，他们在打捞你众多支流中的沉沙……

我爱这寻常的一幕——

一叶竹筏在分水江上漂过，两双糙手，

一双撑着生活的舟，一双掌着良知的舵

（原载"原乡诗刊"微信公众号 2023-10-04）

外祖母百岁

◎张巧慧

百岁转世，乘愿再来

外祖母离世二十一年

二十一年，我结婚、生子

拔下第一根白发

又拔下第二根

清明扫墓，跟女儿说旧事

说我幼时的淘气、贪吃与懒

说外祖母如何一扇一扇为我纳凉
这些细节

具体到没有诗意
具体到都是诗意

百岁转世。过今年，可供凭吊更少一处
我的来处更单薄一些
去处更清晰一点

墓前两株松柏，分外茂盛
风过时，它们微微摆动
那风，穿过童年而来

（原载"原乡诗刊"微信公众号 2023-10-04）

绿皮火车

◎张书国

钢铁的绿。这只百足之虫
从记忆的雪花中
从点亮一个村庄的惊喜中
从亲人们的兴奋，躁动中
从母亲的泪点，大黑猪的绝望中穿过。
许多年了，你排斥这样的叙事——
骄傲、羞怯，夹杂着

悸动，小便不尽感。
一盏灯逼停浓雾中的立方体
你和桃花、山药、核桃、蛇皮袋们
一窝蜂
挤进去，挤进成捆的站立、疲倦
被母亲反复叮嘱的耳朵睁大眼睛

（原载"大中原诗刊"微信公众号 2023 年第 50 期）

米 沃 什

◎张曙光

美好的一天？这是周末
他拎着胶皮管子在为花园浇水。
玫瑰枯萎了，周围长满杂草
他懊恼叫不出它们的名字。
他从未诅咒过他的老年，像叶芝。
他习惯了朋友们一个个倒下
如同在抵抗运动中。老式咖啡馆
和哈布斯堡王朝的马车早已消失。
当一个时代过去，他是为数不多的
遗迹。他的鞋子湿了，脊背僵直
眼前没有南山。身后的大海
弓起身子，像一只受到惊吓的猫。

（原载《诗刊》2023 年第 19 期）

古岩画：狩猎

◎赵克红

他们依然在那条道路上前进
循着原始的气味　向着洪荒的深处

而我从队伍中离开了　误入歧途
在一条通向文明的道路上越走越远

我再也回不到那些丛林　沼泽　田野
回不到岩石上辽阔的空白

更确切地说　我回不到那些笨拙的线条
回不到刚刚打开就关闭了的美

（原载《莽原》2023 年第 6 期）

忽而春半

◎钟想想

叫人怎不欢喜呢？
这田埂上的阳光，风

正一点点光顾十岁的霞妹，从发丝到脖颈

野花争宠似的，迎过去

小黄狗的蹿跳，呼叫

若即若离，又十分必要

穿过油菜花田的火车，有时是银甲

有时是绿皮

它们代替她去了远方

目送它们的，除了万亩黄金，几方池塘

只有她

没人告诉她

母亲去了哪里

许多话交给草木、田野、溪水

还有半个春天

它们会替她和失明的奶奶

慢慢回答

（原载《四川文学》2023 年第 9 期）

窗前的母亲

◎钟想想

母亲站在窗前，去够伸过来的一枝海棠花

不知是距离还是雨滴，手突然停住，悬在虚空

逆光里看过去，是一株落寞的静物

回到草木无限的红莲村。二十岁的母亲

正提着篮子，走出院门。摘完桑叶，割下春韭

四十岁的母亲，忙着春蚕和八口人的晚餐

六十岁，母亲变成植物学家和动物学家

潜心研究菜园果园

和鸡鸭鹅兔的成长

而现在——

母亲站在小区窗前，多像一件闲置的旧物

衰老、迟缓、寂静。在春雨迷蒙的早晨

与那个年轻、饱满、忙碌的自己

——迎面撞见

（原载《四川文学》2023 年第 9 期）

鱼 鳞 天

◎周瑟瑟

傍晚时分

回家的路上

蚊子追着温顺的水牛

我身单力薄

背着一捆青草

夕阳突然照亮大地

我置身于七十年代

常常被莫名的

植物气味吸引

天空出现鱼鳞云

不刮风就会下雨

妈妈在哪里

灶台上的米饭热气腾腾

那十几年的记忆

——浮现

晚饭煎豆腐三五块

茄子刚刚蒸熟

妈妈在鱼鳞天

回到了人间

（原载《草原》2023 年第 10 期）

有声音传来的地方

◎左　右

每天

我所能"听见"的

唯一的

内容

是脚下的大地

在颤颤微动

它从地层的深处

传向地面

再传向我的脚下

让我真真切切

感受到了

声音的存在

那个地方

是我

穷其一生

也无法抵达的

另一个世界

（原载《青海湖》2023 年 8 月上半月）

光　影

◎左　右

在巴丹吉林，我捉到一首与你有关的诗

想让秋风邮寄给你

已经一个月没见面了，透过石头上的人形
我看见了你。它们和你的手心一样
透心冰凉，布满质感与菱角。我摸着阳光
却无力将你余存下的热量悉心收集

在沙漠行走了三天两夜，没什么可以阻止我去寻找
一个和你一样安谧的静物
就像黄昏落日，就像远逝的空瓶
悄悄吞下秋天
再悄悄吞下爱情的苦果

（原载《星火》2023 年第 1 期）

童年的木耳

◎左　右

正如我想象的那样
木头上长满了银黑的耳朵
正如我的童年

儿时，我在柞水
这块神秘的地方，丢了两只耳朵

妈妈指着院子后山
密密麻麻的木头架说
"你的耳朵就在树上
它们在和你玩捉迷藏
去找找吧"

我信以为真——
我在这里找了很多年

（原载《飞天》2023 年第 9 期）

新诗选

2023 年

冬

图书在版编目（CIP）数据

新诗选．2023．冬卷 /《诗探索》编委会编；陈亮
主编 ． -- 北京 ：中国文史出版社，2023.12
ISBN 978-7-5205-4486-3

Ⅰ．①新… Ⅱ．①诗… ②陈… Ⅲ．①诗集－中国－
当代 Ⅳ．① I227

中国国家版本馆 CIP 数据核字（2023）第 227686 号

责任编辑：全秋生

出版发行：中国文史出版社
地　　址：北京市海淀区西八里庄路 69 号　　　邮编：100142
电　　话：010 － 81136602　　81136603　　81136606　（发行部）
传　　真：010 － 81136655
印　　装：廊坊市海涛印刷有限公司
经　　销：全国新华书店
开　　本：787 毫米 ×1092 毫米　　　1/16
印　　张：56.25
字　　数：880 千字
版　　次：2024 年 1 月北京第 1 版
印　　次：2024 年 1 月第 1 次印刷
定　　价：240.00 元（全 4 册）